Alex

JULE NIELSEN

Im Leben ist noch Platz für Meer

Über die Autorin:

Jule Nielsen stammt gebürtig aus Süddeutschland, schnupperte während ihrer Schauspielausbildung in New York aber auch den Duft der großen weiten Welt. Heute lebt die Schauspielerin, Moderatorin und Buchautorin mit ihrer Familie in Norddeutschland – in einem Holzhaus am Wasser. Wenn Jule Nielsen nicht gerade arbeitet oder mit ihrem Hund am See spazieren geht, plant sie den nächsten Schwedenurlaub.

Jule Nielsen

Im Leben ist noch Platz für Meer

Roman

lübbe

Dieser Titel ist auch als E-Book erschienen.

Die Bastei Lübbe AG verfolgt eine nachhaltige Buchproduktion. Wir verwenden Papiere aus nachhaltiger Forstwirtschaft und verzichten darauf, Bücher einzeln in Folie zu verpacken. Wir stellen unsere Bücher in Deutschland und Europa (EU) her und arbeiten mit den Druckereien kontinuierlich an einer positiven Ökobilanz.

MIX
Papier | Fördert gute Waldnutzung
FSC® C014496

Originalausgabe

Dieses Werk wurde vermittelt durch die
Literarische Agentur Thomas Schlück GmbH, 30161 Hannover

Lektorat: Dr. Stefanie Heinen
Umschlaggestaltung: ZERO Werbeagentur, München,
unter Verwendung von Illustrationen von
© shutterstock: FlorianKunde | M88 | Rido | Ievgenii Meyer | frenky362
Satz: hanseatenSatz-bremen, Bremen
Gesetzt aus der Adobe Garamond Pro
Druck und Verarbeitung: GGP Media GmbH, Pößneck
Printed in Germany
ISBN 978-3-404-18907-6

2 4 5 3 1

Sie finden uns im Internet unter:
luebbe.de
Bitte beachten Sie auch: lesejury.de

Für Anna, die ins Leben ging, ganz so, wie Kinder das sollen

Ingvild

Theo würde nicht schnell genug sterben, wenn ich ihn vergifte. Ich müsste ihn schon aus einem Fenster stoßen, aber ich bezweifle, dass der zweite Stock, in dem sich unsere Wohnung befindet, dafür hoch genug ist. Ich habe schon gegoogelt, aus welcher Höhe ein Sturz tödlich ist, bin aber zu keinem eindeutigen Ergebnis gekommen. Eventuell könnte der zweite Stock reichen, aber man will ja kein Risiko eingehen. Wenn ich hinterher erklären muss, ich hätte ihn aus Versehen geschubst, glaubt er mir ja nie.

Ihn mit dem Auto zu überfahren, dazu fehlt mir der Mut. Erschießen, Erstechen, Erwürgen, Ersticken lehne ich ab. Dafür ist viel zu viel Fingerfertigkeit gefordert. Ich finde, wenn man im Morden kaum Erfahrung hat, sollte man sich nicht zu viel zutrauen.

Es bleibt eigentlich nur das Schubsen. Und dazu wäre eine Klippe geradezu ideal. Wann Theo und ich wohl mal an einer idealen Klippe spazieren waren? Es ist lange her. Vor zwanzig Jahren, in Dover. Da hätte ich leichtes Spiel gehabt, aber meine Mordfantasien sind noch ziemlich neu.

Wenn ich mich richtig erinnere, habe ich sie erst seit letztem Dienstag, als Theo sein nervöses Räuspern beim Frühstück so perfektionierte, dass ich mir wünschte, etwas Zyankali zur Hand zu haben, um es in seinen Kaffee zu träufeln.

Vor ein paar Wochen fing es ganz harmlos an, mit der Vorstellung, dass er das Haus verlässt und nicht wiederkommt. Ich stellte mir die Schlagzeile der kleinen Meldung im *Hamburger Abendblatt* vor: *Dreiundfünfzigjähriger kehrt vom Kekseeinkaufen nicht zurück. Er hinterlässt eine Frau und zwei erwachsene Kinder.*

Theo geht ständig Kekse kaufen. Wir sind beide moppelig, an der Grenze zu dick, darum kaufe ich keine Süßigkeiten mehr. Aber er. Theo stört sein Bauch nicht, und ob er meinen wahrnimmt, kann ich nicht sagen. Er ist Pragmatiker, und weil ich keine Kekse mehr besorge, kauft er sie ein, ohne den Grund zu hinterfragen, warum ich sie weglasse.

Ich kann noch so kohlenhydratarm kochen, Theo gleicht unbewusst alles mit seinen Schokoladenkeksen aus. Ich habe beobachtet, dass er sich mit einer fast schon unheimlichen Präzision genau die Keksmenge einverleibt, die ich durch mein Low-Carb-Gericht einspare.

Neidisch schaue ich zu, wie er in aller Ruhe das Gebäck futtert und dabei mehr krümelt als normale Menschen. Ich weiß nicht, wie man es schafft, so abzubeißen, dass diese enorme Krümelmenge entsteht. Ich habe es versucht, komme aber nicht mal auf die Hälfte.

Ich muss zugeben, dass ich ähnlich viele Kekse esse wie mein Mann. Nachdem ich den ganzen Tag über widerstanden habe, mampfe ich sie abends, stehend in der Speisekammer, in dem Irrglauben, dass Kalorien, die heimlich gegessen werden, nicht dick machen. Der Körper bemerkt sie so ja vielleicht gar nicht, stelle ich mir vor. Mein Körper merkt aber leider alles. In dieser Hinsicht passt er ziemlich gut zu mir.

Während man Theo mehrere Schilder hochhalten muss, damit er erkennt, dass wir jetzt lange genug bei Christa und

Frank rumgesessen haben und die beiden gern ins Bett gehen würden, sehe ich schon die ersten Anzeichen. Oder, noch genauer: Ich kann sogar vorhersagen, wann die ersten Anzeichen kommen werden. Lange bevor Christa sich immer öfter durch die Haare fährt, bevor sie verstohlene Blicke auf die Uhr wirft und dann tapfer versucht, sich durchzulockern. Sie hat mit Schlaflosigkeit zu kämpfen und ist deshalb immer etwas unter Druck, ausreichend früh ins Bett zu gehen, damit sie genug Zeit hat, vier bis fünf Stunden wach zu liegen, bevor sie einschläft.

Theo bemerkt davon überhaupt nichts, fragt nach noch einem Bier und erzählt die nächste epische Geschichte.

Jedes Mal bin ich diejenige, die ihn schließlich zwingt zu gehen, und im Auto fragt er mich dann erstaunt, was denn los war. »Warum bist du plötzlich so hektisch geworden?«

»Weil du seit Stunden alle Signale übersehen hast!«

»Vivi, du spinnst doch.«

Ich spinne, und ich leide. Wenn ich die Wahl hätte, wäre ich viel lieber der Partner, der nie etwas merkt, und hätte auch den passenden Körper dazu.

Theo war früher mal ein richtig gut aussehender Kerl. Als wir uns kennenlernten, hatte er dort, wo jetzt ein dicker Bauch ist, ein Sixpack. Er war groß – gut, wenigstens das ist er noch – und hatte volle dunkle Haare. Die sind inzwischen grau und ziemlich spärlich geworden. Weil er so groß ist, sieht man seine immer lichter werdende Stelle nur im Sitzen und Liegen. Aber ich lebe mit ihm zusammen, und er sitzt und liegt ständig in meiner Gegenwart herum.

Ich bin auch nicht mehr die strahlende, schlanke Gazelle, die er vor dreißig Jahren kennengelernt hat. Aber ich gebe mir wenigstens, wenn auch gewichtstechnisch vergeblich, Mühe. Ich töne mir die grauen Strähnen aus meinen blonden Haaren, versuche immer neue Frisuren und trage jeden Tag Wimperntusche auf, auch am Wochenende.

Ich laufe anders als Theo nicht vorwiegend in Unterhose durch die Wohnung, und ich rasiere mich regelmäßig an Stellen, die ohne Behaarung einfach schöner sind. Bei Theo muss man sich, wenn man die Stelle an seinem Hinterkopf vernachlässigt, schon sehr große Mühe geben, um noch unbehaarte Hautflächen zu finden.

Bei meiner Vorstellung, er würde aus dem Haus gehen und nie wiederkommen, habe ich mich gefragt, ob ich ihn nicht vermissen würde. Aber mein einziger Gedanke war, dass ich nicht weiß, wie man die Batterien in den Rauchmeldern wechselt.

Wenn man seinen Mann nur noch zum Auswechseln von Batterien benötigt, dann ist etwas in Schieflage geraten. So viel ist sicher.

Ohnehin war das nur Stufe eins. Ich bin ja inzwischen schon bei Stufe zwei: Mordfantasien.

Sie tun mir auf eine seltsame Art gut. Es fühlt sich ein bisschen an wie Sport: Man powert sich aus und kann danach nervöses Räuspern oder übertrieben behaarte Beine in Unterhose besser aushalten.

Wenn man sich überlegt, von welcher Klippe man seinen Partner schubsen könnte, ist die Schieflage allerdings schon ins Rutschen geraten. Theo und ich rutschen aus unserem Leben, und ich habe ein wenig Angst, was Stufe drei beinhalten wird.

»Stufe drei ist natürlich die Trennung.« Karla stellt das so nüchtern fest, als würde sie mir die Wetterprognose für morgen geben.

Wir sitzen in einem kleinen Café in Ottensen. Man muss ganz schön Glück haben, um einen der guten Tische mit Sofa zu ergattern, und das haben wir heute. Der Raum ist nicht groß. Mit den weißen Holzpaneelen und dem schmeichelnden Grau darüber wirkt er skandinavisch, so wie halb Ottensen versucht, skandinavisch zu wirken.

»Isst du ein Stück Kuchen?« Karla reckt den Hals, um die Vitrine an der Theke zu sehen, in der die leckersten Kuchen stehen, die man sich vorstellen kann.

Ich seufze.

»Gilt das Seufzen der Trennung oder dem Kuchen?« Karla ist immer unverschnörkelt und direkt. Genau das mag ich an ihr. Sie ist meine einzige Freundin, die sich nie schminkt. Ihre glatten braunen Haare trägt sie die meiste Zeit in einem Pferdeschwanz. Mit ihren braunen Augen sieht sie alles, und sie hat überhaupt keine Scheu, es auch auszusprechen.

»Das Seufzen gilt dem Kuchen«, erkläre ich und schaue sehnsüchtig zur Theke.

»Nimm doch ein Stück. Sonst quälst du dich hier, und zu Hause futterst du dann doch was Süßes. Hat ja keinen Sinn.«

Ich muss lachen. Karla hat recht. Die Bedienung bringt den Milchkaffee, und ich stelle mir wie immer vor, wie schön es sein muss, in dieser Tasse eine Runde zu schwimmen. Zwischen dem weichen Milchschaum und dem heißen Kaffee. Ob man die Schichten am Körper spüren würde?

»Ich will mich nicht von Theo trennen.«

Karla sieht mich überrascht an. »Du hast mir gerade erzählt, du würdest ihn gern von einer Klippe stoßen.«

»Ja, das ist aber etwas anderes. So ein Mord wäre schnell und leise. Eine Trennung passiert nie schnell und leise.«

Die Bedienung stellt uns den Kuchen auf den Tisch und entfernt sich, so schnell sie kann.

»Ein Mord auch nicht. Das ganze Theater mit Befragung und Obduktion und Beerdigung und die heulende Schwiegermutter …« Karla malt alles mit der Gabel in die Luft, dann nimmt sie ein Stück von dem Kuchen und ich auch. Einen kleinen Moment versinken wir im Glück. Das liebe ich einfach am Kuchenessen: diesen ersten Biss, wenn der Geschmack die Erwartung bestätigt oder sogar übertrifft und man sofort denkt, man müsse eigentlich direkt noch ein Stück bestellen, damit das Ende des Genusses gar nicht erst in Sicht kommen kann.

»Wie war das bei Jens und dir?«, will ich wissen.

»Er ist mir immer mehr auf die Nerven gegangen, und als ich die Sache mit dieser Becky rausfand, war ich fast froh. Also, nicht wirklich froh, natürlich nicht, aber es gab dann einen klaren Grund, sich zu trennen. Niemand trennt sich gern.« Sie sieht mich treuherzig an. Dann fährt sie fort: »Die Liebe war einfach weg. Und das merkt man seltsamerweise erst ziemlich spät. Vermutlich, weil man es nicht wahrhaben will.« Sie spült ihre aufkommenden Emotionen mit einem Schluck Kaffee herunter.

»Seit wann ist das so mit Theo und dir?«, fragt sie, und ihre Stimme ist sanfter als sonst.

Ich schüttle den Kopf, weil ich es nicht weiß und weil sich das Gespräch in eine Richtung entwickelt, die mir Angst macht. »Es ist vermutlich unendlich naiv von mir, aber ich habe die Hoffnung, dass unsere Ehe trotz der Mordfantasien, die ich habe, noch zu retten ist. Ich kann dir nicht sagen, wann es anfing. Wir waren so beschäftigt mit Job und Kindern. Als Anne auszog, hatten wir ja noch Pit, und den durchs Abi zu basteln war eine echte Aufgabe, das weißt du ja.«

Karla nickt.

»Ja, und als er dann vor sechs Monaten auszog, waren wir plötzlich allein. Richtig allein, weil es uns als Paar gar nicht mehr gibt. Wir schlafen getrennt, wir haben keine Hobbys, wir treffen uns zwar regelmäßig mit unseren gemeinsamen Freunden, aber sonst … ist da nichts.«

Das Nichts wiegt viel schwerer als alles, was ich davor gesagt habe. Es dehnt sich aus und verändert sogar den Geschmack meines Kuchens.

Karla nickt wieder und sagt kein Wort. Das muss sie auch nicht, denn ich habe alles gesagt. Unsere Ehe ist einer Zweck-WG gewichen, und jetzt ist der Zweck ausgezogen, und wir sind nur noch eine WG.

Der Rest meines Milchkaffees ist eine kleine kalte Pfütze, in der niemand mehr gern schwimmen würde. Viel zu oft trinkt man diesen letzten Schluck einfach aus, weil das zum Plan gehört. Das schöne Getränk endet dann mit einem bitteren kalten Schluck. Ich schiebe die Tasse von mir weg und esse mein letztes Stückchen Kuchen. Das Nichts wirkt immer noch und raubt der Süße den Zauber.

Man kann nach so einem schweren Thema ganz schlecht plötzlich von anderen Dingen mit mehr Leichtigkeit sprechen. Also zupfe ich an meiner Serviette herum, und Karla starrt aus dem Fenster.

»Welche Klippe liegt Hamburg am nächsten?«

Ich liebe diese Frau! Ich räuspere mich und sage: »Das Brodtener Steilufer bei Lübeck. Perfekte Höhe, und wenn man den Zeitpunkt klug wählt, ist man da auch allein.«

Karla bekommt glänzende Augen. »Das klingt super. Wie bereitest du dich vor?«

Ich sehe sie verständnislos an.

»Na, ein Mord bedarf einer perfekten Vorbereitung.«

»Und wie könnte meine Vorbereitung aussehen?«, spiele ich das Spiel mit.

»Du könntest Theo mal probeschubsen. Du musst schließlich genau wissen, wie viel Kraft du aufwenden musst. Nicht, dass er am Ende nur etwas wankt, aber nicht fällt.« Sie macht einen lustigen Gesichtsausdruck.

Ich fühle mich besser. So was schafft nur Karla.

Ich bezahle dankbar auch ihre Rechnung und fahre zurück zu Theodor, der im Wohnzimmer in Unterhose vor dem Laptop sitzt.

Er ahnt nicht einmal, dass nur einundneunzig Kilometer von Ottensen entfernt eine gefährliche Steilküste existiert.

Reden

Ich bin eine wahre Meisterin darin, mich vor unangenehmen Aufgaben zu drücken. Manches erledigt sich auch tatsächlich von selbst, wenn man nur lange genug wartet. Aber in diesem Fall wird meine Ehe enden, wenn ich nichts tue. Eines Tages wird Theo eine Becky treffen, oder er wird einfach vergessen, dass es mich gibt, und aus Versehen ohne mich in eine neue, altersgerechte Wohnung ziehen. Dann wäre er weg. Dieser Gedanke löst zugegebenermaßen kaum Gefühle in mir aus. Mein emotionaler Zeiger bleibt auf null stehen. Immerhin ist da auch keine Freude.

Wie konnte es so weit kommen? Theo und ich waren doch früher mal ein Traumpaar. Fremde Leute haben uns angelächelt, wenn wir Hand in Hand vorbeiliefen. Der große dunkelhaarige Mann mit den schönen grünen Augen und die schlanke blonde Frau mit den zwei Grübchen im Gesicht.

Wir sind beide in sehr hässlichen Kleinstädten in der Nähe von Köln aufgewachsen. Es war vermutlich nur eine Frage der Zeit, bis wir uns über den Weg laufen, aber damals erschien es uns wie Schicksal.

Am Himmel explodierten tausend Sterne, als wir uns trafen, und das meine ich nicht metaphorisch. Ich sah Theo das erste Mal bei Rhein in Flammen, einem gigantischen Feuerwerk über dem Fluss.

Es war furchtbar voll, und ich hatte ewig an der Reihe

Dixi-Klos anstehen müssen und bei der ganzen Aktion meine Freunde, mit denen ich gekommen war, aus den Augen verloren. Um nach dem ewigen Anstehen endlich etwas vom Feuerwerk zu sehen, lief ich mit dem Blick in den Himmel los und rannte dabei Theo über den Haufen. Der hatte einen ziemlich blöden Abend, weil ihm eine Stunde zuvor sein Geldbeutel geklaut worden war. Er hielt mich wütend fest, weil er glaubte, ich sei eine weitere Taschendiebin.

»Ich bin blank«, sagte er nachdrücklich.

»Sehr erfreut, ich bin Ingvild.« Ich lächelte ihn an und konnte sehen, wie seine Aggression wegschmolz. Wir kamen ins Gespräch, und ich lud ihn auf ein Bier und eine Bratwurst ein.

Einige Jahre lang blieben Bier und Bratwurst unser spezielles Essen. Wann immer es etwas zu besprechen gab, fuhren wir an einen Imbiss und bestellten immer dasselbe: Bier und Bratwurst, wie an jenem 11. Juli, als wir uns verliebten.

Als Anne geboren wurde, hörten wir damit auf. Wir vergaßen unsere Besprechungstradition und mit ihr auch den 11. Juli.

Gerade steht Theo unheimlich günstig. So eine Gelegenheit kommt so schnell nicht wieder. Mein Herz klopft. Wenn ich jetzt zögere, ist der Moment vorbei. Ich pirsche mich zügig und unbemerkt von ihm an.

Während ich mich positioniere, schätze ich die Fallhöhe und den angestrebten Winkel ab. Dann setze ich alles auf eine Karte und schubse ihn mit Schmackes. Ich setze an seinem Oberarm an, mit genügend Kraft, um den großen moppeligen Mann zu Fall zu bringen. Er verliert das Gleichgewicht. Alles läuft nach Plan, bis er hektisch nach mir greift und mich mit in die Tiefe reißt.

Er landet rücklings auf unserer Couch, und ich falle weich, wunderbar gepolstert durch seinen Bauch, auf ihn.

Er sieht mich erstaunt an. Es ist seltsam, nach so langer Zeit seinen Körper unter mir zu spüren. Ich weiß nicht, wann ich das letzte Mal mit ihm geschlafen habe. Es muss Jahre her sein, denn es lief schon einige Zeit nichts mehr zwischen uns, als unsere Tochter Anne auszog. Sie nahm ihr Bett nicht mit nach München, und so konnte ich Theo endlich aus dem Schlafzimmer verbannen, in dem er mich Nacht für Nacht wachgeschnarcht hatte. Es ist eine gute Lösung für uns beide. Er kann jetzt noch bis in die Nacht am Laptop sitzen, und ich kann früh schlafen gehen, ohne vom Licht oder dem Tippen auf der Tastatur gestört zu werden.

Glücklicherweise bin ich nicht so schlaflos wie unsere Freundin Christa. Aber bei vielen Frauen in meinem Alter hat sich der Schlaf zu einem scheuen Tier entwickelt, das man mit dem leisesten Rascheln verscheuchen kann und dann mühevoll wieder anlocken muss. Und das parallel zu der Entwicklung der Männer, die mit den Jahren immer besser und vor allem lauter schlafen!

»Was war das denn?«, fragt er mich, mehr belustigt als sauer. Jetzt wäre der Moment, um sich hochzurappeln, aber ich bleibe liegen.

»Wir müssen reden.«

Ich erschrecke vor dem Satz und bin einen kurzen Moment lang nicht mal sicher, ob ich ihn ausgesprochen habe. Theo schaut mich freundlich an und wälzt mich dann von sich herunter, als wäre ich eine Decke, die ihm auf einmal zu warm wird.

Er lässt mich liegen, steht auf und geht ein paar Schritte

durch das Wohnzimmer, als wolle er testen, ob ich auf dem Satz bestehe.

»Ist dein Kreislauf okay?«, fragt er mit einem Blick auf mich, der nur kurz währt.

Ich rapple mich hoch. Ein großer Teil von mir will einfach so tun, als hätte es diesen Satz von mir gerade nicht gegeben. Theo ist nicht darauf angesprungen, warum also soll ich mich noch einmal aufs dünne Eis wagen?

Das Schubsen hat von der Kraft her gut geklappt. Ich muss nur dringend verhindern, mit in die Tiefe zu stürzen. Vor allem, wenn kein Sofa in erreichbarer Nähe steht. Ich bin erstaunt, wie recht Karla hatte: Ein Mord braucht wirklich präzise Vorbereitung, sonst stirbt man am Ende noch selbst.

Meine Hände schwitzen. Sie wissen vor mir, was ich jetzt sagen werde: »Lass uns heute Abend eine Bratwurst essen gehen.«

Theos Blick wird unergründlich. Er dreht sich von mir weg, zögert ein paar Sekunden und sagt dann ganz beiläufig: »Klar, gerne.«

Es ist ein Tag, um Helden zu zeugen. Der Himmel ist blau, und wir haben uns einen Imbiss an der Elbe ausgesucht. Stehtisch mit Blick auf das Wasser. Es ist noch so schön hell. Jeden Winter, wenn schon um 16 Uhr die Sonne untergeht, tröste ich mich mit dem Gedanken, dass die Nächte im Sommer lang und hell sein werden, aber ich kann es nicht recht glauben. Jetzt kann man endlich erahnen, dass wir wieder dorthin kommen. Ich atme die erste zarte Frühlingsluft tief ein und schaue auf die Containerkräne am anderen Flussufer.

Hamburg hat so etwas Monumentales. Eine Bratwurst vor dieser Kulisse lässt einen glauben, man würde in einem *Tatort* mitspielen.

Ein leichter Wind weht. Möwen fliegen über uns. Ich weiß nicht, ob es Theo auch so geht, aber ich bekomme immer noch ein kribbelig schönes Gefühl im Bauch, wenn ich eine Möwe sehe. Und das, obwohl wir jetzt schon über zwanzig Jahre in Hamburg leben.

Bisher haben wir relativ schweigend unsere Wurst gegessen. Ich warte, dass Theo mich fragt, worüber ich reden wollte, und er wartet, dass ich anfange zu reden.

Wir schauen beide die meiste Zeit auf das Wasser, das unbeeindruckt von allem an uns vorbeifließt.

»Wir müssen an unserer Ehe arbeiten.« Ich habe keinen Mut für eine Einleitung, also komme ich gleich zum Punkt.

Theo schaut mich aufmerksam an. In seinen Augen liegt keine Verwunderung. Wir halten kurz Blickkontakt, dann sieht er auf den Rest seiner Wurst.

Immerhin. Ich werte das als Zustimmung und traue mich, etwas mehr zu sagen. »Wir sind zu einer WG geworden.«

»Das muss ja nichts Schlechtes sein«, sagt er und versucht, unbeschwert zu klingen, was ihm nicht ganz gelingt.

»Es könnte aber auch besser sein. Um einiges besser, findest du nicht?« Ich pikse mit dem Holzstäbchen winzige Löcher in meine Wurst.

Theo seufzt. »Wir sind halt nicht mehr zwanzig. Das Leben ist nicht mehr so rosarot wie am Anfang.«

Mit *Anfang* meint er den Beginn unserer Beziehung. Die Zeit, in der wir uns kaum mit Freunden treffen konnten, weil wir mit uns selbst so viel zu tun hatten.

»Aber es wäre doch wünschenswert, wenn da überhaupt eine Farbe wäre. Wenn du unsere Ehe malen müsstest: Welche Farbe würdest du nehmen?«

Ich weiß, dass ihn solche Fragen überfordern. Ich nutze sein Zögern und mache es zu meinem Argument: »Ganz genau. Unsere Ehe hat überhaupt keine Farbe mehr.« Ich steche zu heftig in meine arme Wurst. Sie platzt auf, und ich esse sie schnell, damit ich sie nicht länger so sehen muss.

Das Paar links neben uns verlässt seinen Stehtisch. Theo trinkt aus seiner Bierflasche. Mir ist das alles zu wenig, darum frage ich ihn: »Ist es für dich denn schön, so wie es zwischen uns ist?«

Ich gebe mir Mühe, keinen Vorwurf in diese Frage zu legen, aber ich bin mir nicht sicher, ob mir das glückt. Theo schaut auf die Elbe, dann auf seinen Ellbogen. Schließlich gibt er sich einen Ruck und sagt: »Nein, Vivi. Es ist nicht schön für mich. Ich habe das Gefühl, dass dich meine Anwesenheit die meiste Zeit einfach nur nervt. Und es ist egal, was ich mache, es ist sowieso falsch. Wenn ich dich frage, wie dein Tag war, kriege ich diesen Wie-soll-er-schon-gewesen-sein-Blick, und wenn ich nicht frage, starrst du sauer auf den Balkon.«

Starre ich wirklich sauer auf unseren Balkon? Es war mir nicht bewusst, aber wenn ich drüber nachdenke, fürchte ich, Theo hat recht. Ich verbringe wirklich viel Zeit damit, sauer auf den Balkon zu gucken. Er liegt dafür einfach relativ günstig. Durch die großen Fenster kann man praktisch von überall im Wohn- und Esszimmer sauer auf ihn glotzen.

Ich nicke verständnisvoll. Daraus schließt er die Genehmigung, weiter über mich zu reden. »Alles ist falsch. Sitzen ist falsch und Liegen sowieso. Du bist immer sauer, sobald ich irgendwo liege.«

»Das stimmt doch gar nicht«, widerspreche ich. »Ich bin nur sauer, wenn du rumliegst, während ich etwas mache. Den Tisch abräumen, zum Beispiel.«

»Ingvild«, er klingt jetzt aufgebracht und benutzt meinen vollen Namen, »ich räume den Tisch nicht ab, weil du mir jedes Mal sagst, wie ich es machen soll. Ich kann es dir nicht recht machen. Ich räume die Butter an die falsche Stelle im Kühlschrank. Ich müsste die Teller so und so abspülen, bevor sie in die Spülmaschine kommen, die Messer zuerst einräumen, vor den Gabeln …«

»Theodor«, sage ich, um ihn genauso blöd anzusprechen, »wenn du das alles weißt, dann mach es doch einfach richtig!«

Wir starren uns einen kurzen Moment lang böse an.

»Es ist *dein* Richtig, Vivi. Immer nur *dein* Richtig. Ich habe es aufgegeben, dein Richtig zu erfüllen.« Er spricht leise und zerknüllt dabei eine Serviette.

Mein Richtig, denke ich. Was soll das denn sein?

»Schön«, sage ich, ohne zu wissen, was danach kommen soll. »Schön«, wiederhole ich. »Dann gebe ich jetzt auch auf.« Ich höre selbst, wie pampig ich klinge.

»Was gibst du auf?«, fragt er ruhig.

»Alles«, sage ich und trinke aus meiner Bierflasche. »Ich gebe es auf, uns beide dünner zu kochen, weil du es sowieso jeden Tag durch deine Keksfresserei versaust. Ich gebe es auf, in irgendeiner Weise attraktiv zu bleiben, weil du dir ja im Gegenzug auch überhaupt keine Mühe gibst. Und ich gebe es auf, mit dir eine Bratwurst essen zu gehen, weil ein Gespräch über unsere Ehe mit dir einfach sinnlos ist!« Das wäre jetzt ein super Zeitpunkt für einen dramatischen Abgang, aber wir sind zusammen mit dem Auto gekommen, und deshalb kann ich nur ein paar Meter weit wegrauschen. Ich halte mich an der Mauer fest, die mich von der Elbe trennt. Die Sonne macht sich bereit für einen prunkvollen Sonnenuntergang. Absolut unpassend, wie ich finde.

Das lief ja großartig. Ich hatte nicht erwartet, dass es leicht wird, aber ich hätte auch nicht gedacht, dass wir beide so schnell in die Luft gehen.

Meine Sensoren nehmen wahr, dass sich Theo nun vom Tisch auf meinen Mauerplatz zubewegt. Unsicher bleibt er einen Meter von mir entfernt stehen. Früher hätte er mich jetzt umarmt. Ich hätte mich gewehrt, aber er hätte nicht lockergelassen und seine Arme um mich geschlungen und mich festgehalten wie ein Bär. Niemand konnte mich so umarmen wie Theo. Eine Umarmung wie eine Festung, in der ich mich vor der Welt verstecken konnte.

Heute will ich mich vor ihm verstecken. Es tut weh, so nebeneinanderzustehen, mit einem Canyon zwischen uns.

»'tschuldigung, Moin, ich will nicht stören, aber ich habe Ihr Gespräch eben mitbekommen …« Vor uns steht ein unheimlich kleiner Mann, der trotz des guten Wetters einen gelben Friesennerz trägt und eine Wollmütze auf dem Kopf hat. Er sieht aus, als wäre er gerade von einem Kutter gesprungen.

»Meine Frau un' ich, näch, wir ham das auch durch. Wir ham uns immer nur gestritten un' gekabbelt un' so, bis wir zu dieser Frau gegangen sind. Die hat uns, wie soll ich sagen …«, er legt seine Stirn in Falten, »gerettet hat die uns, näch, kann ich nich' anners sagen. Die hat uns gerettet!«

Die Situation ist so skurril, dass ich meinen Ärger auf Theo vergesse und ihm einen Blick zuwerfe. Er sieht genauso verwirrt aus wie ich.

»Jedenfalls … geht da einfach ma' hin!« Er drückt mir eine Visitenkarte in die Hand.

Ich versuche, ohne Lesebrille zu entziffern, was auf der Karte steht. Mit etwas Mühe gelingt es mir.

Paartherapie
Holly Golightly
Psychotherapeutin

»Wo sollen wir hingehen?« Theo sieht mich fragend an. Ich halt ihm die Karte hin. Das Männchen im Friesennerz steht erwartungsvoll vor uns. Offenbar sollen wir etwas zu seinem Vorschlag sagen.

»Danke, das werden wir mal überlegen.« Ich schaue ihn freundlich an, in der Hoffnung, dass er dann geht.

Er sieht skeptisch von mir zu Theo. Er scheint zu ahnen, dass ich vorhabe, die Karte an der nächsten Ecke zu entsorgen.

»Holly Golightly?«, sage ich fragend.

»Die nennt sich einfach nur so. Das is', wie soll ich sagen, so 'ne Art Künstlername.« Er nickt überzeugt.

»Gut, danke«, sagt Theo abschließend, der es wohl inzwischen auch geschafft hat, die Karte zu lesen.

»Geht da mal hin«, wiederholt sich der kleine Mann. Er will noch mehr sagen, aber Theo hebt die Hand zum Abschied und setzt sich in Bewegung.

Ich folge ihm, um nicht mit dem Typen allein übrig zu bleiben. Er sieht uns nach. Theo gibt mir die Karte zurück, was mich aufregt, weil es jetzt mein Job ist, sie loszuwerden. Wenn sie nach dem Mord bei uns in der Wohnung gefunden wird, ist sie sicher ein Hinweis, mit dem die Kommissare etwas anfangen können.

Holly Golightly

Als wir uns langsam auf die dunkelblaue Haustür zubewegen, frage ich mich, ob sich das Männchen im Friesennerz freuen würde, wenn es uns sähe. Ich kann mir nicht richtig erklären, wie wir hier landen konnten. Vielleicht weil ich aus irgendeinem seltsamen Grund die Karte nicht entsorgen konnte. Außerdem habe ich mit dem Bratwurstgespräch die Tür zu unseren Eheproblemen aufgestoßen, und seit sie mit uns in einem Raum stehen, gibt es keinen Frieden mehr. Wir wussten einfach keinen Ausweg, also schlug Theo vor, einen Termin »bei dieser Tiffany« zu machen.

»Holly, Holly Golightly aus dem Film *Frühstück bei Tiffany*«, verbesserte ich ihn.

Er brummte nur, und ich rief an.

Vielleicht war es einfach aus Neugierde, zu sehen, welche Psychotherapeutin sich wie eine Filmfigur nennt.

Das hübsche Haus in Blankenese lässt darauf schließen, dass es viele Menschen gibt, die eine Paartherapie bei ihr machen.

Theo klingelt, und dann passiert lange nichts. Wir starren beide auf die blaue Tür. Als sie endlich geöffnet wird, habe ich kein passendes Gesicht zur Hand. Eine alte Dame steht vor uns. Sie ist das komplette Gegenteil der jungen Audrey Hepburn, die Holly Golightly einst im Film verkörpert hat.

Ihre Haare sind weiß und in Wellen gelegt. Sie trägt Jeans und darüber ein langes knallbuntes Karohemd. Ihre Füße stecken in flauschigen Pantoffeln. Sie lächelt uns an und lässt uns eintreten.

Wir gehen durch einen langen Flur, und sie öffnet eine dunkelbraun gestrichene Tür zu einem großen Raum.

Der Raum ist hübsch möbliert. Ein großes Chesterfield-Sofa in Hellbraun dominiert das Zimmer. Ihm gegenüber steht ein Ohrensessel mit einem Beistelltischchen, auf dem sich eine Karaffe mit Wasser befindet und ein Glas. Durch ein großes Fenster mit vielen kleinen Butzenscheiben fällt die Nachmittagssonne.

Es ist ein heller, freundlicher Ort, an dem man bleiben möchte.

Die alte Dame, die ich unmöglich Holly Golightly nennen kann, macht eine einladende Handbewegung. Ich frage mich, was sie tun würde, wenn ich mich nicht, wie offensichtlich vorgesehen, auf das Sofa zu meinem Noch-Ehemann setzen würde, sondern auf den Sessel.

»Was möchten Sie trinken? Kaffee, Tee, Wasser?« Sie zaubert aus der Wand gegenüber mit ein paar Handgriffen eine Küchenzeile mit einer ultramodernen Kaffeemaschine.

Theo bestellt einen schwarzen Kaffee, ich wähle ein Wasser. Mir ist warm, und ich kann den Gedanken an ein heißes Getränk nicht ertragen.

Ich setze mich vor Theo auf das Sofa, sodass er den Abstand zwischen uns wählen muss. Das Sofa ist ziemlich lang, sicher um den Paaren die Möglichkeit zu geben, weit auseinander zu sitzen. Theo setzt sich näher, als mir lieb ist.

Er bekommt seinen Kaffee, ich mein kaltes Wasser. Die Küchenzeile verschwindet wieder hinter der Wand, die, wie ich jetzt weiß, eine Schranktür ist.

»Ich würde Sie gern mit Ihren Vornamen ansprechen, wenn das für Sie in Ordnung ist.« Sie formuliert es wie eine Frage, betont den Satz aber nicht so. Es ist klar, dass sie uns ab sofort Theodor und Ingvild nennen wird. »Sie können mich Holly nennen.«

Ich unterdrücke ein Grinsen.

»Finden Sie das witzig, Ingvild?«, fragt die Therapeutin.

Theo sieht mich erschrocken an. Ich bekomme meine Mundwinkel wieder unter Kontrolle. »Ja«, gebe ich nach kurzem Zögern zu. »Ich finde es witzig, dass Sie sich wie die Neunzehnjährige aus *Frühstück bei Tiffany* nennen.«

Theo hampelt neben mir herum.

»Und Ihnen, Theodor, ist es unangenehm, dass Ihre Frau mir das sagt, direkt am Anfang unserer Sitzung?«

Theo räuspert sich. »Mir wäre es auch am Ende der Sitzung unangenehm gewesen.«

Frau Golightly nickt und schenkt sich in aller Ruhe ein Glas Wasser ein. »Fangen wir mit ein paar Eckdaten an.«

Sie stellt uns eine Reihe von Fragen, die nur den Zweck haben, dass wir uns etwas sicherer fühlen. Wir geben unser Alter an, wie lange wir uns schon kennen, ob wir Kinder haben und so weiter. Dann lehnt sie sich zurück, schaut uns an und sagt nichts.

Gerade als ich denke, das wird mir hier zu blöd, macht sie eine seltsame Bewegung mit dem Oberkörper und fragt mich: »Was ist Ihr Ziel für diese Paartherapie?«

Ich finde die Frage bescheuert. Ich finde es bescheuert, hier mit Theo auf dem seltsam langen Sofa zu sitzen. Aber ich reiße mich zusammen und antworte: »Na, das Ziel, das wohl alle Paare haben.«

»Und das wäre?« Sie lässt nicht locker.

»Mein Gott!« Ich mache eine unbestimmte Handbewegung.

»Ingvild, ich stelle diese bescheuerte Frage, damit Sie ein klares Ziel definieren. Und das Ziel ist wichtig, denn je konkreter Sie es formulieren können, umso leichter wird es, es auch zu erreichen.«

Ich bin perplex, weil sie meine Gedanken erraten hat.

»Das Ziel könnte sein: Ich will nicht mehr ständig wütend auf meinen Partner sein. Oder: Ich wünsche mir die Nähe zurück, die wir einmal hatten. Oder: Ich wünsche mir das Sexleben zurück. Es gibt kein Falsch oder Richtig bei dieser Antwort.«

Oh doch. *Ich wünsche mir, dass ich keine Mordfantasien mehr habe.* Das ist sicher keine richtige Antwort. Ich schaue auf meine Schuhe. Mir ist gar nicht aufgefallen, wie staubig sie sind. Ich berühre meinen linken Schuh und male eine Linie in den Staub. Theo schubst mich leicht in die Seite.

»Was?«, zische ich.

»Du musst antworten«, zischt er zurück.

Es ist albern, leise zu sprechen, wenn dir jemand direkt gegenübersitzt und sowieso alles hören kann.

»Warum ich, fang du doch an!«, sage ich entnervt und rutsche ein Stück weiter weg von ihm.

»Ich wünsche mir meine alte Vivi zurück. Die, die nicht ständig genervt von mir war, sondern strahlte, wenn sie in einen Raum kam.«

Ich lege mir die Hand an die Stirn, um nicht laut aufzustöhnen.

»Ingvild? Stört Sie Theodors Antwort?«

Ich stehe auf. Das hier hat keinen Sinn. Ich gehe ein paar Schritte, dann platzt es aus mir heraus. »Und ob mich seine Antwort stört! Ich soll mich ändern! Ich soll unkompliziert sein und strahlen, während er so …« Ich ringe nach Worten und finde nur sehr beleidigende, also lasse ich sie einfach weg. »Während er so bleiben kann, wie er ist.«

Die Therapeutin erhebt sich erstaunlich schnell. Sie geht zur Wand, hinter der die Kaffeemaschine versteckt ist, und klappt einen anderen Teil auf.

Was dahinter zum Vorschein kommt, ist so erstaunlich, dass ich mit Theo einen schnellen Blick wechsle.

Holly drückt mir drei Bälle in die Hand. Sie dirigiert mich zu einem kleinen Kreuz auf dem Boden und lächelt. »Sie sagen jetzt immer eine Sache, auf die Sie wütend sind, und werfen dann die Dosen ab. Theodor ist dafür verantwortlich, dass immer genügend Dosen zum Abwerfen vorhanden sind. Ich liefere Ihnen Bälle nach.«

Sie klingt plötzlich wie der Coach eines Sportteams. Ich stelle diese seltsame Übung nicht infrage, denn ich habe wirklich große Lust, diese ganzen verdammten Dosen abzuwerfen.

»Ich bin wütend auf Theos Keksvorrat!« Ich werfe mit voller Wucht, und der Ball landet zwanzig Zentimeter neben den Dosen.

Theo lacht.

»Ich bin wütend, weil du lachst!«, sage ich und werfe diesmal präziser. Die oberste Dose fällt scheppernd herunter.

»Ich bin wütend, weil du alles mir überlässt!« Ich werfe und treffe. »Alles!« Ich werfe noch mal, und jetzt fallen fast alle Dosen vom Regal, und Theo muss sie schnell vom Boden aufsammeln und aufbauen.

Frau Golightly reicht mir neue Bälle an und nickt anerkennend. Ich freue mich über ihr kleines Lob.

»Ich bin wütend auf mich, weil … Ich weiß nicht, warum!«, rufe ich und ziele in die Mitte der Dosen. Jetzt habe ich den Dreh raus. Theo muss ab sofort ständig neue Dosen aufbauen, und ich genieße es, wie sie scheppernd um ihn herumfliegen.

Ich bin wegen sehr, sehr vieler Dinge wütend. Nicht alle haben mit Theo zu tun, aber viele. Irgendwann halte ich erschöpft inne.

Holly hebt die Hand, und Theo und ich lassen uns außer Atem zurück auf das Sofa fallen. Wir schauen auf das Chaos aus Bällen und Dosen auf dem Boden.

Sie wartet, bis ich den Blick hebe, dann fragt sie leise: »Besser?«

Ich nicke.

»Komm ich nicht dran?«, traut sich Theo zu fragen.

»Sie kommen dran, wenn es nötig ist«, antwortet die alte Dame mit einem Lächeln. Erstaunlicherweise wird sie mir langsam sympathisch.

»Was ist Ihr Ziel für diese Paartherapie?«

Ich atme tief durch und sage: »Ich würde gern unser Wir wiederfinden.«

»Wie sieht das Wir aus?«, fragt die Therapeutin.

Ich sehe aus den Augenwinkeln, dass Theo mich anschaut. »Zusammen kochen, zusammen lachen, zusammen über die Nachbarn lästern. Ich wünschte, ich könnte Theo alles sagen, auch die ganz kleinen unwichtigen Dinge. Und ich wünschte, es wäre ihm nicht alles egal.« Ich habe es nicht geschafft, die Antwort komplett ohne Vorwurf zu formulieren, aber Holly scheint sie auch so zu akzeptieren.

»Wie klingt das für Sie, Theodor?«

Theo räuspert sich. Warum muss er sich jedes Mal räuspern, bevor er etwas sagt? »Ganz passabel.« Er schaut unsicher im Raum herum und hebt einen Ball auf, der vor seinen Füßen liegt.

»Gibt es etwas in Ingvilds Zielen, was Sie sich auch wünschen würden?«

Theo wirft den Ball hoch und fängt ihn mit einer Hand auf. »Unsere Nachbarin, die, die über uns wohnt, ist eine sehr anstrengende Person. Das passt ganz gut«, sagt er unbeholfen.

»Sie könnten sich vorstellen, mit Ihrer Frau über diese Nachbarin zu lästern?«, fasst die Therapeutin zusammen.

»Ja.« Er räuspert sich wieder, was mich wahnsinnig macht. »Und ich finde die Formulierung schön *unser Wir wiederfinden*. Das würde ich auch gern.«

Den letzten Satz richtet er an mich. Ich weiß nicht, was ich fühlen soll. Es ist gleichzeitig ein bisschen schön und ein bisschen unangenehm.

»Gut!« Holly steht mit Schwung auf und fordert uns mit einer Handbewegung auf, dasselbe zu tun.

Wieder geht sie zu ihrem Zauberschrank, und kurze Zeit später ertönt Musik.

»Sie können doch einen Walzer, oder?«, fragt sie und hält ihre Arme in Tanzhaltung. »Das ist das Schlussritual jeder Stunde. Ein kleiner Tanz.« Begeistert klatscht sie in die Hände.

Theodor und ich nehmen sehr viel weniger begeistert eine Tanzhaltung ein. Das letzte Mal haben wir auf unserer Hochzeit Walzer getanzt, und das schon damals nicht gut.

»Eins, zwei, drei, eins, zwei, drei!«, zählt die Alte vor und verwandelt sich blitzschnell in eine grazile Tanzlehrerin.

Theo und ich holpern durch den Raum, stoßen ständig an Dosen und Bälle, die im Weg liegen. Unsere Performance ist grauenhaft, aber Holly Golightly scheint das nicht im Geringsten zu stören. Glücklicherweise ist das Stück nicht lang, und wir werden erlöst.

»Bis zum nächsten Mal suchen Sie sich bitte ein Projekt, das Sie in den nächsten Wochen oder Monaten gemeinsam machen wollen. Das kann alles sein, aber je größer, desto besser!« Sie schwingt gut gelaunt ihre Arme durch die Luft und wedelt uns so in Richtung Tür.

Wir verlassen das Haus mit der blauen Haustür und sagen nichts, bis wir im Auto sitzen.

»Oha«, sage ich, als Theo den Motor startet. »Das war ja mal schräg.«

Er nickt zustimmend. »Die hat definitiv nicht alle Latten am Zaun. Ganz sicher nicht!« Er wendet den Kopf nicht zu mir, sondern guckt auf die Straße. »Sicher, dass wir da noch mal hingehen wollen?«

Ich hatte befürchtet, dass er das fragen würde. »Es ist Wahnsinn, dass ausgerechnet wir uns verloren haben. Vielleicht braucht es jetzt eine Wahnsinnige, um das wieder hinzukriegen.« Ich schaue ihn an.

Er nickt kaum merklich und grinst. Es ist ein altes Theogrinsen, das ich lange nicht gesehen habe.

Die Idee

Theodor verfällt nach der Sitzung in ein zwei Tage andauerndes Schweigen. Ich versuche, das nicht als schlechtes Zeichen zu sehen, und schubse probeweise Gegenstände, um ein Gefühl für verschiedene Körper zu bekommen. Ich beginne, auf der Straße Männer mit Theos Statur zu mustern, und frage mich, ob ich sie unauffällig ein kleines bisschen schubsen könnte, um weiter zu üben. Ich unternehme keinen Versuch, mit Theo ein Gespräch anzufangen. So gehen wir uns aus dem Weg und leben jeder unser eigenes Leben, bis er am Dienstagabend plötzlich sagt: »Ich weiß, welches Projekt wir machen!«

Ich erschrecke wegen seiner lauten Stimme so sehr, dass der Salat, den ich gerade wasche, aus der Schale auf die Arbeitsplatte springt. Ich mag die Arbeitsplatte nicht. Wir haben sie damals ausgesucht, weil sie günstig war und uns als pflegeleicht angepriesen wurde, eine Mehrzweckplatte in Marmoroptik. Die Marmoroptik kann ihre schlechte Illusion nicht mehr richtig aufrechterhalten angesichts der vielen Kratzer und Ränder von heißen Töpfen, die meine Kinder versehentlich in die beschichtete Platte gebrannt haben. Ich klaube den Salat von ihr. »Was hast du gesagt?«

»Unser Projekt, ich habe eins!« Er kommt in die Küche und stellt sich mir gegenüber vor den Kühlschrank. Ich habe keine Ahnung, wovon er spricht, will aber nicht schon wieder nachfragen, also sage ich unverbindlich: »Okay …«

Er sieht mir an, dass ich nicht im Film bin, und erklärt: »Holly hat uns doch den Auftrag gegeben, ein gemeinsames Projekt zu finden.«

Ich schleudere den widerspenstigen Salat. Salat schleudern ist eine dieser blöden Tätigkeiten, die man nur deshalb hinnimmt, weil sie nicht lange dauern. Niemand könnte den ganzen Tag lang Salat schleudern.

»Ach, das hatte ich ganz vergessen.« Ich halte die Schleuder fest und warte, bis sie sich ausgedreht hat.

Ich muss an den Kühlschrank, und Theo macht einen Schritt zur Seite. »Und was für ein Projekt hast du dir ausgedacht?«, frage ich ohne großes Interesse. Ich überlege, ob ich das Salatdressing, das ich neulich auf TikTok gesehen habe, noch zusammenkriege. Avocado, Joghurt, Öl und … Was war das noch? Ich drücke an der Avocado herum, sie fühlt sich genau richtig an. Das erlebt man vielleicht einmal im Jahr. Ich sollte eine spontane Party veranstalten, denn so etwas sollte man wirklich feiern.

»Vivi«, sagt Theo und versucht, meine Aufmerksamkeit zu bekommen, während ich die Avocado aufschneide und feststelle, dass sie auch von innen die perfekte Reife hat.

Ich greife nach einem Löffel, um sie aus der Schale zu hebeln, aber Theo hält meine Hand fest. Die Berührung ist vertraut und fremd zugleich.

»Vivi.« Er hält mich fest und wartet, bis ich ihm ins Gesicht gucke. »Wir bauen ein Holzhaus an der Ostsee.« Seine Augen glänzen. Es ist ein alter Traum aus einem anderen Leben, beinahe so, als hätte er gesagt, wir kaufen ein Pferd oder wir werden beide Tierärzte.

Als wir uns gerade für Hamburg als Wohnort entschieden hatten und unsere Jobs hier antraten, starb Theos Vater. Er hinterließ nicht nur eine große Lücke und viele unbeantwortete Fragen, sondern auch etwas Geld. Unser Traum von Wohneigentum rückte in greifbare Nähe. Wir waren jung und träumten groß. Wir wollten ein Holzhaus bauen mit einem großen Garten, in dem wir barfuß den Sonnenaufgang beobachten konnten. Wir wünschten uns einen Kamin und eine Badewanne mit Blick in die Sterne.

Bis zur Hausplanung kamen wir nie. Es scheiterte schon an der Grundstückssuche. Norderstedt, Seevetal, Uelzen, Buxtehude – wir grasten alles in der Nähe Hamburgs ab. Die Grundstücke waren schon vor zwanzig Jahren nicht günstig, und wir konnten uns nicht mit dem Gedanken anfreunden, in einem spießigen Vorort von Hamburg zu wohnen, der natürlich in keiner Weise an die echte Perle herankam. Ein Arbeitskollege von Theo fragte uns in dieser Zeit, ob wir nicht eine Wohnung in Ottensen kaufen wollten. Sie lag unter dem üblichen Marktpreis und hatte genügend Zimmer, um eine Durchschnittsfamilie zu gründen. Und einen Balkon. Damals wäre ich nicht auf die Idee gekommen, dass ich eines Tages ziemlich häufig sauer auf diesen Balkon hinausstarren würde. Wir entschieden uns spontan für die Wohnung und damit gegen den Traum, ein Holzhaus mit Garten zu besitzen.

Ich weiß nicht, was ich sagen soll, denn ich kann nicht glauben, dass Theo das ernsthaft als Projekt vorschlägt.

»Ich weiß, es klingt verrückt. Es ist vermutlich verrückt. Aber ich wollte etwas finden, was uns früher verbunden hat. Weißt du noch?«

Er muss nicht weitersprechen. Natürlich weiß ich noch, wie wir nächtelang davon gesprochen haben und bei unserem

Schwedenurlaub völlig ausflippten. »So eins!«, schrie Theo, während wir mit den Rädern an den vielen Holzhäusern vorbeifuhren. Wir hielten Händchen und fotografierten jedes Haus, das uns vor die Linse kam. Von diesem Urlaub gibt es kaum Bilder von uns, aber von gefühlt zehntausend Holzveranden, kleinen Erkern und schnuckeligen Haustüren.

Der Traum vom Holzhaus wurde mit der vernünftigen Entscheidung, ein Schnäppchen im aufstrebenden Stadtteil Ottensen zu machen, begraben. Wir sprachen nie mehr darüber. Und jetzt kommt Theo mit diesem Vorschlag um die Ecke. Warum? Warum sollten wir jetzt ein Holzhaus bauen? Unsere Ehe hängt am seidenen Faden, die Kinder sind ausgezogen, wir haben nicht mal einen Hund. Unser Lieblingsinder ist um die Ecke, *alles* ist hier um die Ecke, und die Wohnung steigt praktisch minütlich im Wert. Wir *lieben* die Stadt.

»Das ist das Unvernünftigste, was du je gesagt hast.«

Theo nickt. »Ich weiß. Aber wenn man eins und eins zusammenzählt, klingt es gar nicht mehr so verrückt. Du liebst die Ostsee. Immer wenn wir dort sind, bist du wie ausgewechselt. Ein Holzhaus in der Nähe des Meers. Lass uns eins bauen!«

Ich schaue ihm in die Augen. »Es ist ein absolut bescheuerter Plan, aber weißt du, was? Ich bin dabei.«

Er sieht mich so erstaunt an, wie ich mich selbst fühle. Mir wird schwindelig, und ich verschränke meine Finger in seinen. Er nimmt auch meine andere Hand. Wir halten uns gegenseitig fest und sehen uns erschrocken an. Dann grinst er sein Theogrinsen, und ich weiß, dass ich die richtige Entscheidung getroffen habe.

Wir schlafen eine Nacht über unseren kühnen Plan. Am nächsten Morgen fragt mich Theo mit sorgenvollem Blick, ob ich immer noch dahinterstehe.

Ich blicke von meiner Tasse Tee auf. »Ich weiß es nicht«, sage ich ehrlich. »Ich denke, wir sollten die Idee etwas reifen lassen, mit der Therapeutin darüber sprechen und mit unseren Freunden. Was meinst du?«

Er setzt sich zu mir an den Tisch. Er sieht alt aus, älter, als ich ihn abgespeichert habe.

»Seit die Kinder ausgezogen sind, frage ich mich, was da jetzt noch kommt«, beginnt er langsam. Er streicht mit den Händen über die Tischplatte. Ich kenne diese Geste. Er macht das, wenn er nach Worten sucht, dann suchen seine Hände automatisch mit. »Und ich hatte die erschreckende Erkenntnis, dass da nichts mehr kommt.«

Wenn ich ihn von einer Klippe schubse, hat er recht. Aber er kann unmöglich von dieser Fantasie wissen. Ich sehe ihn fragend an.

Theo streicht sich über seinen Dreitagebart, der früher dunkel war und jetzt silbern glänzt. »Da kommt nichts mehr, wenn wir es nicht selbst anstoßen.«

»Aber war das nicht schon immer so? Wir mussten doch auch früher Dinge angehen, damit etwas passiert«, werfe ich ein.

»Ja, aber das wurde uns immer vom Leben geschenkt. Du bist mit der Schule fertig, also musst du studieren oder eine Ausbildung machen und dann einen Job suchen. Wir waren verliebt, also haben wir geheiratet und Kinder bekommen. Wir mussten nur dem Strom folgen. Aber jetzt …« Er sucht wieder mit den Händen die Tischplatte ab. »Jetzt ist da kein

Strom mehr. Wenn wir das Steuer nicht rumreißen, kommen wir nicht weiter. So fühlt es sich für mich an. Es kann doch nicht sein, dass mit Anfang fünfzig schon alles vorbei ist! Ich ertappe mich dabei, dass ich mir ausrechne, wie lange es noch bis zur Rente ist. Das ist doch …« Er steht plötzlich auf und geht im Zimmer umher. Der Rest seines Satzes versickert zwischen seinen Gesten.

»Das war ein so großer Traum damals. Ein unerfüllter Traum. Ich finde, wir sollten ihn wahr machen. Wenn wir es jetzt nicht tun, ist es zu spät. Dann machen wir es nie.« Er bleibt vor mir stehen und stützt sich mit den Händen auf die Stuhllehne.

Damit hat er sicher recht. Aber rechtfertigt das ein so verrücktes Projekt?

Wiebke hat ein paar Salate gemacht und die Käsetheke leer gekauft. Ich habe aufgehört mitzuzählen, wie viele Scheiben Baguette Theo schon gegessen hat. So viele leere Kohlenhydrate! Wiebke bietet mir von ihrem Salat an, den sie immer mit dem Thermomix macht: Eisbergsalat mit Rosinen, für den sie wie sonst auch von allen Applaus erntet. Ich glaube, ich bin die Einzige, die ihn nicht mag. Ich lehne lächelnd ab und nehme mir stattdessen vom Kartoffelsalat. Kalorienmäßig auch eine Katastrophe, aber ich kann ja schließlich nicht gar nichts essen.

Frank und Martin lachen über einen Witz von Lutz, Wiebkes Mann. Die beiden sind das bodenständigste Paar, das ich kenne. Lutz ist Steuerberater, Wiebke Arzthelferin. Ihr Sohn ist schon vierundzwanzig, wohnt aber immer noch zu Hause. Ich habe ihn trotzdem seit Jahren nicht mehr gesehen. Er lebt in einer Parallelwelt und schafft es so wunderbar, den Freunden seiner Eltern aus dem Weg zu gehen.

An Wiebkes und Lutz' Wohnung ist nichts auszusetzen. Alles ist normal, nichts fällt auf. Nicht der schlichte Holztisch mit den Lehnstühlen, nicht die offene Küche mit den weißen Fronten, und auch nicht das graue Sofa mit den passenden grauen Kissen. Hier ist alles so durchschnittlich normal, dass ich mir in meinem knallroten Oberteil fast wie ein Paradiesvogel vorkomme.

Christa wirkt heute ein wenig blass, und ihre hellblaue Bluse unterstreicht diese Blässe noch. Maja sieht wie immer von uns Frauen am besten aus. Sie hat volle lange Haare, die sie in kunstvolle Wellen legt, und ihre Haut sieht aus, als komme sie gerade frisch von einem Meerspaziergang. Sie trägt raffinierte Klamotten mit Details, auf die ich im Leben nicht kommen würde: passender Gürtel zum Haarband und andere Schikanen.

Christa, Wiebke und ich sind uns einig, dass Maja nur aus einem Grund so bombastisch aussieht: weil sie keine Kinder hat. Wir sind ein bisschen neidisch auf all die Jahre, in denen Maja zur Kosmetikerin rennen, shoppen gehen und sich mit ihrem unendlichen Zeitkontingent hunderttausendmal mehr um sich selbst kümmern konnte als wir. Jetzt sind unsere Kinder zwar groß, aber wir haben verlernt, uns um uns selbst zu drehen. Ich wähle immer noch Frisuren, die möglichst wenig Stylingaufwand bedeuten, auch wenn ich jetzt die Zeit dafür hätte, so wie Maja.

Maja erzählt uns seit Jahren, wie viel sie arbeitet und wie wenig Zeit sie hat. Sie weiß nicht, dass wir alle innerlich die Augen verdrehen, wenn sie davon anfängt. Wie kann eine Frau ohne Kinder behaupten, sie hätte keine Zeit? Sie hat keine Ahnung, wie es ist, wenn man mit Kleinkindern weder zum Schlafen oder Essen noch zum Duschen kommt.

Maja ist also die Vielbeschäftigte, Christa ist die Schlaflose, Wiebke die Übermutter, und ich bin ab heute die Wahnsinnige, die Hamburg verlassen will, um in der Pampa ein Holzhaus zu bauen.

Ich sehe es in ihren Gesichtern, als Theo davon erzählt, noch bevor sich irgendjemand traut, etwas zu sagen.

»Wo wollt ihr denn bauen?«, fragt Frank.

Theo sucht kurz meinen Blick.

»Das wissen wir noch nicht. Wir sind noch ganz am Anfang. Bisher ist es nur eine Idee«, sage ich und schaue tapfer in die vielen verständnislosen Augen.

»Ihr wollt aus Hamburg raus?«, fragt Maja und macht dabei ein Gesicht, als hätten wir verkündet, ab sofort ausschließlich Radieschen zu essen.

»Ein Grundstück in Hamburg zu finden wird vermutlich schwierig«, sage ich schnippisch.

»Habt ihr euch das gut überlegt? So was ist ja auch eine enorme Belastung für jede Ehe!« Christa schaut ihren Frank an, der bestätigend nickt, als hätte er in seinem Leben schon drei Holzhäuser gebaut und dabei jedes Mal eine Ehefrau verloren.

»Der Tipp kam von unserer Paartherapeutin.« Theo schaut triumphierend in die Runde.

Er hat keine Ahnung, was er damit angerichtet hat. Ich versenke mich, so gut ich kann, in mein Weinglas, während der Sturm über uns losbricht. Alle wollen wissen, warum wir zur Therapie gehen und seit wann und wer uns die Therapeutin empfohlen hat. Theo, das Schaf, erzählt brav die Wahrheit, was nur noch mehr Entsetzen bei unseren Freunden auslöst.

»Ich fass mal eben zusammen …«, sagt Frank.

Ich kann es kaum erwarten. Um mich zu wappnen, nehme ich drei Scheiben des Baguettebrots, das ich bisher tapfer gemieden habe.

»Ein Unbekannter hat euch eine Karte von dieser Holly Irgendwas gegeben, und die hat euch beauftragt, ein gemeinsames Projekt zu finden. Ihr habt euch daraufhin überlegt, ein Holzhaus im Nirgendwo zu bauen wäre das perfekte Projekt für euch.« Er hebt sein Glas, als hätte er gerade eine superwitzige Rede gehalten.

Ich stopfe das Brot in mich hinein.

»Es ist ja nur eine Idee, stimmt's?«, sagt Wiebke, die neben mir sitzt, versöhnlich, weil sie merkt, dass mein Puls in die Höhe steigt.

»Es war Theos Idee, und ich finde sie gut. Man kann natürlich auch den Rest seines Lebens in Hamburg rumsitzen und jedes Jahr an Silvester nach Sylt fahren und im Sommer nach Mallorca fliegen. Wenn man das besser findet.« Damit beschreibe ich angriffslustig Christas und Franks Leben. Mal sehen, wie ihnen das gefällt.

Christa und Frank legen die Köpfe schief. »Was soll das denn jetzt heißen?«, fragt Christa und bekommt rote Flecken am Hals.

»Nichts, ich fasse nur zusammen, was eure gemeinsamen Projekte sind. So wie Frank das gerade für uns gemacht hat«, sage ich ruhig. Ich kann sehen, wie unangenehm es Theo ist, dass ich zurückschieße. Das ist so typisch! Dabei hat er das Ganze doch provoziert.

»Lasst uns einfach festhalten, dass jeder von uns seinen eigenen Lebensentwurf hat. Und das ist auch gut so«, mischt sich Martin ein. Er sieht seine Frau Maja zärtlich an und küsst sie auf den Mund, als wären sie ein verliebtes Teenagerpärchen, das noch keine Ahnung von all den Problemen hat, von denen wir sprechen.

»Und am besten hat man keine Kinder, oder wie darf ich das jetzt verstehen?«

Oha, jetzt hat Christa sich hochgefahren, und es wird jeden erwischen, der den Mund aufmacht. Ich weiß gut, wie sie sich fühlt. Die Wechseljahre sind nicht gerade die friedlichsten Jahre einer Frau.

»Das habe ich doch überhaupt nicht gesagt!«, verteidigt Martin sich entsetzt.

»Aber gedacht hast du es! Was sollte es denn sonst, hier so heuchlerisch deine Frau zu küssen – so nach dem Motto *Wir haben es ja richtig gemacht und uns den Scheiß nicht ans Bein gebunden!*« Christa wird immer lauter. Die Flecken haben ihr Gesicht erreicht.

Majas Gesicht wird erst blass, dann rot. »Ach ja? War ja klar, dass das jetzt kommt. Seit Jahren höre ich mir das an. Ihr armen Eltern, was ihr alles leisten müsst! Wie gut Martin und ich es dagegen haben! Meine Güte, wir hatten doch alle eine Wahl, oder nicht?«

Ich kann Maja ansehen, wie lange sie schon mit diesem Thema zu kämpfen hat. Es ist, als hätte sie nur darauf gewartet, es endlich einmal ausspucken zu können.

Lutz sieht ziemlich verzweifelt aus. Er versteht nicht, wie die Stimmung so plötzlich kippen konnte. »Leute, jetzt beruhigen wir uns alle wieder.« Er macht einige hilflose Armbewegungen, die vermutlich beruhigend wirken sollen.

»Immer seht ihr nur die Vorteile, aber wie sehr man an einer Beziehung arbeiten muss, wenn man nur zu zweit ist, ohne eine Aufgabe, die man als Eltern ja geschenkt bekommt – darüber denkt keiner nach.« Maja wirft aufgeregt ihre sorgfältig eingedrehten Wellen nach hinten.

Martin nickt zustimmend und nimmt ihre Hand, was Christa nur weiter anstachelt.

»Weißt du, was, Maja, du hast recht«, ätzt sie. »Wir wissen nicht, wie anstrengend es sein muss, wenn man nur sich selbst zu versorgen hat. Und ihr habt dafür nicht den Hauch einer Ahnung, wie sehr es eine Ehe auffressen kann, wenn man sich ständig um zwei andere Menschen kümmern muss und am Ende nichts mehr übrig bleibt. Gar nichts mehr!« Sie zerreißt wütend ein Brot. »Und dann sucht sich der Mann eine andere, eine Jüngere, natürlich!«

»Zwei Jahre, Christa, zwei Jahre! Wirklich jetzt?« Frank wirft seine Serviette auf den Tisch und stützt seinen Kopf in die Hände.

Christa beginnt, lautlos zu weinen.

Alle halten betreten inne. Keiner weiß, wo er hinschauen soll. Frau Golightly könnte hier jede Menge neuer Klienten abgreifen.

Ich frage mich, ob es unpassend ist, noch ein Brot zu essen. Alle am Tisch sind erstarrt.

Wiebke bewegt sich als Erste: »Will noch jemand von dem Eisbergsalat?«

Stunde null

Holly trägt heute einen dünnen weißen Rollkragenpulli. Ich bewundere Frauen, die Weiß tragen können, ohne sich in den ersten zwanzig Minuten gleich Tomatensoße oder Nutella an die Klamotten zu schmieren.

Wenn man nur ihr Oberteil sehen würde, könnte man meinen, sie hätte sich sehr klassisch gekleidet. Aber untenrum trägt sie eine blaue Leggins und einen puffigen Rock in derselben Farbe. Der Rock wird von einem knalligen roten Gürtel gehalten, und ihre dürren Beine stecken wieder in den puscheligen Pantoffeln.

Diesmal ist es mir nicht so unangenehm, mit Theo auf dem langen Sofa zu sitzen. Diesmal wirkt der helle Raum schon vertraut. Ich weiß, was sich hinter der glatten weißen Schrankwand befindet, und das gibt mir irgendwie ein gutes Gefühl. Theo und ich haben nicht geredet auf der Fahrt hierher. Vorerst muss es reichen, dass wir gemeinsam zu unserer Therapeutin gehen. Man kann nicht zu viel auf einmal verlangen.

Auf Hollys Frage, was wir trinken wollen, sind wir diesmal vorbereitet. Ich bestelle einen Kräutertee, Theo seinen schwarzen Kaffee.

Als wir die Getränke erhalten, erwarten wir beide etwas Smalltalk, aber Holly hat andere Pläne. Sie reibt sich die Hände und fragt sofort: »Haben Sie sich ein Projekt überlegt, das uns die nächsten Wochen und Monate begleiten wird?« Sie schaut auf ihre Karaffe und schenkt sich ein Glas Wasser ein, um niemanden ansehen zu müssen. So ist es unsere Aufgabe, zu entscheiden, wer antworten soll. Ich sehe Theo an, und er holt tief Luft und sagt: »Ja, Vivi und ich haben gedacht, wir bauen ein Haus. Ein Holzhaus. An der Ostsee.«

»Sie bauen ein Haus? Als Projekt?« Einen kurzen Moment geht ihr die Professionalität verloren, und ich kann den Satz »Sind Sie eigentlich völlig irre?« in ihren Augen tanzen sehen.

»Ja. Das ist der Plan«, sagt Theo mit fester Stimme.

Holly fängt sich wieder und schenkt uns nun ihr bedeutsames Therapeutenschweigen.

Ich halte das wie immer nicht aus und sage: »Das war früher mal unser Traum, ein Haus zu bauen, und da dachten wir, wieso nicht. Wieso nicht jetzt? Also eher, wann, wenn nicht jetzt.« In meinem Kopf ist plötzlich der Text dieses albernen Karnevalslieds. *Wenn nicht jetzt, wann dann? Wenn nicht hier, sag mir, wo und wann …*

»Gut, dann haben Sie jetzt ein Projekt.«

Ich glaube, der Satz kostet sie etwas Mühe. Wenn nicht einmal unsere Paartherapeutin glaubt, dass wir es schaffen können, haben wir dann eine Chance?

»Sie finden, das ist eine Nummer zu groß für uns?«, frage ich und merke, wie angespannt meine Schultern sind. Ich versuche, sie fallen zu lassen.

Holly schaut mich voll Wärme an. »Es ist nicht wichtig, was ich denke. Es ist nicht meine Aufgabe, Meinungen über Sie zu haben. Denken *Sie*, die Aufgabe ist zu groß für Sie beide?«

Ich nicke. »Oh ja. Einhundert Prozent!«, gebe ich zu.

Theo guckt an die Zimmerdecke, was in mir eine kleine Aggression auslöst.

»Was denn?«, fahre ich ihn an, und er erschrickt. »Natürlich ist das ein riesengroßer bescheuerter Plan, das musst du auch zugeben!«

Bevor Theo etwas antworten kann, fragt Holly: »Warum wollen Sie es trotzdem versuchen, Ingvild?«

Ich atme hörbar Luft aus. »Das kann ich nicht beschreiben. Es ist so ein Gefühl, dass es richtig ist.«

»*Trust the process*. Sie vertrauen dem Prozess. Das ist sehr gut, denn genau dazu wollte ich heute eine Übung mit Ihnen machen.« Sie steht gut gelaunt auf. »Sie geht folgendermaßen: Einer von Ihnen gibt einen Impuls, sagen wir, Theodor klatscht in die Hände. Dann reagieren Sie spontan darauf, Ingvild, indem Sie sich zum Beispiel umdrehen. Darauf reagiert Theodor dann wieder und so weiter. Es darf dabei nicht gesprochen werden.«

Theo hebt die Hand wie ein Schuljunge. »Sind Geräusche erlaubt?«

Ob Geräusche erlaubt sind? Will er mich angrunzen? Ich finde die ganze Übung kindisch. So was kann man mit Grundschülern machen. Was soll das?

Holly gestattet ihm, Geräusche zu machen, und er fängt an und schaut provozierend an die Decke.

»Dein Ernst?«, frage ich genervt. Ich habe keine Lust auf die blöde Übung. Und so schon gar nicht.

»Ingvild, keine Sprache! Übersetzen Sie es in Gesten.«

Wie soll ich das in Gesten übersetzen?

Ich beschließe, ihn ebenfalls zu provozieren, und beiße mir mit den Unterzähnen auf die Oberlippe. Ich mache das manchmal unbewusst, und Theo regt sich dann jedes Mal darüber auf. Er reagiert, indem er sich aufs Sofa legt, was eine neue Provokation ist. Ich beschließe, mich nicht weiter reizen zu lassen, und drehe mich einfach einmal im Kreis.

Theo steht auf und dreht sich ebenfalls im Kreis. Ich mache die Yogaübung Baum, bei der man die Hände über den Kopf hält und ein Bein angewinkelt an sein Standbein lehnt. Er deutet Applaus an, ich strecke ihm die Zunge heraus, und er hält sich beide Hände vor das Gesicht. Wir werden langsam schneller, und je weniger wir über unsere Reaktion nachdenken, umso überraschender wird sie. Wir tanzen durch den Raum. Rollen auf dem Boden und berühren uns sogar ab und zu. Es ist seltsam, auf diese Art und Weise mit Theo zu kommunizieren, aber ich muss zugeben, dass es mir nach einer Weile sogar Spaß macht.

Als wir außer Atem wieder auf dem langen Sofa sitzen, fragt Holly Theo, wie er sich bei der Übung gefühlt hat.

Er streicht sich mit den Händen über die Oberschenkel. »Zuerst war das ein Gefühl von Abwehr. Ich wäre Ingvilds Gesten gern entkommen. Aber dann war es irgendwie befreiend, auf alles reagieren zu können.«

Holly nickt und schaut mich an.

»Für mich war es schön, so mit Theo zu kommunizieren, weil ich immer eine Reaktion bekommen habe. Selbst wenn es eine seltsame oder abwehrende Reaktion ist, ist das für mich besser als gar keine.«

»Und im Alltag wünschen Sie sich manchmal mehr Reaktionen von ihm?«

Ich nicke. Theo schaut an die Decke, und wir müssen beide lachen.

»Haben Sie schon etwas für Ihr Projekt unternommen?«

Wir schütteln beide etwas beschämt den Kopf.

»Sehr gut. Dann befinden Sie sich jetzt in Stunde null. Jede Woche werden Sie mir von den Fortschritten berichten, und jedes Mal werden Sie eine kleine Aufgabe von mir bekommen. Die Aufgabe für den nächsten Schritt lautet: Positiv akzeptieren, was der Partner anbietet. Im Klartext heißt das: Wenn der Partner sagt, er würde gern eine Doppelhaushälfte bauen, dann wird diese Idee erst einmal akzeptiert und gemeinsam in Ruhe besprochen. Es ist verboten, sofort abzulehnen.« Sie hebt einen Zeigefinger.

Warum schaut sie dabei mich an? Dasselbe gilt dann ja wohl auch für Theo!

Wir nicken beide wie Schulkinder, und dann müssen wir wieder zusammen tanzen. Es läuft nicht besser als beim letzten Mal. Theo tritt mir zweimal auf den Fuß, und nur Holly hat bei der Aktion ihren Spaß.

Im Auto traue ich mich, ihn zu fragen, wie er es heute fand.

»Ganz okay«, sagt er. »Ich finde sie immer noch seltsam, aber ich vertraue ihr im Großen und Ganzen. Die Übungen klingen immer erst mal bekloppt, aber dann bewirken sie doch etwas. Schaden kann es nicht.«

»Na, das ist ja mal enthusiastisch! *Warum gehen Sie zur Paartherapie?* Weil es nicht schadet!« Ich sehe aus dem Fenster.

»Was willst du von mir, Ingvild?«, fragt er entnervt und umklammert das Steuer.

»Nichts, Theodor, gar nichts«, sage ich seufzend und frage mich, ob ich ihn vielleicht auch einfach aus dem fahrenden Auto schubsen könnte.

»Theo!«

Er schaut müde von seinem Sessel, in dem er eingeschlafen ist, zu mir herüber.

»Ich habe ein Grundstück gefunden!« Ich tippe aufgeregt auf den Bildschirm meines Laptops.

Er wirkt erst nicht so, als würde ihn das interessieren. Seit dem kurzen Gespräch im Auto haben wir kein Wort mehr miteinander gesprochen. Wir haben das Nebeneinanderherleben in den letzten Jahren perfektioniert und können jederzeit darauf zurückgreifen. Aber jetzt müssen wir damit eine Pause machen, denn ich habe im Internet eine Entdeckung gemacht.

»Ich habe ein perfektes Grundstück gefunden, in der Nähe des Meeres!« Meine Stimme überschlägt sich fast vor Aufregung. Ich versuche, mich mit dem Laptop in der Hand schnell aufzurichten, was mein Kreislauf nicht so recht mitmachen will. Schwankend setze ich mich wieder.

Theo, der meinen Versuch, zu ihm herüberzugehen, beobachtet hat, erhebt sich und setzt sich neben mich. »Zeig her«, fordert er und nimmt mir den Laptop vom Schoß.

Ich spüre, dass er jetzt auch aufgeregt ist, und hoffe, er wird sich auch in das Grundstück verlieben.

Er liest die Anzeige, während ich überflüssigerweise alle enthaltenen Informationen vor mich hinrede: »Es sind tausend Quadratmeter in Mecklenburg-Vorpommern. Das Grundstück ist komplett erschlossen und grenzt an ein kleines Wäldchen, guck!« Ich fummle aufgeregt von der Seite an der Tastatur herum.

»Vivi, lass mich es einfach kurz selbst lesen und anschauen«, bittet er mich mit unterdrückter Wut.

Er hat ja recht, aber es ist furchtbar schwer, still danebenzusitzen und abzuwarten. Theo liest alles in Ruhe, dann schaut er sich die Bilder an. Ich widerstehe dem Drang, ihm alles zu zeigen, was mich so in Aufregung versetzt.

»Das sieht wirklich gut aus. Hast du mal auf der Karte geschaut, wo …«

Ich klicke auf die Karte, ehe er den Satz beenden kann. Man sieht ein kleines Dorf und die Ostsee. Wenn man zur Satellitenansicht wechselt, kann man Sandstrand erkennen. Es ist ziemlich im Nirgendwo, nicht an den bekannten Orten, die wir immer besuchen, wie Boltenhagen und …

»Wir könnten zum Meer *laufen!*« In Theos Stimme schwingt Begeisterung.

»Wie findest du den Preis?«, frage ich. Die Summe ist nicht furchtbar hoch für tausend Quadratmeter. *Tausend!* Was für eine absurd hohe Zahl an Quadratmetern.

»Der ist in Ordnung. Allerdings …« Er setzt seine Lesebrille ab und schaut mich an. »So zäumen wir das Pferd von hinten auf. Wir müssen als Erstes die Wohnung schätzen lassen und uns dann überlegen, ob wir noch mal einen Kredit aufnehmen wollen. Dann kennen wir unser Budget. Danach müssten wir checken, was ein Holzhaus kostet, in der Größe, die wir uns vorstellen.«

Wir haben noch gar keine Vorstellungen. Weder von der Größe noch von irgendetwas anderem. Wobei … Eine Veranda soll das Haus haben, auf der man sitzen kann, wenn es regnet.

Theo hat inzwischen weitergesprochen, und ich bekomme nur das Ende mit: »… und dann wissen wir, wie viel wir für das Grundstück ausgeben können.«

Das klingt ernüchternd.

»Aber bis wir all diese Infos haben, ist das Grundstück hier weg«, sage ich vehement.

Wir schauen beide auf das Bild mit dem Wäldchen. Theo klickt weiter zum nächsten Bild. Der Verkäufer hat die Ostsee fotografiert, am Morgen, kurz nach Sonnenaufgang. Vorn im Bild ist Dünengras zu sehen, und dahinter das Meer. Strand, Himmel und dieses weite, unfassbar schöne Wasser.

»Das ist, wie immer im Urlaub zu sein«, sage ich fasziniert.

»Und es ist eineinhalb Stunden von Hamburg entfernt. Wenn man gut durchkommt. Wir fahren immer eineinhalb Stunden: eineinhalb Stunden zur Arbeit, eineinhalb Stunden zum Inder, eineinhalb Stunden zum Arzt, eineinhalb Stunden –«

»Ich hab's verstanden!«, kürze ich Theos Stundenmonolog ab.

Seit Corona in der Welt ist, können Theo und ich jederzeit Homeoffice machen und nutzen das auch an ein oder zwei Tagen in der Woche. Wenn wir das ausweiten würden und vielleicht nur zweimal die Woche nach Hamburg reinmüssten … Das wäre doch machbar!

»Wir könnten jeden Morgen vor der Arbeit schwimmen gehen, wenn wir Homeoffice machen«, sage ich schwärmerisch.

»Und danach noch mal«, antwortet Theo verträumt. Er lässt sich kurz von dieser Fantasie hinreißen, dann steht er auf.

»Wohin gehst du?«, frage ich enttäuscht.

»Meinen Laptop holen. Den Wert der Wohnung checken. Du findest raus, was ein Holzhaus kostet. Groß genug, dass die Kinder uns besuchen können!«

Er ist angefixt, genau wie ich.

Wir sitzen bis spät in der Nacht nebeneinander über unsere Laptops gebeugt und recherchieren, was das Zeug hält.

Theo findet heraus, dass unsere Wohnung inzwischen ein kleines Vermögen wert ist, und ich finde heraus, dass ein Holzhaus leider auch ein kleines Vermögen kostet. Im Großen und Ganzen sieht es aber so aus, als würde der Deal »Stadtwohnung gegen Haus auf dem Land« aufgehen.

Ich schreibe dem Anbieter des Grundstücks eine Nachricht mit der Bitte um einen Besichtigungstermin. Theo schreibt einer Immobilienmaklerin, dass wir unsere Wohnung verkaufen wollen und wir gerne eine erste Schätzung hätten.

»Die werden uns die Wohnung aus den Händen reißen!«, freut sich Theo. »In der Größe wird nichts angeboten, die sind alle kleiner. Eigentlich ist es auch eine Sünde, in der Stadt auf zwei überflüssigen Zimmern zu sitzen.«

Eines der Zimmer brauchen wir schon, denke ich. Schließlich schlafen wir getrennt. Oder ändern wir das im neuen Haus?

Es ist viel zu früh, das zu besprechen. Im wahrsten Sinne zu früh, denn inzwischen ist es vier Uhr morgens.

Theo gähnt, ich gähne, und dann klappen wir unsere Laptops zu und gehen jeder in sein Zimmer, um noch ein paar Stunden zu schlafen.

Meer, oh Meer

Das Grundstück sieht nicht aus wie tausend Quadratmeter. Ich habe natürlich keine Erfahrungen mit Flächen dieser Größe, aber bei dem Wort »tausend« breitet sich vor meinem inneren Auge eine Ranch aus mit weiten Feldern und Wiesen, und das hier ist einfach eine kleine Wiese.

Der Verkäufer redet von den Vorteilen der Lage, davon, wie nah der kleine Supermarkt ist und wie weit entfernt die laute Straße. Ich kann sehen, wie Theo eine skeptische Haltung einnimmt. Und auch ich denke: Wenn der Mann es so anpreist, ist dann etwas faul?

Ich habe mich in den letzten Stunden durch so viele Bautipps und Ratschläge zum Grundstückskauf gelesen, dass sie in meinem Kopf alle durcheinanderfallen. Was muss man noch mal unbedingt fragen?

»Gibt es einen Bebauungsplan für das Grundstück?«

Der Verkäufer zieht eifrig ein Papier aus der Tasche und überreicht es mir, als sei es eine Urkunde, die ich dafür bekomme, die richtige Frage gestellt zu haben. Ich bin nur so lange stolz, bis ich den Plan in den Händen halte und nichts davon verstehe.

Der Verkäufer sieht meinen ratlosen Blick. »Sie haben ein sehr großes Baufenster, können also Ihr Haus nahezu überall hinstellen. Sie dürfen eineinhalbgeschossig bauen, und die Farbe der Dachziegel muss dunkel sein.«

Ich gleiche das im Kopf mit dem ab, was ich gelesen habe, und kann keinen Haken dabei finden.

Theo läuft inzwischen mit riesigen Schritten über die Wiese. »Hier, hier bauen wir das Haus hin!«, ruft er begeistert wie ein kleiner Junge.

»Und hier«, er wedelt mit den Armen vor seinem Körper herum, »hier kommt die Veranda hin. Genau dort ist Süden!« Er zeigt in eine Himmelsrichtung, und ich frage mich, wie er das wissen will. Der Tag heute ist so wolkenverhangen, dass niemand irgendwo am Himmel die Sonne auch nur erahnen kann. Aber offenbar weiß jeder Mann automatisch, wo Norden und Süden ist, denn der Verkäufer nickt zustimmend.

Es ist ungewöhnlich, dass Theo seine Begeisterung so offen zeigt. Normalerweise ist er sehr auf sein Pokerface bedacht. Bei unserem letzten Autokauf musste ich weggehen, weil ich sein gespieltes Desinteresse nicht ausgehalten habe. Hier und heute springt er mit seinem dicken Bauch wie ein junges Reh über die Wiese und plant, wo alles hinkommt.

Der Verkäufer schaut ihm lächelnd zu, dann sagt er entschuldigend: »Haben Sie noch Fragen? Ich habe nämlich leider noch andere Interessenten.«

Er zeigt auf ein Paar Anfang dreißig, das abwartend neben einem Porsche Cayenne steht, aus dem es offenbar eben ausgestiegen ist.

Hamburger Kennzeichen. Sie hat lange blonde, glatte Haare und trägt schicke Stiefel und einen Cashmere-Pulli. Er eine Wachsjacke und ein blau-weiß gestreiftes Hemd. Die werden nicht lange fackeln. Ich werfe Theo einen panischen Blick zu. Er hat die Gefahr ebenfalls erkannt und kommt jetzt zurück zu mir und dem Verkäufer, in einer Geschwindigkeit, die fast an Rennen grenzt.

»Wir nehmen das Grundstück«, sagt er, sobald er vor uns steht.

»Schön. Das notiere ich mir. Ich würde dem anderen Paar aber auch die Gelegenheit geben, es sich anzuschauen.« Lächelnd geht der Makler an uns vorbei und auf die reichen Eppendorfer zu.

Theo und ich sind noch nicht bereit zu gehen, wollen aber auch nicht peinlich herumstehen, während das junge Paar sich das Grundstück ansieht.

Wir nehmen den Pfad runter zum See. Gegend erkunden stand sowieso auf unserem Programm.

Wir laufen durch das kleine Waldstück. Unter den Bäumen wachsen Schneeglöckchen, die allerersten Frühlingsboten. Die Bäume selbst sind noch kahl, und es ist heute schneidend kalt. Ich bin froh, in meiner dicken Jacke zu stecken, und hoffe, die Cashmere-Kuh friert sich ihren trainierten Hintern ab, damit sie nicht so lange das Grundstück angucken und am Ende noch eine höhere Summe bieten.

Die Bäume lichten sich und geben den Blick auf die Dünen frei. Wir laufen automatisch schneller. Der Weg wird sandig, die Luft schmeckt nach Seegras. Wir kommen über eine Anhöhe, und dann sehen wir es. Weit und blau und wunderbar liegt es vor uns.

Ich sehe Theo an. Ich kann in seinen Augen genau das sehen, was ich fühle. Wir wollen das hier, unbedingt. Die Hürde, die Stadt zu verlassen, schmilzt plötzlich und wird unbedeutend. Was ist ein gutes indisches Essen schon gegen einen morgendlichen Strandspaziergang?

Theo nimmt plötzlich meine Hand und zieht mich mit sich. Ich renne hinter ihm her, bis wir am Wasser ankommen.

Kleine Wellen begrüßen uns. Weit und breit ist kein Mensch an diesem Strand zu sehen. Das Seegras liegt wie dicke Wolle überall herum. Im Winter gibt es niemanden, der es wegräumt.

Wie hypnotisiert gehen wir den Strand entlang. Dies ist ein Urlaubstag. Zu solchen Orten macht man einen Ausflug, ein paarmal im Jahr, wenn man Glück hat. Aber man wohnt hier nicht.

Wir schauen stumm auf das Meer, das so wunderschön friedlich daliegt, als hätte es all die Zeit auf uns gewartet. Der Himmel reißt auf und gibt ein Stück Blau frei. Man kann jetzt erahnen, wie überwältigend es hier im Sommer mit Sonne sein muss. Das ist etwas anderes als Kreuzungen und Straßen, Busse, Autos und Mülleimer an jeder Ecke.

Theo drückt meine Hand. »Wir machen das, Vivi, und dann retten wir unsere Ehe. Scheißegal, was alle anderen denken!«

»Ich weiß nicht, ob ich das richtig verstanden habe. Ich möchte, dass mir einer von Ihnen beiden noch mal ganz in Ruhe die Faktenlage schildert, möglichst ohne dass der andere dazwischenredet.« Frau Golightly hat heute endlich mal richtig zu tun. Deeskalation nennt man das, glaube ich. Theo und ich sind nämlich kurz davor, uns gegenseitig zu erwürgen.

Theo beginnt zu sprechen, bevor ich es tun kann. »Wir haben ein passendes Grundstück besichtigt und hatten ernstzunehmende Konkurrenz.«

»Das weißt du nicht«, werfe ich ein, obwohl ich nicht dazwischengehen soll. Ich fange mir einen tadelnden Blick unserer Therapeutin ein.

»Es war ein junges Paar, das offenbar Geld hatte«, spricht Theo weiter. »Also habe ich meiner Frau den Vorschlag gemacht, 10.000 Euro mehr zu bieten und das Grundstück sofort zu kaufen.«

»Ich fand das ziemlich wahnsinnig, habe seinen Vorschlag aber erst mal positiv akzeptiert. Sie haben ja gesagt, dass wir das so machen sollen«, sage ich genervt. Holly ist tatsächlich mit schuld an der ganzen Misere.

»Sie haben also Theodors Vorschlag, 10.000 Euro mehr zu bieten und nicht noch einmal über die Sache zu schlafen, zugestimmt?«

»Ja, habe ich. Hätte ich aber nicht, wenn wir nicht diese blöde Aufgabe bekommen hätten!«

»Ingvild, jetzt mach dich doch nicht lächerlich! Du wolltest das Grundstück genauso wie ich. Da kannst du doch jetzt nicht sagen, du hast das Grundstück nur gekauft, weil uns unsere Therapeutin eine Aufgabe gegeben hat!« Theo funkelt mich wütend an. Ich will sofort etwas erwidern, aber Holly fordert ihn streng auf, weiter die Fakten darzulegen.

»Wir haben für den nächsten Tag direkt einen Notartermin bekommen, den *Ingvild* organisiert hat. Als wir mit dem unterschriebenen Vertrag zu Hause feiern wollten, haben wir festgestellt, dass wir auf dem Grundstück überhaupt kein Holzhaus bauen dürfen. Also theoretisch schon, allerdings müssen wir es verklinkern!«

»Woher haben Sie diese Information?«, fragt Holly in aller Ruhe.

»Das stand im Bebauungsplan, den meine Frau sich auf

dem Grundstück zusammen mit dem Verkäufer angeschaut hat.« Man kann Theo anhören, wie wütend er ist.

Natürlich bin ich jetzt schuld. Klar. Er wollte das Grundstück unbedingt sofort kaufen, und er hatte die bescheuerte Idee, dem Mann auch noch 10.000 Euro mehr in den Rachen zu werfen. Ich werde ihn nicht von einer Klippe schubsen. Definitiv nicht. Ich werde ihn in kleine Stücke hacken und das gleich heute Abend mit einer Putenbrust schon mal üben!

»Der Verkäufer hat mir einiges auf dem Plan erklärt. Dass die Fassade des Hauses verklinkert sein muss, hat er nicht erwähnt.«

»Haben Sie beide denn den kompletten Bebauungsplan gelesen, bevor Sie unterschrieben haben?«

»Nein, wir dachten, das sei nicht nötig. Ich dachte ja, Ingvild hätte das im Griff. Sie hatte sich vorher eingelesen und auch die Frage gestellt, ob es einen Bebauungsplan gibt.«

»Theodor, jetzt mach dich doch nicht lächerlich!«, benutze ich seine Redewendung von vorhin. »Du bist dreiundfünfzig Jahre alt und hast keine Ahnung, dass Bebauungspläne vorschreiben, wie man bauen darf, ja?« Ich fuchtle wild mit den Armen herum, weil ich ihn am liebsten schlagen würde.

Holly hebt die Hand. »Theodor hat darauf gedrängt, das Grundstück zu einem höheren Preis gleich zu kaufen. Ingvild hat sich über Bebauungspläne eingelesen und nicht erkannt, welche Beschränkungen es bei diesem Grundstück gibt. Sie beide haben dem jeweils andern vertraut und haben jetzt ein Grundstück, das Sie momentan nicht mit Ihrem Traumhaus bebauen können.«

»Das haben Sie schön zusammengefasst«, sage ich ironisch.

»Der Punkt, den ich gerne herausarbeiten würde, ist der:

Jeder von Ihnen hat nach bestem Wissen und Gewissen gehandelt. Theodor, warum wollten Sie den Prozess, das Grundstück zu kaufen, beschleunigen?«

»Damit wir es bekommen!«

»Hat er damit eigennützig oder in irgendeiner Weise gegen Sie gehandelt?«

Ich schüttle den Kopf, nicht weil ich zustimme, sondern weil ich weiterhin sauer bin.

»Sie können weiter wütend sein, Ingvild, das ist in Ordnung, aber beantworten Sie meine Frage.« Holly packt jetzt wieder die strenge Therapeutenstimme aus, die sie ziemlich gut draufhat.

»Nein, hat er nicht.«

Sie nickt zufrieden. »Ingvild, haben Sie, als der Verkäufer Ihnen den Bebauungsplan erklärte, vermutet, dass er Ihnen nur die Hälfte erklärt oder absichtlich Dinge verschweigt?«

»Nein, natürlich nicht. Ich dachte, alle wichtigen Punkte wären geklärt. Baufenster und die Größe des Hauses. Damit waren für mich die Eckdaten sicher. Hör auf, den Kopf zu schütteln!«, fahre ich Theo an.

»Sie haben gerade eben auch den Kopf geschüttelt«, erinnert mich Holly. Sie wendet sich an Theo. »Theodor, hat Ingvild damit eigennützig oder in irgendeiner Weise gegen Sie gehandelt?«

Es hat eine gewisse Wirkung, dass sie diese Sätze so exakt wiederholt. Auch Theo windet sich etwas, bevor er sich zu einer Antwort durchringt, hält sich aber ans Skript und sagt: »Nein, hat sie nicht.«

Holly sieht sehr zufrieden aus. »Die Situation bleibt ärgerlich, aber machen Sie sich klar, dass es nicht am Partner liegt.

Das Wissen, das Sie heute haben, hatten Sie bei Ihrer Entscheidung nicht. Für die nächste Woche will ich die Aufgabe sehr klar definieren: Was immer Sie jetzt mit dem Grundstück tun, warten Sie bitte, bis Sie nicht mehr wütend sind. Handeln Sie nicht aus dem derzeitigen Frust heraus, okay?«

Wir nicken erschöpft und müssen trotz der ermüdenden Sitzung wie immer am Ende tanzen.

Theo tanzt so resigniert, dass ich das Gefühl habe, von einem Wischmopp im Arm gehalten zu werden. Wir drehen uns lustlos im Kreis, aber vielleicht ist das ja besser, als aggressiv zu tanzen. Immerhin hab ich nicht mehr das Bedürfnis, den Wischmopp in kleine Stücke zu hacken.

Regeln brechen

Ab einem gewissen Alter sieht Sport albern aus. Ich hüpfe durch das Wasser und gucke zu, wie sich die fünfzehn Frauen um mich herum abmühen und brav alles nachturnen, was die junge Frau in den Sportklamotten am Beckenrand vormacht. Bei ihr sieht es elegant aus, bei uns plump.

Die meisten hier sind schwerer und älter als Karla und ich. Es wird gehopst und gespritzt, gepaddelt und gerudert. Ob das wirklich was bringt?

Vielleicht, wenn man es jeden Tag machen würde. Der Kurs findet einmal die Woche statt, aber wenn ich ehrlich bin, gehe ich nur zweimal im Monat hin.

Die Aquagruppe gibt es schon seit einigen Jahren, und keine der Damen ist in dieser Zeit dünner geworden. Karla ist eigentlich die einzig dünne Frau hier außer der Trainerin.

Eventuell bewahrt es uns davor, noch schneller dick und unbeweglich zu werden. Ich drehe meine Arme vor meinem Bauch wie eine Kurbel. Angeblich wird dadurch das Gewebe massiert und gestrafft.

Dieses ganze Straffen! Hat denn jemals irgendjemand irgendetwas erfolgreich gestrafft? Ist »straffen« nicht einfach ein Wort für »wird halt nicht mehr besser«? Ich habe jedenfalls noch nie in einer dieser Fitnesszeitschriften eine Erfolgsgeschichte gelesen, in der sich eine Person endlich so richtig schön gestrafft hat. So mit Vorher-nachher-Bildern.

Jasmin, 52, vor dem Straffen. Dann siehst du eine Frau wie mich.

Und dann das Nachher-Bild. Wie würde das aussehen? Wie würde Jasmin, 52, gestrafft aussehen? Gestrafft durch Aquafitness.

Der Kurs ist zu Ende, und Karla und ich schwimmen noch ein paar Bahnen. Ich glaube, wenn wir, statt mit der jungen Frau im Nichtschwimmerbecken herumzuplanschen, die 45 Minuten einfach schwimmen würden, würde uns das mehr bringen.

»Glaubst du?«, fragt Karla und zieht ihre Stirn in nachdenkliche Falten.

»Hundertprozentig. Das ganze Gerudere ist doch albern.«

»Warum machst du es dann?«, fragt Karla pragmatisch.

Das ist eine gute Frage. »Ich mache es, weil es angeboten wird. Weil es da jemanden gibt, der mir sagt: ›Jetzt springst du, und jetzt paddelst du.‹ Und irgendwie vertraue ich dieser Trainerin mehr als mir selbst, obwohl ich denke, einfach zu schwimmen würde mehr bringen. Aber dann wäre ich damit allein. Ich müsste selbst schwimmen und mir vertrauen.«

Karla nickt. Wir kommen am Beckenrand an und halten uns kurz daran fest.

»Das kenne ich«, sagt sie. »Als ich noch mit Jens zusammen war, hat er immer den Weg bestimmt, den wir fahren. Er konnte sich besser orientieren als ich, also habe ich es ihm überlassen. Aber oft dachte ich: Nee, das ist doch falsch oder ein Umweg. Das war es dann auch. Hinterher habe ich mich geärgert, dass ich mir nicht genug vertraut habe, um etwas zu sagen.«

Wir stoßen uns ab und schwimmen noch eine Bahn.

»Ist das typisch Frau?«, überlege ich.

»Ja, definitiv«, antwortet Karla und dreht sich auf den Rücken.

»Dann sollten wir damit aufhören und anfangen, mehr auf unser Gefühl zu hören.«

»Das geht ja auch manchmal nach hinten los, wie bei eurer Grundstücksgeschichte.« Karla ist immer so erbarmungslos. »Was macht ihr denn jetzt?«, will sie wissen.

Ich atme etwas zu hektisch ein und verschlucke Wasser. Ich muss mich den Rest der Bahn aushusten und kann erst am Beckenrand wieder sprechen.

»Wir schweigen uns die meiste Zeit wütend an«, sage ich. »Theo meint, da kann man nichts machen. Wenn das so im Bebauungsplan steht, ist es so. Wir können es also nur wieder verkaufen und neu suchen.«

»Und was meinst du?« Karla sieht mich mit ihren braunen Augen intensiv an.

Wir stoßen uns schwungvoll ab, und ich sage: »Ich denke, man müsste erst mal überprüfen, ob man da nicht doch etwas machen kann.«

Karla schwimmt mir in den Weg. »Dann lass es uns rausfinden!«

Ich habe nicht damit gerechnet, dass sie *sofort* meint.

Ich fühle mich unwohl mit meiner im Auto getrockneten Frisur. Sicher ist es auch nicht erwünscht, dass wir hier ohne Termin einfach reinstolpern, aber wenn Karla sich etwas vornimmt, kann keiner sie davon abbringen. Außerdem sind wir ewig hierhergefahren.

Wir fragen uns im Rathaus durch, wer für Bebauungspläne zuständig ist.

Ein Herr Blumental in Zimmer 2.23.

Wir müssen etwas suchen, denn die Logik, nach der die Räume hier angeordnet sind, ist etwas speziell. Dann endlich finden wir es. Vor Zimmer 2.23 steht ein kleiner Tisch, auf dem ein Gummibaum thront. Der Gummibaum wirkt, als würde er schon viele Jahre darauf warten, Einlass in Herrn Blumentals Zimmer zu erhalten.

Ich wechsle einen Blick mit Karla, dann atme ich tief durch und klopfe an. Nichts passiert. Ich klopfe ein zweites Mal. Wieder nichts.

»Vielleicht hört man hier draußen nicht, wenn einer ›Herein‹ sagt?« Karla sieht mich hoffnungsvoll an.

Ich drücke mutig die Klinke herunter und spähe in den Raum. Hinter einem Schreibtisch und mehreren Regalen könnte ein Mensch sitzen. Alles scheint extra so angeordnet zu sein, dass man von der Tür aus möglichst wenig von ihm sehen kann.

»Entschuldigung …«, sage ich und erhalte keine Antwort.

Karla wedelt entschlossen mit ihren Händen, und so treten wir ein und schließen die Tür hinter uns.

Herr Blumental, falls er es ist, sitzt an seinem Schreibtisch und hat sich gerade ein Pausenbrot ausgepackt. Symmetrisch liegen beide Hälften vor ihm auf dem Tisch. Er ist mittelalt, hat mittelmäßig viele beziehungsweise wenig Haare, und er blickt nicht von seinem Snack auf, als wir näher treten.

»Herr Blumental?«, frage ich so laut, dass er es nicht überhören kann.

»Ja«, sagt er resigniert, ohne uns einen Blick zu schenken.

»Es tut mir leid, Sie ausgerechnet in Ihrer Pause zu stören, aber ich brauche einen kompetenten Rat, und mir wurde gesagt, Sie seien der Einzige, der mir meine Frage beantworten kann.«

Karla wirft mir einen anerkennenden Bick zu. Die Taktik, den Mann besser aussehen zu lassen, als er aussieht, hat mir schon öfter Türen geöffnet.

Immerhin schenkt er mir jetzt einen kurzen Blick, bevor er in sein Butterbrot beißt und mechanisch kaut.

»Es ist so. Mein Mann und ich haben ein Grundstück gekauft.« Ich nenne ihm die Straße und den Ort. »Wir wollten darauf ein Holzhaus bauen, aber der Bebauungsplan sieht verklinkerte Fassaden vor.«

Herr Blumental verarbeitet diese Information, indem er von der anderen Hälfte seines Brotes ein genau gleich großes Stück abbeißt und wieder mechanisch kaut. Ich gebe ihm etwas Zeit und bekomme nach einer Weile auch eine Antwort: »Wenn das so im Bebauungsplan steht, müssen Sie das Holzhaus verklinkern.«

Ich sehe genervt Karla an, die ganz kurz die Lippen nach vorne stülpt und mir zunickt.

»Verstehe«, sage ich. »Es ist nur so, dass dieses Holzhaus unsere Ehe retten soll. Wir haben das nicht besonders gut hingekriegt in den letzten Jahren, und ich fürchte, wenn wir dieses Grundstück jetzt wieder verkaufen müssen, weil wir keine Holzfassade haben dürfen, stirbt nicht nur das ganze Projekt, sondern auch unsere Ehe. Ich … hatte gehofft, dass Sie, mit all Ihrem Wissen, vielleicht einen Weg wüssten, wie wir es retten könnten …«

Herr Blumental, der während meiner Rede ein drittes Mal abgebissen hat und nun auf seine zwei unsymmetrischen Hälften starrt, steht auf und kommt zu mir. In der Hand hält er die

Brothälfte, von der er schon zweimal abgebissen hat. Ich werte das als gutes Zeichen, denn eigentlich wäre ja jetzt die andere Hälfte dran, wenn er weiter nach Plan vorgehen würde.

»Es gäbe da einen Weg«, sagt er langsam. Dann schaut er auf sein Brot, überwindet sich und beißt ab. Kauend sagt er: »Sie müssten einen Antrag auf Befreiung vom Bebauungsplan stellen. Explizit für diese Paragrafen natürlich.«

»Natürlich.« Ich nicke und schaue fasziniert zu, wie er ein weiteres Mal von derselben Hälfte abbeißt.

»Ihr Architekt müsste das machen«, ergänzt er. »Und dann«, er fängt an, durch den Raum zu gehen, »landet das bei mir auf dem Schreibtisch. Ich prüfe den Antrag.« Er kommt an seinem Tisch vorbei, auf dem die andere, nur einmal angebissene Hälfte liegt. Der Anblick bringt ihn aus dem Konzept. Er legt seine jetzt schon sehr klein gebissene Hälfte daneben. Die absolute Asymmetrie.

»Wenn Sie den Antrag prüfen, mache ich mir keine Gedanken«, sage ich schnell. »Sie haben ja viel Erfahrung und sind sicher in der Lage, wenn es drauf ankommt, auch mal eine Regel zu brechen.«

Er wirft mir einen flackernden Blick zu, schaut wieder auf seine beiden Brothälften und stopft sich dann mit einer sehr schnellen Bewegung den Rest der kleineren Hälfte in den Mund.

Karla und ich hätten beinahe geklatscht. Herr Blumental spült das Brot mit einem Schluck aus seiner Teetasse herunter und schreitet wie ein Held auf uns zu. Man kann ihm ansehen, wie stolz er auf sich ist, dass er sich nicht weiter von zwei Brothälften versklaven lässt. Ab heute wird er abbeißen, wo, wann und wie er will!

Er sieht mich an und sagt mit der Stimme eines Superhelden: »Sie müssen sich keine Gedanken machen. Ich werde das bewilligen.«

»Hand drauf?«, fragt Karla nach.

»Hand drauf«, bestätigt er und reicht mir seine Hand. Ich nehme sie, und wir nicken uns ernsthaft an.

Ich schreibe ihm noch meinen Namen und das Grundstück auf, um sicherzugehen. Als wir gehen, sehen wir, wie er sich lässig an seinen Schreibtisch lehnt und vergnügt seine zweite Brothälfte isst.

Herr Blumental in Zimmer 2.23 wird einen guten Tag haben, und wir auch.

»Wie sicher ist das?«, will Theo wissen.

Wir stehen auf dem Balkon, den noch keiner aus seinem Winterschlaf geweckt hat. Die Stühle lehnen zusammengeklappt an der Wand, der Tisch ist vollgestellt mit Gerümpel. Der Christbaumständer steht darauf herum, und zwei leere Kisten Sprudel. Die Stühle könnte man eigentlich schnell aufklappen, aber wir bleiben stehen, bekommen auf Socken kalte Füße und halten uns am Geländer fest. Der Blick hinunter auf die Straße ist so vertraut. Die zwei großen Bäume gegenüber haben noch keine Blätter. Wir haben uns all die Jahre vorgemacht, ins Grüne zu schauen, dabei sieht man von hier aus vor allem Stadt: Straßen, Häuser, Mülleimer. Ich finde in das vertraute, heimelige Gefühl nicht zurück. Es ist, als hätte man jahrelang ein Bild angeschaut und ganz plötzlich einen Fehler gefunden.

»Ich würde mal schätzen, zu 90 Prozent. Sollte er es wider Erwarten nicht bewilligen, gehe ich noch mal bei ihm vorbei.«

Theo schaut runter auf die Straße. Die Höhe würde wahrscheinlich doch reichen. Theo müsste nur etwas höher stehen, damit es sein Körper über die Brüstung schafft. Aber ein Mord mitten in der Stadt wird immer von irgendwem beobachtet.

Es regt mich auf, dass er nichts sagt. Ich löse unser Problem, und er schweigt dazu?

»Warum sagst du nichts?«, frage ich ruppig.

»Ich sortiere meine Gefühle.«

»Aha.«

Ich warte ab, ob da noch mehr kommt. Theo schirmt sich die Augen gegen die Sonne ab und starrt weiter auf die Straße, als würden da unten seine Gefühle vorbeispazieren.

»Willst du mich ein wenig einweihen, in deine Gefühle?« Ich gebe mir Mühe, »Gefühle« nicht blöd zu betonen.

Er schüttelt den Kopf. »Es ist mir peinlich. Statt mich zu freuen, ärgere ich mich, dass ich nicht selbst auf die Idee gekommen bin, da mal nachzufragen. Ich fühle mich gerade wie der blöde Mann, der erst keinen Bauantrag lesen kann und sich dann von so einer Regelung sofort einschüchtern lässt.«

Ich höre ihm aufmerksam zu. Es ist lange her, dass er sich so geöffnet hat.

Er sieht mich kurz an, dann schaut er auf den Boden. »Und es ärgert mich, dass es dir so einfach gelungen ist.«

Ich nicke, um Verständnis zu signalisieren. »Wir sind ein Team«, erinnere ich ihn. »Und das nächste Mal haust du uns raus. Ich denke, das wird nicht die letzte Schwierigkeit beim Bau gewesen sein, oder?«

Er grinst. »Sicher nicht. Dann meinst du, ich habe noch eine Chance?«

Das ist eine sehr berechtigte, doppeldeutige Frage. Immerhin habe ich vor zwei Minuten darüber nachgedacht, ihn vom Balkon zu schubsen.

»Die hast du«, sage ich dennoch und hoffe, ich klinge zuversichtlicher, als ich bin.

Holzfritzen

Theo und ich haben uns vorgenommen, ganz nüchtern in diesen Termin zu gehen. Wir wollten nur Informationen sammeln und uns inspirieren lassen. Aber ähnlich wie beim Grundstückskauf brennen wir schon lichterloh, als uns Herr Holthusen das Musterhaus zeigt. Es riecht nach Holz, und es sieht wunderschön aus mit den offenen Decken, bei denen jeder Balken sichtbar ist. Die Innenwände sind verputzt, die Außenwände bestehen aus massiven Blockbohlen. Das erzeugt eine so gemütliche Atmosphäre, dass es mich Mühe kostet, mir nicht die Schuhe auszuziehen und mich mit einer Tasse Tee auf das Sofa zu setzen. Theo hat die Firma gefunden, die seit drei Generationen Holzhäuser baut. Ich dachte erst, er mache einen Witz, als er den Namen nannte: Holzfritzen.

Nachdem wir die zwei Musterhäuser besichtigt haben, dürfen wir im dritten Holzhaus in einem hübschen Wintergarten Platz nehmen und sagen, was wir uns vorstellen.

Lustigerweise sind Theo und ich uns in fast allen Punkten sofort einig. Es soll nicht zu groß sein, aber zwei Gästezimmer für die Kinder haben und eine große Veranda nach Süden raus.

Herr Holthusen prüft unser Baufenster und nickt erfreut. »Das lässt sich machen. Allerdings ist eine Holzveranda keine günstige Angelegenheit. Wie groß soll sie denn sein?«

Wir sagen beide gleichzeitig voller Inbrunst: »Groß!«

Herr Holthusen lacht. Er ist mir sehr sympathisch und das Gegenteil von dem, was ich erwartet hatte. Ein unauffälliger Mann, der sich sehr zurückhält und seine schönen Häuser nicht aufdringlich anpreist. Er hört zu, antwortet kompetent auf alle Fragen und gibt uns während des ersten Planungsgesprächs wichtige Hinweise.

Anhand bestehender Grundrisse planen wir unser Haus. Im Wohnzimmer wollten Theo und ich eigentlich viele bodentiefe Fenster. Herr Holthusen warnt uns, dass diese Fensterflächen im Dunkeln schwarze Löcher sind.

»Man braucht auch Rückzugsorte, die man von außen nicht einsehen kann«, gibt er zu bedenken.

Wir nehmen seine Tipps gern an und zeichnen, messen und tüfteln an der Größe von Küche, Bad und Schlafzimmer. Keiner von uns erwähnt, dass wir eigentlich getrennt schlafen.

Es ist verrückt, ein Haus mit einem Mann zu planen, den ich im Alltag kaum ertrage. Aber hier, an diesem Tisch, mit den Grundrissen um uns herum, fühlt es sich fast so an wie früher. Wir sind wieder das begeisterungsfähige junge Paar, das völlig in seinem Traum aufgeht. Zumindest, solange keine Schwierigkeiten auftauchen.

Drei Stunden verbringen wir bei den Holzfritzen. Am Ende verspricht uns Herr Holthusen, das geplante Haus kalkulieren zu lassen. Dann haben wir einen Preis und können sehen, ob die ganze Sache überhaupt finanzierbar ist.

Erschöpft und hungrig landen Theo und ich wieder am Bratwurststand an der Elbe. Es ist heute bedeckt und windig. Die kleine Bude hat kaum Kunden.

Wir stürzen uns aufs Essen und können erst wieder sprechen, als wir mindestens die halbe Wurst und fast alle Pommes intus haben. Beim letzten Mal habe ich mir die Pommes verkniffen, aber diesmal fühle ich mich so ausgehungert, dass sie einfach sein müssen.

Theo sieht mir beim Essen zu. »Ich finde es schön, wenn du mal nicht auf deine Figur achtest.«

Der Satz überrascht mich. »Lustig, mir geht es da mit dir genau andersrum«, rutscht mir heraus. Habe ich unsere gute Stimmung jetzt zerstört?

»Du hast immer eine unglückliche Aura, wenn du darauf achtest, was du isst«, erklärt Theo unbeeindruckt von meiner Spitze. »Außerdem …«, er überlegt kurz, ob er weitersprechen soll, »mag ich deine Kurven.« Er gönnt sich einen Blick auf meinen Busen.

Das war ein Kompliment! Theo hat mir gerade ein Kompliment gemacht! Und er hat wahrgenommen, dass ich ein weibliches Wesen bin. In den letzten Monaten hatte ich den Eindruck, er habe das völlig vergessen.

Ich werde unkontrolliert rot und weiß nicht, was ich antworten soll, darum schubse ich ihn ein bisschen. Einfach so, nicht aus Trainingszwecken.

Zwei Möwen landen auf der Mauer, die uns von der Elbe trennt. Hoffungsvoll sehen sie zu uns herüber. Wir signalisieren ihnen, dass wir nicht vorhaben, unser Essen mit ihnen zu teilen.

»Was für ein Gefühl hast du bei den Holzfritzen?«, frage ich Theo. »Ich muss sagen, ich kann da gar nicht objektiv sein, ich war total geflasht von den tollen Musterhäusern.«

Er nickt zustimmend. »So geht es mir auch. Der Holthusen ist klasse, ich habe das Gefühl, wir können ihm vertrauen, aber …« Sein Blick schweift ab auf das Wasser.

»Aber?«, frage ich besorgt. Theo sieht aus, als gäbe es ein gewaltiges Aber.

»Ich habe Angst, dass wir einen Fehler machen. Nicht alles genug bedenken. Unser ganzes Geld zum Fenster rauswerfen, uns schlimmstenfalls wieder verschulden. In unserem Alter. Die Veranda, die Badewanne, der Carport … Das wird unbezahlbar, Vivi. Also freu dich nicht zu früh, okay?«

»Okay«, sage ich leise. Was er sagt, ist vernünftig, aber ich wünschte, er wäre einfach mal nicht so vernünftig. Als ich ihn kennenlernte, war er viel risikofreudiger. Er ließ sich von meiner Begeisterung anstecken, und zusammen konnten wir fliegen. Jetzt zieht er ständig die Reißleine und hindert uns am Abheben.

Wie aufs Stichwort erheben sich die beiden Möwen in die Luft. Sie gewinnen schnell an Höhe und haben sicher einen tollen Blick von da oben.

Theo und ich bleiben auf dem Boden der Tatsachen zurück.

Es ist richtig dämlich, älter zu werden. Man schleppt all seine schlechten Erfahrungen mit sich herum und wird immer vorsichtiger.

»Wenn man sich nicht traut zu leben, dann lebt man auch nie«, sage ich trotzig.

»Was ist das denn für ein Spruch?«

»Ich wünsche mir einfach die Leichtigkeit von früher zurück, Theo. Früher hätten wir dieses Gespräch nicht so geführt. Früher hättest du nur davon geredet, was wir alles auf die Veranda stellen und wo wir die Hängeschaukel anbringen.«

»Früher hätten wir nicht annähernd das Geld für so ein

Projekt gehabt. Jetzt haben wir es. Wir müssen nur aufpassen, dass wir uns nicht übernehmen.«

Was er sagt, ist berechtigt, aber es löst in mir einen Sturm an Widerstand aus.

Ich ringe mit mir und esse den Rest der Bratwurst. Schließlich sage ich: »Du hast recht, Theo. Aber es macht keinen Spaß, so zu planen. Können wir nicht einfach erst mal träumen und dann, wenn wir den Preis wissen, wieder realistisch werden?«

Theo macht eine genervte Handbewegung. »Aber es ist doch viel schmerzhafter, wenn man schon die ganze verdammte Veranda geplant hat und dann feststellen muss, man kann sie sich gar nicht leisten!«

»Sie haben noch keinen Preis?« Holly Golightly sieht heute tatsächlich so aus, als wäre sie aus einem alten Film entkommen. Sie hat sich die Haare hochgesteckt und trägt ein Kostüm und eine Perlenkette. Vermutlich steht sie jeden Morgen auf und fragt sich, wer sie heute sein will. Ich bewundere sie dafür. Sie scheint sich völlig unabhängig von der Meinung anderer zu kleiden.

»Nein, wir haben noch keinen Preis, aber Theo macht uns schon mal die Vorfreude kaputt«, sage ich angriffslustig. In den Therapiestunden traue ich mich, die Dinge zu sagen, die mich wirklich nerven. Theo ist da viel zurückhaltender.

»Warum sorgen Sie sich?«, fragt Holly ihn.

»Weil wir gerade fröhlich ein kleines Traumhaus geplant haben und ich die große Befürchtung habe, dass es nicht in unserem Budget liegt. Und wenn wir uns da jetzt so reinsteigern, ist die Hemmung, noch mal einen Kredit aufzunehmen, vermutlich niedriger. Ich möchte mich nicht noch mal verschulden in meinem Alter.«

»Können Sie diese Sorge verstehen, Ingvild?«

Es ist so anstrengend, dass sie das immer macht. Aber ich weiß, dass ich um eine Antwort nicht herumkomme, also sage ich ergeben: »Ja, kann ich.«

»Wie wäre es, wenn wir Sie etwas vorbereiten? Wir erstellen eine Liste mit den Dingen, die man aus Kostengründen weglassen könnte, und sehen mal, mit welchen Bildern sie verbunden sind.«

Wir sehen sie vermutlich relativ verständnislos an.

»Es ist so«, erklärt Holly, »alles, was wir kaufen, ist mit einer emotionalen Vorstellung verbunden. Bei Männern kann man das Klischee Auto als Beispiel nehmen, bei Frauen sind es oft Klamotten. Wir hoffen, dass wir mit den Stiefeln oder dem schicken Flitzer ein gewisses Lebensgefühl einkaufen.«

Hat sie gerade »schicker Flitzer« gesagt? Ich muss grinsen. Theo guckt mich irritiert an.

Währenddessen hat Holly aus ihrer Zauberwand ein Flipchart geholt und schreibt alles auf, was wir ihr entgegenrufen.

- *Holzveranda*
- *Badewanne*
- *Kamin*
- *Carport*
- *rundes Fenster im Wohnzimmer*
- *tolle neue Küche*

Dann fordert sie uns auf, einen Begriff zu wählen und dazu unsere Vorstellungen und Gefühle zu artikulieren.

Theo fängt an. »Ich stelle mir vor, dass wir abends vor dem Kamin sitzen und er uns auf eine Art verbindet.«

Holly nickt ermunternd. »Sehr gut. Kann ich dazu ›Gemeinsamkeit‹ aufschreiben?«

Theo stimmt zu. Jetzt bin ich dran. Ich gebe zu, ich tu mich anfangs immer schwer mit Hollys Übungen. Es gibt immer eine Art Teenager in mir, der das Ganze superalbern findet und am liebsten idiotische Sachen sagen würde.

»Ich hätte gerne eine Veranda, um darauf eine Rollschuhdisko zu eröffnen. Alle könnten dann mit Rollschuhen vorbeikommen, wir hätten coole Musik und eine Diskokugel!« Ich konnte es mir einfach nicht verkneifen.

»Dann müssen wir sie aber doppelt so groß planen, und der Boden darf nicht aus Holz sein. Am besten gießen wir so eine gummiartige Fläche darauf. Und welche Musik würdest du spielen?«

Ich falle fast vom Sofa. Theo spielt mein Spiel mit?

Seine Augen funkeln. Er freut sich sichtlich, dass er mich überrascht hat.

»Achtzigerjahre-Songs. Ausschließlich. *Dancing in the Dark*«, schlage ich vor.

»Billie Jean«, sagt Theo.

»Footloose.«

»I love Rock 'n' Roll.«

»Tainted Love.«

»Flashdance!«

Wir batteln uns darin, die besten Achtzigerjahre-Songs zu finden, die sich ideal für eine Rollschuhdisko eignen würden.

Holly verschwindet in Richtung Zauberwand. Kurze Zeit später hören wir Musik.

Das Titellied von *Flashdance* ertönt.

Die Therapeutin macht eine zusammenführende Geste.

Theo steht auf und reicht mir die Hand. Ich lasse mich von ihm vom Sofa hochziehen. Er führt mich in die Mitte des Raumes, und wir tanzen. Es ist ein sehr improvisierter Tanz, weil wir es beide nicht können, aber in unserer Vorstellung tragen wir beide Rollschuhe und gleiten über unsere Veranda. Ich lege zwischendurch einen Solotanz hin, den Theo beklatscht, dann kommt unser gemeinsames Finale.

Er wirbelt mich durch den Raum, und die Schwerkraft setzt eine Minute aus. Wir sind nicht mehr die mittelalten, mitteldicken Leute mit Eheproblemen. Wir sind Helden eines Films. Jung, schön und schwerelos. Es ist uns verdammt noch mal egal, was diese Veranda kostet. Sie ist jeden Preis wert, wenn wir auf ihr eine Achtzigerjahre-Rollschuhdisko aufbauen können.

Außer Atem stehen wir lachend Arm in Arm zusammen, als der Song endet.

Holly applaudiert. Die Stunde ist beendet.

Beim Rausgehen entschuldige ich mich dafür, dass ich ihre Übung torpediert habe.

»Kein Problem. Manchmal muss man das Unerwartete annehmen. Hausaufgabe für nächste Woche!«

Unerwartet

Ich kann nicht schlafen. Herr Holthusen hat uns die Preisliste geschickt. Insgesamt liegen wir ein ganzes Stück über unserem Budget. Ich habe es mir zwar insgeheim noch schlimmer vorgestellt, aber auch so sieht es so aus, als müssten wir die Veranda und den Kamin weglassen, um diese enorme Summe einzusparen. Wie Theo vorhergesehen hat, riss uns die Realität den Boden unter den Füßen weg. Es dauerte keine zwei Minuten, und wir stritten uns, was das Zeug hielt.

Jetzt liegt er vermutlich selig schlafend in seinem Bett, während ich mich schlaflos durch die Nacht quäle. Das konnte er schon immer. Nach dem größten Streit dreht er sich einfach um und schläft ein. Ich bin seit Jahrzehnten fassungslos über diese unverschämte Fähigkeit.

Ich stehe auf, schleiche in das dunkle Wohnzimmer und stelle mich im Nachthemd auf den Balkon. Die Fenster der gegenüberliegenden Häuser sind fast alle dunkel. Hier und da sieht man ein vereinzeltes Licht, das eine andere schlaflose Person verrät.

Ich wünschte, ich könnte ein paar Naturgeräusche hören, aber da ist nur das Rauschen der Stadt.

Ich habe inzwischen richtig Sehnsucht nach unserem neuen Haus. So nah an Bäumen und dem Meer. Ich könnte jetzt einen Strandspaziergang machen. Ich würde mir eine warme Jacke anziehen und eine Decke mitnehmen und mich dann an den Strand setzen. Die Sterne über mir. Ich würde dem Rauschen der Wellen zuhören, bis ich müde bin.

Wir müssen dieses Projekt hinkriegen. Und ich werde nicht auf die Veranda verzichten. Sie ist das Herzstück des Hauses. Jedenfalls im Sommer. Im Winter wäre es der Kamin. Ich blicke seufzend hoch zum Himmel. Es ist zu hell in der Straße, um Sterne zu sehen.

Mir wird kalt, und ich husche zurück ins Wohnzimmer und versuche, meine eisigen Füße unter der Sofadecke aufzuwärmen.

Wie kommen wir legal an die fehlende Summe? Sicher können wir mit den Holzfritzen verhandeln, aber auf einen solchen Rabatt, wie wir ihn nötig haben, käme nicht einmal ein türkischer Marktverkäufer.

Wir müssten mehr für den Verkauf der Wohnung bekommen. *Was wäre, wenn …*

Ich schlage die Decke zurück und setze mich kerzengerade hin. Wo ist mein Laptop?

Ich recherchiere und gehe eine Stunde später hochzufrieden ins Bett.

Am nächsten Abend warte ich ungeduldig, bis Theo und ich mit dem Abendessen fertig sind. Ich habe etwas von unserem Lieblingsinder geholt, weil ich keine Zeit hatte zu kochen. Theo und ich haben Tage festgelegt, an denen wir abwechselnd kochen, und heute wäre ich dran gewesen.

»Ich habe mir heute spontan freigenommen, weil ich gestern Nacht eine tolle Idee hatte«, beginne ich. »Ich wollte dir gern das Ergebnis zeigen. Das kommt jetzt vielleicht etwas unerwartet, aber Holly sagte ja, wir sollen das Unerwartete annehmen.«

Theo zieht die Augenbrauen hoch. Ich kann sehen, dass er

ein bisschen Angst vor dem hat, was jetzt wohl kommt. »Hat es damit zu tun, dass die Wohnung so ordentlich ist?«

Ich hätte nie gedacht, dass ihm das auffällt.

Ich drehe meinen Laptop so, dass er hineinsehen kann. »Wir haben mit dieser Wohnung eine kleine Goldgrube«, erkläre ich. »Aber der Preis, den wir für sie bekommen können, ist natürlich auch endlich, logisch.«

Bis hierhin kann er mir folgen, und er nickt zögernd.

»Käufer haben eine Schmerzgrenze, über die sie nicht gehen. Also habe ich eine Idee entwickelt, wie wir innerhalb dieser Schmerzgrenze bleiben, aber mehr für uns rausholen.«

Jetzt habe ich sein Interesse geweckt. Er lehnt sich erwartungsvoll vor.

»Wir sparen uns den Makler und verkaufen die Wohnung selbst«, verkünde ich.

»Aber den Makler könnte doch der Käufer zahlen?«

»Ja, aber wenn er das macht, tut er es mit Geld unterhalb seiner Schmerzgrenze, das er dann nicht an uns zahlt. Wir verkaufen die Wohnung in einem Bieterverfahren. Das höchste Gebot gewinnt, und wir werden den Wettbewerb etwas anheizen. Ich weiß auch schon, wie. Aber schau mal, das habe ich heute gebastelt!«

Stolz präsentiere ich ihm ein Exposee der Wohnung. Ich habe den ganzen Tag aufgeräumt und Bilder von jedem Raum gemacht.

»Wo? Wie? Was?« Theo kriecht in den Bildschirm. »Das sieht super aus«, sagt er schließlich.

»Die Bilder hat Pit für mich bearbeitet«, gestehe ich.

»Du hast mit Pit über den Verkauf der Wohnung gesprochen? Ohne mich?«

Oha, dünnes Eis! Wenn er jetzt noch rausbekommt, dass ich auch mit unserer Tochter Anne schon darüber gesprochen habe, ist sicher die Hölle los.

Ich sage nichts, und Theos Augen wandern wieder zum Bildschirm.

»Hast du das schon online gestellt?«

»Nein, natürlich nicht. Ich wollte abwarten, was du davon hältst.« Es klingt etwas fadenscheinig, nachdem ich über seinen Kopf hinweg entschieden habe, die Kinder einzuweihen.

»Was sagt Pit?«, fragt er.

»Du kennst ihn ja. Er ist sehr pragmatisch. Er meinte eigentlich nur, es sei jetzt ein sehr günstiger Zeitpunkt, um eine Wohnung in Hamburg zu verkaufen.«

»Und Anne?«, fragt er leise.

»Ach, Theo. Es tut mir leid. Anne weiß doch seit Jahren, dass es bei uns nicht so gut läuft. Sie fand unser Projekt toll.«

Er wirkt verletzt.

»Stell das ruhig online. Ich brauche jetzt einen Moment allein.« Er geht in den Flur und zieht sich seine Jacke an. Kurz darauf höre ich die Haustür ins Schloss fallen. So hatte ich mir den Abend nicht vorgestellt.

Ich lasse mich traurig aufs Sofa fallen und stelle das Exposee auf der bekanntesten Immobilienseite online. Eigentlich hätten wir das zusammen machen sollen.

So aber entscheide ich allein über das Mindestgebot und darüber, wann der Besichtigungstermin sein soll. Im Internet wurde empfohlen, ein ganzes Wochenende dafür einzuplanen.

Mit einem Klick geht unsere Wohnung online und ist für alle sichtbar.

Ich rufe Karla an und jammere ein bisschen. Ich gucke

halbherzig eine Serie auf Netflix. Dann koche ich mir einen Schokoladenpudding und starre ein bisschen auf den Balkon.

Vielleicht ist es ein Risiko, diese Wohnung mitsamt den ganzen Erinnerungen zu verkaufen. Vielleicht werden wir damit die letzten Ruinen unserer Beziehung los. Vielleicht sollten Paare, die sich so verloren haben, kein Haus bauen und auch nicht von allem wegziehen, was sie lieben. Vielleicht ist das alles ein großer Fehler.

Theo kommt nach Hause und findet mich aufgelöst auf dem Sofa. Er setzt sich neben mich, nimmt mich aber nicht in den Arm.

»Ist die Anzeige online?«, fragt er mich, als würde ich jeden Tag um diese Uhrzeit tränenüberströmt neben ihm sitzen.

Ich nicke und putze mir die Nase.

»Wollen wir mal schauen, ob es schon jemand gesehen hat?« Er greift nach meinem Laptop.

Es tut irgendwie gut, seinen großen Körper neben mir zu spüren.

Theo schaut in das Portal und schlägt sich die Hand vor den Mund. »Wir haben einhundertvier Nachrichten!«

»Was?« Ich vergesse meine Tränen und starre auf den Bildschirm.

»Dein Exposee schlägt ein wie eine Bombe!«, sagt er stolz und bufft mich in die Seite.

»Unsere *Wohnung* schlägt ein wie eine Bombe!« Ich berühre seinen Arm. »Ist das alles ein Fehler, Theo?«

Er schaut mich an. Dann berührt er nachdenklich und zärtlich mein Kinn. Eine Geste, die uns beiden von früher vertraut ist.

»Ich weiß es nicht, Vivi, aber es gibt nur einen Weg, das herauszufinden: Machen!«

»Hier ist euer Zeitplan.« Ich reiche jedem einen Zettel. »Jedes Paar ist an dem Wochenende zweimal dran. Die Zeiten habe ich euch aufgeschrieben.«

Alle gucken interessiert auf die Liste.

»Und was sollen wir sagen? Haben wir einen Text?«, fragt Maja übermotiviert und nimmt sich als Erste einen Keks. Die Stimmung ist etwas angespannt, weil Christa und Frank dabei sind. Wir hätten es merkwürdig gefunden, sie plötzlich nicht mehr einzuladen, aber keiner weiß so recht, wie er mit der Situation umgehen soll.

»Also, bevor sich jetzt alle schlecht fühlen, will ich noch sagen, dass Frank und ich jetzt auch zu einer Paartherapeutin gehen.« Christa schaut angriffslustig in die Runde. Sie erntet Zustimmung und Kopfnicken.

»Zu einer richtigen Therapeutin ohne Künstlernamen«, ergänzt Frank. Es war als Scherz gemeint, aber keiner lacht.

»Und die jüngere Frau?«, frage ich.

Theo schubst mich unter dem Tisch an, aber ich finde, wenn Frank unverschämt ist, kann ich auch unverschämte Fragen stellen.

Frank wird verlegen. »Sie war ja gar nicht wesentlich jünger.« Christa verdreht die Augen. Frank sieht sie an. »Es hat sich erledigt. War ein Fehler. Meine Schuld.«

Christa starrt wütend auf unseren Balkon. Offenbar ist das keine Macke von mir, er bietet sich einfach dafür an.

»Also haben wir jetzt Text oder nicht?«, fragt Maja. Sie ist immer noch sauer wegen Christas Attacke beim letzten Treffen.

»Nein, ihr sollt euch einfach sehr interessiert die Wohnung anschauen und bestenfalls in Hörweite darüber reden, dass ihr ein richtig hohes Gebot abgeben werdet. Aber bitte nicht so plump, dass man euch sofort als Lockvogel erkennt«, erkläre ich.

»Nein, am besten redet ihr darüber gar nicht. Ihr seid einfach nur superinteressiert!«, sagt Theo und nimmt sich zwei Kekse. Als er meinen Blick sieht, reicht er einen an mich weiter. Soll ich jetzt mit ihm zusammen dick werden?

»Sagt mal, ist das denn wirklich eine so gute Idee, die Wohnung ohne Makler zu verkaufen?«, will Martin wissen.

»Wieso?«, fragt Lutz.

»Weil ein Makler immer mehr rausholen kann«, sagt Martin.

»Das glaube ich nicht. Eine Wohnung in der Lage ist doch ein Selbstläufer.« Es ist ungewöhnlich für Maja, dass sie ihrem Mann so offen widerspricht. Normalerweise sind beide viel zu sehr an ihrem Superpaar-Image interessiert, um sich so was zu leisten.

Spüre ich eine kleine Spannung zwischen den beiden? Aus Versehen esse ich den Keks, den ich eigentlich liegen lassen wollte. Er schmeckt so gut, dass ich am liebsten einen zweiten hätte. Theo auch, das kann ich an seinen sehnsüchtigen Blicken sehen.

Ich klatsche in die Hände. »So, Leute, wir üben das jetzt mal kurz. Maja und Martin, ihr seid das Paar, das schon da ist und sich von Theo die Wohnung zeigen lässt. Wiebke und Lutz, ihr kommt rein und entschuldigt euch, dass ihr zu früh seid.«

»Und wir?«, fragt Christa verdrossen, weil sie nicht eingeplant ist.

»Ihr beobachtet und sagt, was man besser machen könnte.«

Das gefällt ihr. Sie setzt sich aufs Sofa und nimmt eine Beobachtungshaltung ein. Maja fängt an, Theo blöde Fragen über die Einrichtung zu stellen.

»Maja, ihr wollt die Wohnung kaufen, nicht den Esstisch!«, erinnere ich sie und eile zur Tür, an der jetzt Wiebke und Lutz klingeln.

»Tut uns leid, wir sind etwas früh. Wir haben so schnell einen Parkplatz gefunden, damit haben wir nicht gerechnet«, behaupten sie.

Ich zeige Wiebke einen Daumen nach oben und führe sie ins Wohnzimmer. »Das hier ist das Herzstück der Wohnung. Wohn-Esszimmer und Küche«, sage ich mit einer seltsamen Verkaufsstimme. Die muss ich mir dringend noch abgewöhnen.

»Geht der Balkon nach Süden raus?«, fragt Lutz.

»Nein, nach Westen«, antworte ich.

»Ach, das ist perfekt! Ich setze mich so gern nach Feierabend noch in die Sonne. Heinz, das ist einfach ein Traum!«

Lutz, der jetzt Heinz ist, schaut Wiebke ratlos an. »Ja, Brigitte, das … ist ja schön!«, improvisiert er.

Sie schlingt sich ihre Handtasche um den Körper und sprintet in die Küche. »Nein, eine Miele-Spülmaschine? Die sind ja inzwischen unbezahlbar, oder, Heinz?«

Heinz nickt zustimmend und denkt nach, was er sagen könnte.

»Bleibt die etwa drin?«

Ich bejahe, und Wiebke – Pardon, Brigitte – macht eine begeisterte Körperdrehung zu ihrem Mann.

Christa lacht sich auf dem Sofa kaputt, und auch Frank muss kichern. In Wiebke steckt eine richtige Schauspielerin.

Maja und Martin kommen kaum noch zu Wort. Irgendwann schauen sie nur noch zu, wie Brigitte ihren Heinz durch die ganze Wohnung schleift und an jeder Ecke etwas Sensationelles entdeckt.

Am Ende applaudiere ich, und alle anderen fallen mit ein.

»Das war der Hammer!«, gibt Maja zu. »Ich will hier jetzt auch einziehen! Habt ihr das Schlafzimmer wirklich nach Feng-Shui-Regeln gebaut?«

Ich schüttle lachend den Kopf.

»Feng-Shui hab ich probiert, hat auch nicht geholfen gegen die Schlaflosigkeit.« Christa winkt vom Sofa aus ab. Sie hat sich einen Kaffee und einen Keks geholt und wirkt ganz zufrieden.

»Das wird gut laufen am Wochenende!«, sagt Lutz zuversichtlich.

»Danke euch allen. Toll, dass ihr mitmacht!« Ich hebe meine Kaffeetasse, und alle tun es mir gleich.

Die Besichtigung

Es ist kurz vor zehn, und ich bin jetzt schon völlig fertig – vor der ersten Besichtigung. Gestern habe ich mir extra freigenommen, um alles vorzubereiten. Theo natürlich nicht. Er ist normal zur Arbeit gegangen und findet vermutlich all meine Bemühungen, die Wohnung gut aussehen zu lassen, übertrieben. Deshalb war ich für alles allein zuständig. Ich bin in einen kleinen Wahn verfallen und habe geputzt wie eine Irre. Sogar die Steckdosen habe ich geschrubbt, was zugegebenermaßen schon bekloppt ist.

Als die Wohnung glänzte, habe ich Blumen gekauft und in Küche, Esszimmer und Bad verteilt. Und nach einer schlaflosen Nacht habe ich heute Morgen noch etwas Kaffeepulver in kleine Schälchen gegeben und sie so versteckt, dass man sie nicht sieht, sondern nur riecht. Mit Duftkerzen kann man ja sehr danebenliegen, aber fast jeder mag den Duft von Kaffee.

»So, du hast also mal wieder das Gefühl, ich hätte nichts gemacht«, sagt Theo.

Ich zucke nur schwach mit den Schultern. Ich habe keine Energie, um ihn heute irgendwo runterzuschubsen.

Er reicht mir ein laminiertes Papier. »Hier hast du eine Liste mit allen Fakten zur Wohnung.« Ich schaue ihn erstaunt an. Wann hat er das denn bitte gemacht? Und seit wann kann Theo laminieren?

Auf der Liste stehen die Quadratmeter pro Zimmer. Welche Heizung wir haben. Wie hoch die Umlage für die Eigentümergesellschaft pro Jahr ist. Unsere Nebenkosten, aufgelistet in zwei Spalten – einmal zu viert und einmal zu zweit.

Ich komme nicht dazu, alles zu lesen, weil es an der Tür klingelt. Wir erstarren.

»Alles Gute!«, wünscht mir Theo. Dann geht er mit einem seltsam steifen Gang zur Tür.

Um möglichst vielen Interessenten einen Termin zu ermöglichen, arbeiten wir in Doppelschicht. Jeder von uns wird stündlich einen Interessenten durch die Wohnung führen. Wir hoffen, dass sich unter ihnen auf diese Weise auch ein Konkurrenzgefühl einstellt.

Wir hatten keine Ahnung, was wir uns damit aufhalsen.

Die Leute kommen nie allein. Oft führen wir eine ganze Familie durch unsere Wohnung. Ich bemühe mich, freundlich zu sein und gleichzeitig einen Zweijährigen davon abzuhalten, die komplette Scheibe zum Balkon mit seinen fettigen Handabdrücken zu bestücken.

Ich wollte nie eine dieser alten Frauen werden, die sich über junge Eltern beschweren, aber ich verstehe wirklich nicht, warum die ihren Kindern während der Besichtigung so gut wie alles erlauben.

Eine junge Frau, die ihren Dreijährigen etwa zwanzig Minuten lang wählen lässt, welches Zimmer er haben will, regt mich besonders auf. Er sucht sich schließlich die Küche aus und bringt meinen Zeitplan so durcheinander, dass ich anschließend zwei Paare gleichzeitig durch die Wohnung führen muss. Mitten ins Chaos kommen Christa und Frank.

Christa sieht mit einem Blick, was los ist, und disponiert auf die Schnelle um. Sie nimmt mir ein Paar ab und zeigt ihnen mithilfe der laminierten Liste die Wohnung, während Frank den Millionär von Wellenstein mimt und wie Maja gestern alles begeistert zur Kenntnis nimmt, was Christa ihm und dem Paar zeigt.

Nachdem sich die Interessenten verabschiedet haben, kann ich mit Christa und Frank kurz zum China-Imbiss um die Ecke gehen.

»Ein Glück, dass du eine Mittagspause eingeplant hast! Das ist ja der pure Wahnsinn da oben!« Christa zeigt in die Richtung, in der unsere Wohnung liegt.

»Vielen Dank, ihr wart großartig!« Ich beiße hungrig in meine noch viel zu heißen Frühlingsrollen.

»Es läuft ganz gut, oder?«, fragt Frank, der Ente bestellt hat und jetzt versucht, sich alles mit Stäbchen in den Mund zu schaufeln.

»Es läuft super«, bestätige ich. »Aber ich hätte nicht gedacht, dass es so anstrengend ist und keiner zur verabredeten Zeit kommt. Am schlimmsten sind die, die einfach nicht gehen wollen! Und die mit kleinen Kindern. Und die, die alles supergenau wissen wollen. ›Wie viel Kubik Raumluft verbraucht die Gasheizung im Schnitt, wenn es über 40 Grad Außentemperatur sind?‹«

Frank und Christa lachen. Es tut gut, hier mit den beiden Mittag zu essen. Theo tut mir leid, seine Mittagspause ist erst nach meiner eingeplant. Ich werde ihm etwas mitbringen, das kann er dann auf dem Balkon essen.

»Ich wollte übrigens nicht … Es tut mir leid, dass ich über eure Paartherapeutin gelacht habe. Es ist gut, jemanden zu haben.«

Franks ungeschickte Entschuldigung rührt mich. Ich drücke

seinen Arm und muss auch schon wieder los. Ich nehme Theos Lieblingsessen mit: Tofu in süßsaurer Soße mit Gemüse.

Er ist so dankbar, dass er mir fast um den Hals fällt, nachdem er sein Paar praktisch aus der Wohnungstür schieben musste, damit es geht.

Für einen kurzen Moment haben wir die Wohnung für uns. Die Energie von all den Menschen schwebt noch im Wohnzimmer herum. Ich setze mich mit Theo auf den Balkon. Die Blumenkästen habe ich wegen der Besichtigungen mit Bellis bepflanzt, was ich die letzten Jahre nicht mehr gemacht hatte. Es ist ein sonniger, warmer Tag. Ich bekomme große Sehnsucht danach, zu unserem Grundstück zu fahren und etwas Meeresluft zu schnuppern.

»Ich habe zwei Paare, die toll sind und großes Interesse hatten«, sagt Theo zwischen zwei Bissen.

Ich reiche ihm eine Dose Cola. Er schaut mich mit glänzenden Augen an. Wir lieben dieses süße, ungesunde Getränk beide, haben es aber komplett aus unserem Alltag verbannt.

»Darf ich?«, fragt er wie Pit, als er noch klein war.

»Ich hatte auch eine«, gestehe ich.

Bevor ich von meinen Interessenten erzählen kann, klingelt es schon wieder an der Tür. Ich bin dran.

Theo versteckt sich mit seinem Essen, sodass man ihn vom Wohnzimmer aus nicht sofort sehen kann. Er winkt mir fröhlich zu, während ich zur Tür gehe.

Am Abend sind wir zu kaputt, um zu reden. Ich schlafe vor dem Fernseher ein, und Theo weckt mich mit einem Stück Pizza in der Hand. »Du musst was essen«, sagt er, als wäre ich eine untergewichtige Frau, die man überreden muss, mal einen Happen zu sich zu nehmen.

Während ich esse, schießt mir ein Gedanke durch den Kopf. »Wir hätten vorher besser sortieren sollen. Bei einigen Paaren habe ich das Gefühl, sie können sich die Wohnung gar nicht leisten, wollten aber gerne mal gucken.«

»Stimmt, solche hatte ich auch dabei. Aber wenn wir am Ende drei solvente Interessenten haben, die sich gegenseitig hochbieten, reicht das. Warst du auch so schockiert, was die den Kindern alles erlaubt haben?«

Ich setze mich auf. »Ja, total! Das Mädchen, das auf unserem Sofa rumgehüpft ist?«

Theo nickt. »Ein Kind hat eine Schublade in der Küche ausgeräumt, während der Vater mir in aller Ruhe tausend Fragen gestellt hat.«

»Was hast du gemacht?«, will ich wissen.

»Ich habe den Knirps hochgehoben und ihn dem Vater in den Arm gedrückt. Und dann die Schublade wieder eingeräumt.«

»Waren wir auch so?«, frage ich und reiße mir noch ein Stück Pizza aus dem Karton. Die Stücke sind nicht gut geschnitten, sodass man etwas nachhelfen muss.

»Nein«, sagt Theo überzeugt.

»Vielleicht manchmal«, räume ich ein. »Ich weiß noch, dass ich mit Anne mal eine Bekannte besucht habe, als Anne noch ein Krabbelkind war, und mich dann sehr darüber aufgeregt habe, dass die überall Bodenvasen rumstehen hatte.«

Theo grinst. »Und nirgends gab es einen Wickeltisch in der Herrentoilette, weißt du noch?«

»Ja, du hast Anne dann immer bei den Damen gewickelt.«

»Und Pit auch«, ergänzt Theo mit einem verträumten Blick.

Theo war toll, als die Kinder klein waren. Weil er mir das Stillen nicht abnehmen konnte, hat er sich auf das Wickeln gestürzt. Darin war er spitze. Nur an die Wickeltasche musste ich immer denken, sonst hatten wir keine und mussten nach Hause fahren.

Beide sind wir in dieser längst vergangenen Zeit versunken. Momentan sehen wir unsere Kinder nur selten. Pit wohnt zwar in Hamburg, hat aber ganz andere Interessen, als seine Eltern zu treffen, und Anne lebt einfach zu weit weg und hat mit ihrem dualen Studium kaum mal drei freie Tage am Stück, an denen sie kommen könnte.

Manchmal fühle ich mich ein wenig zurückgelassen. Jahrelang richtet man sein ganzes Leben auf die Kinder aus. Man stellt seine eigenen Bedürfnisse für sie zurück, und dann ziehen sie eines Tages aus, und man ist abgemeldet. Von heute auf morgen.

Pit hat mich besser auf diese Zeit vorbereitet als Anne. Die ist auch mit achtzehn noch gern mit mir in ihr Lieblingscafé gegangen und hat online Pilates-Übungen mit mir gemacht. Wir waren wie Freundinnen. Ich weiß, wie kitschig das klingt, und ich weiß auch, dass es der seltsamen Coronazeit geschuldet war. Trotzdem war es für mich ein Schock, als sie auf einmal weg war und monatelang nicht nach Hause kam. Ihr Leben war plötzlich voller neuer Freunde und Dinge. Ich freute mich für sie. Aber ich blieb mit den beiden Jungs zurück, die kein großes Interesse an mir zeigten. Der Kleine nicht und der Große auch nicht.

»Alles okay?«, fragt mich Theo.

Ich kehre mühsam zurück in die Realität. »Ja, ich bin nur total erledigt. Ich geh jetzt ins Bett.«

Er ruft mir noch »Schlaf schön!« hinterher, aber ich bin schon im Bad und will nicht noch mal die Tür öffnen.

Vielleicht tötet die Summe aus Momenten wie diesen, in denen man nicht genug Energie aufbringt, eine Liebe. Ich schminke mich ab, putze Zähne, creme sämtliche Stellen mit sämtlichen Cremes ein und werde den Gedanken nicht los, dass ich Theo nicht auch eine gute Nacht gewünscht habe.

Die Zahnseide ist schon wieder leer. Was macht er damit? Misst er damit jeden Abend seinen Bauchumfang? Ich müsste mir eigentlich eine Notiz in meinem Handy machen, weil ich sonst wieder im Drogeriemarkt stehe und nicht darauf komme, dass ich Zahnseide kaufen muss.

Ich mache mir aber keine Notiz, sondern grüble weiter darüber nach, ob ich seit Jahren unsere Ehe sabotiere, weil ich Kleinigkeiten keine Aufmerksamkeit schenke. Ich sage immer nur, was nicht passt, und viel zu selten, was mir positiv auffällt.

Genervt von meinem eigenen Gehirn, gehe ich noch mal zurück ins Wohnzimmer. Theo ist in der Küche und räumt die Pizzareste weg. »Schlaf du auch schön«, sage ich im Nachthemd.

Er schaut mich fragend an. Vermutlich war es ihm gar nicht wichtig, eine Antwort zu erhalten.

»Lieb, dass du alles wegräumst«, füge ich hinzu und zeige auf die Pizzakartons.

Er macht ein besorgtes Gesicht. »Ist wirklich alles okay mit dir, Vivi?«

»Wieso fragst du das ständig?«, sage ich genervt.

»Weil du dich seltsam verhältst.«

»Ich verhalte mich seltsam, wenn ich dir eine gute Nacht wünsche und sage, es ist lieb, dass du die Kartons wegräumst?«

Er will nicken, stützt sich dann aber nur auf der hässlichen Küchenarbeitsplatte ab und schüttelt den Kopf. Er sieht abgekämpft aus. Er will genauso wenig wie ich schon wieder streiten.

»Theo …«, ich zögere, »könnte ich eine deiner Bärenumarmungen kriegen?«

Er lächelt. Dann breitet er seine Arme aus, und ich komme so nah, dass er mich umarmen kann.

Er tut es vorsichtig, so als wäre ich eine zerbrechliche Stange.

Auch ich schlinge meine Arme um ihn. Es ist ganz schön viel Körper. Ich spüre seinen Bauch und seine piksigen Bartstoppeln. Erst ist die Umarmung ein wenig unangenehm, dann entspanne ich mich und lasse die Nähe zu. Theo umarmt mich noch etwas fester und nicht mehr so vorsichtig. Es fühlt sich gut an. Ich schließe meine Augen und lasse mich in das Gefühl von früher sinken. Früher, als Theos Arm noch ein sicherer Hafen war und alle Probleme an diesem Schutzwall abprallten wie an einem Schutzzauber, den Mrs. McGonagall über Hogwarts ausgesprochen hat.

Marienkäferrennen

»Es ist zu spät, ich habe gewusst, dass es zu spät wird!« Ich steige fröstelnd aus dem Auto. Die Sonne wird bald untergehen. Ich ärgere mich, dass ich mich von Theo zu diesem Schwachsinn habe überreden lassen. Die Besichtigungen haben all meine Kraft gekostet. Ich will in einem Kapuzenpulli auf dem Sofa liegen und keine Decke oder einen Picknickkorb durch den Sand schleppen.

Der Tag war sonnig und warm, aber jetzt liegt diese typische Frühlingskühle in der Luft, die sich sofort breitmacht, wenn die Sonne ihre Strahlkraft verliert.

Wir laufen den kleinen Weg durch den Wald und über die Dünen. Als das Meer in Sicht kommt, höre ich auf zu jammern. Theo sucht uns einen Platz in der Nähe der Dünen. Mittenrein, wie das immer in Filmen gezeigt wird, darf man ja nicht.

Ich muss zuerst zum Wasser laufen. So lasse ich die Decke fallen und gehe allein den Strand entlang bis zu den Wellen, die sacht das Ufer berühren.

Wie anders doch die Ostsee im Vergleich zur Nordsee ist.

An der Nordsee ist immer was los. Da weht der Wind, da rauscht die See, da schreien die Möwen.

Die Ostsee empfängt mich meistens ruhiger. Sie ist einfach da, dehnt sich aus, lädt mich ein, zu bleiben und mich zu entspannen.

Ich mag beide Meere. Ich habe auch nichts gegen das Mittelmeer oder den Atlantik. Ich beuge mich hinunter, um das Wasser zu berühren. Es ist so kalt wie erwartet.

Theo winkt mich zu sich. Er hat die Decke ausgebreitet und das Picknick aufgebaut.

Ich komme zurück und ziehe mir die Schuhe aus. Theo sitzt mit seinen sandigen Schuhen auf der Decke. Ich atme tief durch, um mich nicht zu ärgern.

Das Picknick hat nichts Romantisches. Keine Weintrauben, keine Käsewürfel. Es gibt für jeden ein Sandwich, das Theo aus den Kühlschrankresten gebaut hat, und eine Flasche Bier.

Ich hadere mit mir. Früher hätte ich das alles durchaus romantisch gefunden. Warum kann ich es nicht einfach genießen? Dahinten geht die Sonne unter, wir sitzen hier mit Blick auf das Meer, und ich vermisse Weintrauben und Käsewürfel – echt jetzt?

Mir fällt auf, dass ich mir solche Momente oft kaputt mache, weil ich andere Erwartungen hatte. Mein Kopf hängt dann fest in der Vorstellung, wie es sein könnte oder sollte. Und die Differenz zur Realität sorgt dann dafür, dass ich es nicht genießen kann.

Mein Mann hat uns nach einem übervollen Wochenende ein Picknick am Meer aus dem Boden gestampft. Das ist doch eigentlich ziemlich großartig.

Ich beiße in mein Sandwich. Es schmeckt überraschend gut. Ich schaue auf die Wellen und fahre mich runter. Alle Familien, alle Paare, alle Leute, die mir heute tausend Fragen gestellt haben, verblassen.

Hier ist der Strand. Hier ist unser neues Leben. Dafür haben wir den ganzen Wahnsinn am Wochenende gemacht.

»Tut das gut?«, fragt Theo, der mit etwas Abstand neben mir sitzt und ebenfalls aufs Meer guckt.

»Ja, das tut sehr gut. Danke, dass du mich gezwungen hast herzufahren.«

Er beißt zufrieden große Stücke von seinem Sandwich ab. »Bald müssen wir nicht mehr fahren, bald haben wir das alles vor der Haustür.«

Dieser Gedanke ist so unglaublich, dass ich unwillkürlich den Kopf schüttle. »Bis dahin liegt aber noch sehr viel Arbeit vor uns«, seufze ich.

»Ja«, stimmt Theo zu, »aber wir sollten es nicht als Arbeit betrachten. Es ist unser gemeinsames Projekt. So was wie ein Hobby, weißt du?«

Ich lächle ihn an, was er nicht sieht, weil sein Blick sich in der Ferne am Horizont verliert.

Ein paar Möwen fliegen durch den Himmel. Ein Pärchen spaziert Hand in Hand vorbei. Die Farben werden weicher. Das Blau des Himmels sieht so schön aus über dem Meer. Ich lasse Sand durch meine Finger rieseln.

»Wir haben es geschafft, Theo. Der anstrengende Teil mit den Besichtigungen ist durch, jetzt ernten wir die Angebote!«

Wir haben in der Anzeige ein Mindestgebot benannt, das die Leute abgeben müssen. Wer das höchste Gebot abgibt, bekommt die Wohnung.

Wir hätten unsere Freunde überhaupt nicht einsetzen müssen, um den Preis hochzutreiben. Es gab auch so genug Konkurrenz. Ein Interessent sagte mir auf dem Balkon mit heiserer Stimme, er wolle mir ein Angebot machen, das ich nicht ablehnen könnte. Ich dachte erst, er macht einen Witz, er meinte es aber vollkommen ernst. Er bot mir 20.000 Euro mehr als das Mindestgebot und dachte, er könnte die Wohnung so sofort kaufen.

Auch Theo hat auf der Fahrt ein paar verrückte Geschichten erzählt: Manche haben es mit der Mitleidstour versucht. Sie seien schon drei Jahre auf der Suche, behaupteten sie, und sie wünschten sich doch mehr Platz für ihre Kinder, könnten aber leider nicht so viel zahlen …

Es war gar nicht so leicht, sich von so etwas nicht einwickeln zu lassen. Schließlich ist man in einer sehr privilegierten Position, wenn man eine Wohnung in Hamburg verkauft. Aber keiner der Interessenten wird ja dazu gezwungen, in diesem teuren Stadtteil zu suchen.

Die Sonne geht unter und nimmt die letzte Wärme mit. Auf einen Schlag wird es kalt. Zu kalt, um auf einer Picknickdecke zu sitzen.

Wir packen zusammen und besuchen noch einmal unser Grundstück. Theo tanzt mir den geplanten Grundriss vor. »Guck, Vivi, hier kommt das Schlafzimmer hin und hier die Küche und hier das Wohnzimmer.« Er stakst mit seinen langen Schritten über die Wiese und deutet mit ausgestreckten Armen an, wo was hinkommt.

Ich will viel lieber mit geschlossenen Augen herumstehen und einfach die Vögel hören. Aber Theo wird nicht müde, mir jedes einzelne Zimmer vorzusteppen.

»Vergiss nicht die Veranda für die Rollschuhdisko!«, rufe ich ihm zu.

Auf der Rückfahrt hören wir Achtzigerjahre-Musik, und ich bekomme einen Anruf von Anne, die überraschend ein paar Tage frei hat und nach Hause kommt.

Wie wird sie das in Zukunft nennen? Wird sie dann sagen:

»Ich komme euch besuchen«? Wird unser Zuhause nicht mehr auch das Zuhause der Kinder sein?

Wie könnte es das auch sein, wenn sie nie dort gewohnt haben?

Der Himmel wird langsam dunkler. Ich kann die ersten Sterne sehen. Theo fährt, und ich stelle fest, dass ich mich auf dem Beifahrersitz neben ihm wie zu Hause fühle. Vielleicht ist zu Hause nicht nur ein Ort. Vielleicht können auch Menschen unser Zuhause sein.

»Und was wird das? Lernt man so was in Elektrotechnik? Oder eher in Wirtschaftslehre?« Pit versucht, seine Schwester zu ärgern, die sich nicht aus der Ruhe bringen lässt.

»Eher Wirtschaft«, antwortet sie. »Ich mache unseren wirtschaftlichen Erfolg sichtbar.« Anne pinselt fröhlich weiter mit den Wasserfarben, die zehn Jahre oder älter sein müssen. Ich habe keine Ahnung, aus welchem Winkel sie die gezogen hat.

Sie hat ein großes Papier genommen und malt darauf bunte Streifen. Dann schreibt sie ganz unten unser Mindestgebot auf und geht von dort in Zehntausenderschritten nach oben, bis sie bei einer absurd hohen Summe ankommt, die nie im Leben einer zahlen wird.

Sie legt ihr Werk auf den Balkontisch, damit es trocknen kann, so wie sie es als kleines Mädchen immer gemacht hat. Anne hat immer gern gemalt, ganz im Gegensatz zu Pit, der bis heute keinen Stift freiwillig in die Hand nimmt.

In meiner Süßigkeitenschublade findet sie ein paar Schokomarienkäfer. Denen klebt sie jetzt Namen auf den Rücken: die Namen der Interessenten, die unsere Wohnung besichtigt haben.

Anne muss höllisch aufpassen, dass ihr kleiner Bruder ihr keinen Käfer klaut und aufisst. Für einen Moment fühlt sich alles genauso an wie früher. Nur Theo und ich sind weiter entfernt voneinander als damals. Ich nehme probeweise seine Hand, aber das fühlt sich so bemüht an, dass ich es sofort wieder lasse. Er steckt sie dankbar in seine Hosentasche. Auch ihm hat die schräge Geste offenbar nicht gefallen.

Wir haben ein kleines Zeitfenster definiert, in dem die Gebote per Mail eintrudeln müssen. Theo hat dafür extra eine eigene E-Mail-Adresse eingerichtet, und ich koche mexikanisch. Wir werden den Verkauf feiern, auch wenn es sich für mich immer noch mehr nach einem Ende als nach einem Neunanfang anfühlt.

Wir beißen gerade in die gefüllten Tacos, die nach überbackenem Käse duften, als Pit die Augen aufreißt und mit vollem Mund auf den Laptop deutet. Zwei Mails sind gleichzeitig gekommen.

Er stopft sich den Rest seines Tacos in den Mund, wischt sich die Hände an der Serviette ab und öffnet gespannt die Mails.

Anne beugt sich zu ihm und kann so auch etwas vom Bildschirm sehen, während Theo und ich völlig auf Pits Informationen angewiesen sind.

»Schlöbers sind raus. Ihnen ist die Wohnung zu unpraktisch aufgeteilt. Sie hätten gern weniger Zimmer.«

»Das waren die ohne Kinder«, erkläre ich.

»Das Paar mit den Abendklamotten?«, fragt Theo.

»Nee, die, die so hip angezogen waren, der Typ mit der Mütze.«

»Oh, und wir haben das erste Gebot!«, ruft Pit aufgeregt.

»Zwanzigtausend über dem Mindestgebot!«, ruft Anne dazwischen und wird von ihrem Bruder unsanft geschubst, weil sie es uns so schnell verraten hat.

Anne wuselt wie eine Zwölfjährige zu ihrem bunten Papier, auf dem die Marienkäfer alle an der Startlinie stehen. Der Schlöber-Marienkäfer wird aussortiert, dafür darf Heitmann zwei Felder vorrücken.

Es wird ein wahnsinnig spannendes Abendessen. Die Kinder einigen sich darauf, dass Pit die Mails vorlesen darf und Anne sich auf die Marienkäfer konzentriert. Ständig ploppen neue Mails auf, die entweder mit Absagen oder mit Angeboten bestückt sind. Anne verlegt das Marienkäferrennen an den Esstisch, damit sie nicht ständig laufen muss, und wir alle grölen und juchzen, wenn ein Marienkäfer weiter nach oben vorrückt.

Viele Familien schicken Fotos mit und schreiben sehr nett. Sie ziehen alle Register, um die Wohnung zu bekommen, und mir tut es plötzlich total leid, dass wir nur an einen verkaufen können.

Auf dem bunten Papier bilden sich bald zwei Gruppen. Eine ist nicht weit vom Mindestgebot entfernt und tummelt sich am unteren Ende des Blatts bei den dunklen Farben. Nach oben hin hat Anne die Streifen heller werden lassen, und eine weitere Gruppe von Marienkäfern setzt sich im pastellfarbenen Bereich fest. Nicht ganz weit oben, aber gut in der oberen Mitte des Spielfelds.

»Das war eine schöne Idee von dir, Anne!«, lobe ich. Theo und Pit stimmen mir zu. Es ist viel charmanter, das Ganze als Marienkäferrennen vor sich zu haben, als nur die nackten Zahlen aufzuschreiben.

Theo führt natürlich trotzdem noch eine Nackte-Zahlen-Liste, schaut aber immer nur auf Annes buntes Papier.

Fast die Hälfte der Interessenten gibt kein Gebot ab. Das finde ich ein bisschen enttäuschend. Fünfzig Prozent der Besichtigungen waren also umsonst.

Es sind auch zwei dabei, die exakt das Mindestgebot bieten.

»Ist denen nicht klar, dass sie damit nicht gewinnen können? Oder ist das eine höfliche Form von *Nein, danke?*« Pit schüttelt den Kopf.

Wir essen zu Ende. Pit holt sich den letzten Rest der Guacamole und sagt: »Niemand macht die so gut wie du, Mama.« Er funkelt mich mit seinen blauen Augen an, und ich weiß, er sagt das, um mir eine Freude zu machen. Es funktioniert.

Theo sieht nervös auf die Uhr. »Noch zehn Minuten. Anne, wie viele Käfer fehlen noch?«

Anne zählt mit flinken Fingern durch.

»Sieben.«

»Oh, das sind viele«, murmelt Theo.

»Es sagen vermutlich nicht alle ab«, werfe ich ein. Wir haben zwar bei den Besichtigungen betont, dass wir uns auch über Absagen freuen – Hauptsache, es kommt eine Rückmeldung –, aber vielleicht ist so etwas schnell vergessen, wenn die Wohnung nicht infrage kommt.

In der letzten Minute trudeln noch drei Mails ein. Pit macht es spannend und öffnet sie langsam.

»Absage«, verkündet er. »Und noch eine Absage.«

Wir sacken alle etwas enttäuscht zusammen.

»Und hier, die letzte Mail.« Er überfliegt sie nicht wie sonst, um das Angebot sofort zu sehen, sondern liest sie langsam vor:

Liebe Familie Roll,
wir waren absolut begeistert von Ihrer hübschen Wohnung, die so perfekt gelegen ist zwischen unserem Lieblingsinder und der U-Bahn, die uns direkt zu unseren Arbeitsorten befördert. Mein Mann und ich glauben, dass wir mit unseren zwei Kindern, John (4) und Wiebke (8), dort sehr glücklich werden könnten. Wir haben also unser Budget komplett ausgereizt und bieten …

Pit macht eine Pause, bevor er die Zahl raushaut.

Wir springen auf und fallen einander in die Arme. Der letzte Marienkäfer klettert höher als alle anderen. Wir haben einen klaren Sieger.

Theo versucht verzweifelt, unsere Begeisterung zu dämpfen mit Sätzen wie »Solange noch nichts unterschrieben ist …« und »Die können jederzeit noch abspringen …«.

Aber die Kinder und ich hüpfen bereits durchs Wohnzimmer. Anne holt Sektgläser, Pit lässt beunruhigend professionell den Korken knallen.

Wir stoßen an. »Auf euer neues Abenteuer«, sagt Anne, und mir laufen ein bisschen die Tränen.

»Auf unser neues Abenteuer«, sagt Theo und stößt mit mir an.

»Ihr müsst euch küssen«, verlangen die Kinder.

Ohne groß nachzudenken, geben wir uns einen Kuss auf den Mund, der sich erstaunlich normal anfühlt. Anne und Pit jubeln. So ein hoffnungsvoller Moment! Hoffentlich enttäuschen wir sie nicht.

Auf dem Boden der Tatsachen

Ich bin überrascht, wie mild es ist. Das Thermometer zeigt zwanzig Grad an, aber am Meer ist auch dann oft ein Pullover nötig. Heute nicht. Mir ist heiß, nachdem Theo und ich die Biertische und -bänke auf der Bodenplatte aufgebaut haben. Seit zwei Wochen liegt sie hier auf unserem Grundstück. An so einer Bodenplatte ist eigentlich nichts Schönes. Betongrau liegt sie in der Landschaft und sieht so viel kleiner aus, als sie ist.

Es war Theos Idee, unsere Freunde zu einer Bodenplattenparty einzuladen. Ich bin nervös. Immerhin sind sie alle eingefleischte Hamburger, und ich habe etwas Angst vor ihren Kommentaren zu dieser Gegend im Nirgendwo. Außer dem Meer und dem Strand gibt es hier so gut wie nichts.

Wir laden unser Essen aus, und Theo baut den Grill mit der Gasflasche auf. Er hat sich extra einen Anhänger geliehen, um ihn hierherzutransportieren. Mir hätten auch Salate gereicht, aber Holly hat uns aufgetragen, den anderen mit seinen Wünschen zu respektieren, und das versuche ich jetzt. Obwohl die letzte Zeit wegen des Wohnungsverkaufs und der Vertragsunterzeichnung bei den Holzfritzen sehr stressig war, sind wir regelmäßig zu unserer Paartherapie gegangen. Holly tut uns gut, und ihre Hausaufgaben treffen oft ins Schwarze. Manchmal glaube ich fast, dass diese seltsame Frau, die mal mit Perlenkette und mal mit Flattertüchern gekleidet ist, ein kleines bisschen in die Zukunft gucken kann und uns immer genau das aufträgt, was dann auch auf uns zukommt.

Ich habe daher nicht mit der Wimper gezuckt, als Theo seinen Grill mit großem Aufwand herbringen wollte.

Es juckt mich, kurz runter zum Strand zu laufen. Doch die Zeit wird dafür nicht reichen. Unsere Freunde müssten jeden Moment hier eintrudeln.

Ich stelle die Salate auf den Tisch. Jetzt ist kein Platz mehr für Teller, aber irgendwie wird es gehen.

Karla kommt zeitgleich mit Christa an.

Ich werfe Theo einen vielsagenden Blick zu, als kein Frank aus dem Auto steigt. Wir begrüßen die beiden, und Christa hebt abwehrend die Hände, bevor wir etwas zum Fehlen ihres Mannes sagen können. »Fragt einfach nicht. Es ist gerade sehr schwierig.«

Ich nicke verständnisvoll und nehme sie in den Arm.

Karla hat riesige Baguettes mitgebracht. Mein kleines Schneidebrett ist völlig überfordert, und Karla kämpft tapfer mit den langen Stangen. Noch hat keiner von ihnen etwas zu unserem Grundstück gesagt, was mich etwas irritiert. Aber Christa ist so mit Franks Abwesenheit beschäftigt und Karla mit ihrem XXL-Baguette, dass vermutlich keine schräge Absicht dahintersteht.

Maja und Martin kommen an und sind wie immer das strahlende, gut angezogene Paar. Maja trägt ein Kleid und Stiefel, und Martin hat eine Designerjeans und ein blaues Poloshirt an und darüber eine sehr lässige Jacke. Sie schleppen ein kleines Rosenstämmchen aus dem Auto, das sie mir in die Hand drücken. »Alles Gute zur Bodenplatte!«, sagt Maja und umarmt mich.

Ich freue mich über die Rose, und Theo findet, man könnte sie doch gleich einpflanzen.

»Wo denn?«, frage ich und mache eine hilflose Geste zu dem großen Berg Erde, der mitten im Garten liegt, und auf die tiefen Furchen, die der Bagger überall hinterlassen hat. »Bis man hier etwas einpflanzen kann, dauert es noch …«, erkläre ich.

Theo macht ein enttäuschtes Gesicht, als hätte ich ihm mal wieder allen Spaß verdorben und mir diesen unbepflanzbaren Zustand nur ausgedacht.

Wiebke und Lutz kommen als Letzte an. Ich lasse ihnen kaum Zeit, um aus dem Auto zu steigen, und beginne sofort mit der Führung. Ich präsentiere die Bodenplatte, und alle müssen sich lang und breit anhören, wo welcher Raum hinkommt. Wir zeigen stolz die Streifenfundamente, die eines Tages unsere Veranda halten werden. Dann schreiten Theo und ich über unser vom Bagger malträtiertes Grundstück. Alle laufen im Gänsemarsch hinterher und bewundern brav jeden Baum und Strauch.

Wir nehmen den kleinen Pfad runter zum Strand. An der Anhöhe bleiben wir stehen und geben allen die Gelegenheit, das Meer zu bewundern.

»Ein Haus am Meer …«, sagt Wiebke träumerisch und drückt meinen Arm.

Martin ist damit beschäftigt, auf seinem Handy nachzuvollziehen, wo wir gerade sind.

»Jetzt lass das doch mal. Wir sind am Strand, fertig!«, sagt Maja genervt.

»Das ist ja echt nicht weit von eurem Grundstück, ich dachte immer, du übertreibst!« Karla klingt beeindruckt.

Ich ziehe meine Schuhe aus, und Wiebke, Theo und Karla machen es mir nach.

Wir gehen langsam weiter. Das Wetter hätte für diesen Rundgang nicht besser sein können. Der Himmel ist blau ohne eine einzige Wolke am Horizont. Es ist windstill, und der Sand ist warm unter unseren nackten Füßen. Der Strand ist mit einigen Sonnenschirmen geschmückt, und es liegt kein Seegras mehr herum. Zwei kleine Kinder rennen mit Schaufel und Käscher vorbei.

»Mein Gott, ist das schön!« Lutz spricht aus, was wir alle denken.

»Können wir nicht hier essen?«, schlägt Maja euphorisch vor.

Alle finden die Idee gut. Alle außer Theo und mir.

»Wir kriegen den Grill nicht hierhin«, gibt Theo zu bedenken.

»Und die Bänke und die Salate«, füge ich hinzu.

»Na, wie gut, dass wir noch ein gemeinsames Geschenk für euch haben, das ist doch jetzt perfekt!«, ruft Wiebke aufgeregt.

Plötzlich tuscheln alle miteinander und wollen dringend zurücklaufen. Theo und ich beugen uns der Mehrheit, gespannt, was für ein Geschenk uns erwartet.

Wir müssen uns mit geschlossenen Augen auf die Bodenplatte stellen. Ich würde spontan gern Theos Hand nehmen, einfach um mich an etwas festhalten zu können, aber ich traue mich nicht. Wir vermeiden Berührungen komplett und sind, wenn es nicht gerade um den Hausbau geht, auch wieder sehr gut darin, friedlich nebeneinanderher zu leben. Ob das nun gut oder schlecht ist, kann ich nicht einschätzen. Es funktioniert auf alle Fälle.

Unsere Freunde lärmen an den Autos herum und kommen dann näher. Ich höre ein paarmal ein Klicken, und dann ruft Wiebke: »Augen auf!«

Theo und ich starren auf unser Geschenk. Es ist ein Bollerwagen, wobei ich das erst beim zweiten Blick begreife. Er sieht mit seinem Alugestell und den Wänden aus einem Material, das an Segeltuch erinnert, so modern aus.

Christa drückt Theo die Deichsel in die Hand. »Probier mal, der ist superleichtgängig!« Theo testet es und zieht den Wagen über die Bodenplatte. Jetzt reden alle durcheinander auf uns ein:

»Den kann man mühelos durch den Sand ziehen.«

»So was braucht ihr hier!«

»Wir dachten, es ist das ideale Geschenk, damit kann man auch einkaufen gehen, hier auf dem Dorf.«

»Das war Christas Idee, sie hat alles organisiert!«

»Freut ihr euch?«

Theo übergibt den Wagen an mich. Ich kann nicht glauben, wie leicht er hinter mir herrollt.

»Der ist ja fantastisch!«

Theo stimmt mir zu. Während wir uns bedanken und alle umarmen, packt Martin schon alles in den Wagen.

Ich würde viel lieber auf der Bodenplatte bleiben, wie es geplant war. Dass jetzt alle unbedingt an den Strand rennen wollen, passt mir überhaupt nicht. Aber die Sache verselbstständigt sich gerade.

Martin und Lutz schleppen den Grill den Pfad entlang, und die Frauen ziehen und schieben den tollen neuen Bollerwagen mit all dem Essen.

Seufzend schnappt sich Theo, was noch auf dem Tisch

steht. Ich nehme die einzige Picknickdecke, die wir haben, unter den Arm. Sie wird nicht für alle reichen, aber offenbar sind alle ganz heiß darauf, im Sand herumzusitzen.

»Mir wäre es hier auch lieber gewesen!«, raunt Theo mir zu.

Ich will gerade dazu ansetzen, mich darüber zu beschweren, dass alles über unseren Kopf hinweg entschieden wurde. Da legt Theo einen Finger auf seine Lippen. »Erinnere dich, was Holly gesagt hat. *Die anderen in ihren Wünschen akzeptieren …*«

»Gilt das jetzt für die ganze Welt, ja?«

»Nein, aber für Freunde«, sagt Theo zärtlich.

Ich muss zugeben, dass ich zwiegespalten bin, was den »neuen« Theo betrifft. Er saugt begierig alles auf, was Holly uns beibringt. Wenn man mich fragt, schießt er damit manchmal über das Ziel hinaus. Es ist aber auch etwas Neid dabei. Ihm fällt es sichtbar leichter, sich aus alten Denkstrukturen zu befreien, als mir.

Ich trotte mit meiner Picknickdecke der kleinen Karawane hinterher und übe mich darin, die anderen in ihren Wünschen zu akzeptieren.

Für unsere Freunde ist es ein einmaliger Ausflug ans Meer. Klar, dass sie dann auch lieber am Strand sitzen wollen als auf einer Betonplatte mit Blick auf einen Erdhügel.

Eine Stunde später bin ich froh, dass unsere Freunde auf diesen Platz bestanden haben. Der Blick aufs Meer ist einfach unbezahlbar.

Alle sind ausgelassen und fröhlich. Es ist, als würden wir zusammen Urlaub machen. Nach dem Essen gehen wir Frauen etwas am Strand entlang.

»Jetzt kann ich verstehen, warum ihr hier in der Pampa ein Haus baut.« Karla grinst mich an.

»Da bin ich ja froh«, sage ich lachend.

»Aber heul nicht im Winter rum, wenn du keinen Inder in der Nähe hast und kein Schwimmbad, kein Kino, kein Theater, kein Café …« Karla hört überhaupt nicht mehr auf, Dinge aufzuzählen, die mir im Winter ganz sicher fehlen werden.

»Es ist ja nicht unmöglich, nach Hamburg zu fahren«, verteidige ich mich mühsam.

»Unmöglich nicht, aber es ist schon echt weit. Alles über eine Stunde Fahrtzeit macht man nicht mal eben, um essen zu gehen.« Karla planscht mit den Füßen im Wasser.

Ich mache es ihr nach. Was sie sagt, lässt mich nicht unberührt. Es macht mir etwas Angst, irgendwann allein mit Theo in der Einöde zu sitzen. Aber jetzt gibt es kein Zurück mehr.

»Ihr macht das schon richtig«, mischt sich Christa ein. »Unsere Ehe ist an Langeweile gestorben. Immer das Gleiche, bis sich Frank Abwechslung gesucht hat.« Sie klingt endgültig und traurig.

»Das kenne ich«, sagt Karla und bohrt mit dem Zeh ein Loch in den nassen Sand.

»Ich auch«, sagt Maja überraschend.

Wir sehen sie fragend an.

Sie zuckt mit den Schultern. »Jaja, bei uns ist alles perfekt, ich weiß. Aber wenn man immer nur auf sich selbst zurückgeworfen ist … Ganz ehrlich?« Sie atmet tief ein und gibt dann zu: »Ich langweile mich schon auch mit Martin.«

Wir sehen sie überrascht an. »Gibt es denn dann überhaupt jemanden, bei dem es noch läuft?«, fragt Christa. Ihrer Stimme ist anzumerken, dass sie es heimlich feiert, nicht die Einzige zu sein, in deren Beziehung es kriselt.

Wiebke hebt vorsichtig die Hand. »Muss ich mich jetzt schlecht fühlen?«

»Nein!«, sage ich schnell. »Aber du musst uns euer Geheimrezept verraten! Warum läuft es bei euch auch nach all der Zeit noch so gut?«

Wir sind alle stehen geblieben. Eine Hälfte steht mit den Beinen im Meer, die andere am Strand.

»Ich weiß es nicht. Vielleicht, weil wir keine großen Erwartungen haben. Unser Leben sieht sicher für viele sehr langweilig aus, aber wir sind damit ziemlich zufrieden.«

Keiner sagt etwas. Wir überlegen alle, ob uns diese Information helfen könnte.

»Ich weiß gar nicht, wie das geht, keine Erwartungen zu haben«, traue ich mich zu sagen.

»Nicht *keine*, nur keine großen«, korrigiert mich Wiebke.

»Aber wenn man keine großen Erwartungen hat, passiert doch auch nie etwas Großes, oder?« Karla hält sich die Hand über die Augen, um Wiebke trotz der Sonneneinstrahlung anzuschauen.

»Das kommt hin. Aber das brauchen Lutz und ich auch gar nicht.«

»Hm«, sagt Karla. »Ist vermutlich einfach Typsache.«

Alle nicken.

»Also, ich hab schon Bammel, hier mit Theo allein zu wohnen«, gebe ich zu. »Ihr besucht mich doch ab und zu?«

»Natürlich«, beeilen sich alle zu sagen.

»Es dauert ja auch noch ein bisschen, bis wir einziehen können.«

»Habt ihr schon einen Termin?«, fragt Maja.

»Anfang Oktober, wenn alles so klappt, wie wir uns das

vorstellen. Das Haus kommt Anfang Juni. Es ist ja ein Fertighaus. Das steht in drei Tagen. Die Holzfritzen sagen, der Innenausbau dauert dann noch mal vier Monate.«

»Ob das hinkommt?«, zweifelt Karla. »Wann müsst ihr denn aus der Wohnung raus?«

»Erst vor Weihnachten.«

»Und wer kommt jetzt mit ins Wasser?« Maja fängt plötzlich an, sich auszuziehen.

Es ist Mai, und auch wenn die Luft warm ist, hat das Wasser sicher noch keine sechzehn Grad. Wir sehen sie entsetzt an.

»Jetzt kommt schon. Ich will mal was erleben! Seid kein Martin!«

Das sitzt. Niemand von uns will ein Martin sein.

»Ich habe gar keinen Badeanzug an«, sage ich zögernd. Ich hatte auch schon den Gedanken, kurz ins Wasser zu gehen, habe ihn aber aus praktischen Gründen verworfen.

»Sind wir hier nicht in MV? Da gehen doch alle nackig rein!« Maja zieht wie zum Beweis ihren BH aus.

»Ich bin dabei«, sagt Christa entschlossen und ist schneller nackt, als wir piep sagen können.

Maja und Christa stapfen los ins eisige Wasser.

»Gruppenzwang!«, schreit Karla und reißt sich die Klamotten vom Leib. Auch Wiebke und ich ziehen uns aus.

Wir rennen alle zusammen, bis uns das Wasser bis zur Hüfte geht.

»Jetzt nicht nachdenken. Bei drei«, kommandiert Karla. »Eins, zwei … drei!«

Wir werfen uns in die ruhige See. Die Wellen schwappen so sanft ans Ufer, dass man sie hier draußen gar nicht bemerkt. Mein Atem stockt. Tausend kleine Nadeln stechen mich. Wir schwimmen hastig ein paar Züge und kommen alle wieder zum Stehen. Wir klatschen uns ab und winken den Männern zu, die am Strand stehen und uns beobachten.

Man fühlt sich lebendig, wenn man aus dem kalten Wasser auftaucht. Lebendig ist das Gegenteil von langweilig.

Rollentausch

»Was genau passiert bei dieser Bemusterung?«

Holly sieht heute wild aus. Sie trägt eine gelbe Latzhose und ein Zebrashirt. Ihre Haare hat sie auf dem Kopf zu einem chaotischen Dutt zusammengeknüllt. Ihr altes Gesicht passt so wenig zum Outfit, dass ich die ganze Stunde über Mühe habe, mich zu konzentrieren.

Theo antwortet dafür wie ein Musterschüler. Das sind die Rollen, die wir uns hier angewöhnt haben: Theo ist der Streber, ich bin der rebellische Teenager.

Witzigerweise hätte ich es vor der Therapie eher andersrum vermutet.

»Sie müssen also an diesen beiden Tagen alle Entscheidungen für das Haus treffen, von den Bodenbelägen bis hin zu den Fenstergriffen.«

Ich nicke, um auch eine Art von Beteiligung zu zeigen.

»Welche Probleme sehen Sie dabei auf sich zukommen?«

Theo will schon wieder antworten, aber Holly hebt einen Zeigefinger und schaut mich an.

Wie ein dressierter Hund atmet Theo wieder aus und lehnt sich zurück. Ich frage mich jede Stunde, ob Holly den Abstand zwischen ihren Klienten auf dem Sofa registriert. Kann sie daran ablesen, wie weit der Weg noch ist? Und sitzen am Ende alle glücklich nebeneinander und halten Händchen?

»Äh, ich bin heute nicht ganz bei der Sache, Entschuldigung«, stammele ich.

»Woran liegt das?«, will Holly wissen.

An Ihrem Outfit, kann ich jetzt irgendwie schlecht sagen, also zucke ich nur mit den Schultern. »Na ja, das Problem wird sein, dass Theo alles, was ich schön finde, für zu teuer hält und wir dann die Sachen nehmen müssen, die nicht schön sind«, komme ich auf ihre vorige Frage zurück.

»Das bedeutet, Theodor ist derjenige, der auf den finanziellen Rahmen achtet?«

Wir stimmen zu.

»Wollen Sie das?«, fragt Holly ihn.

Er macht ein gequältes Gesicht und versteht die Frage nicht ganz.

»Wollen Sie diese Rolle in der Beziehung annehmen, für die Finanzen im Hausprojekt zuständig zu sein?«

»Nein, aber einer muss es ja machen.«

»Ich dachte, du machst das gern!«, sage ich erstaunt.

»Ich mache das überhaupt nicht gern. Aber man muss es eben machen. Und weil du es nicht tust, bleibe nur ich übrig«, sagt Theo.

Mir steigen Tränen in die Augen.

»Ingvild, Sie haben gerade eine Emotion. Können Sie in Worte fassen, was in Ihnen vorgeht?«, fragt Holly mit einer warmen Stimme.

Ich atme und hoffe, dass ich beim Sprechen keine Heulstimme habe. »Diese Sätze könnten von mir sein. Ich denke sie bei so vielen Dingen in unserem Alltag.« Mit den Fingerspitzen tupfe ich mir die Tränen aus dem Gesicht.

»Theodor, nehmen wir mal an, Ingvild würde ab morgen

den Finanzministerposten übernehmen. Wäre das eine Erleichterung für Sie?«

Es kostet mich sehr viel Willenskraft, nicht zu sagen: *Ja, klar, mach ich auch noch. Ich mache ja auch sonst alles.*

Theo antwortet zögernd: »Jein.«

Holly verkneift sich ein Lächeln. »Warum Jein?«

»Weil ich mir nicht sicher wäre, ob sie es gut machen würde.«

Genau das hätte ich auch geantwortet, wenn Theo plötzlich all meine Alltagsjobs übernehmen würde. Ich drehe mich spontan zu ihm. »Ja, genau. So fühlt es sich an. Und damit ist man in der Position, es verdammt noch mal selbst machen zu müssen, wenn man will, dass es richtig gemacht wird.«

Holly nickt. »Und jetzt gucken wir uns mal an, was hinter dem Bedürfnis steht, dass es richtig gemacht wird. Was würde passieren, wenn Ingvild den Job nicht richtig machen würde?«

Theo zieht die Stirn kraus. »Sie würde zu viel ausgeben, glauben, das geht schon, und wir wären nach dem Hausbau hoch verschuldet und könnten uns im Alltag überhaupt nichts mehr leisten. Kein Fleisch zum Grillen, keinen Urlaub, gar nichts.«

»Also steckt eine Angst dahinter. Die Angst, sich zu verschulden und plötzlich zu wenig zum Leben zu haben?«

Theo bejaht ihre These.

Holly wendet sich an mich. »Ingvild, und Sie sagen, Sie kennen diese Sätze gut aus Ihrem Alltag. Nennen Sie ein Beispiel.«

»Ich bin dafür verantwortlich, was wir kochen und einkaufen. Theo kocht zwar auch, und er kauft auch ein, aber immer muss ich sagen, was.«

»Was würde passieren, wenn Theo morgen sagen würde, er übernimmt ab sofort den Ernährungsposten? Würde Sie das entlasten?«

Holly spielt wieder ihr Sätze-wiederholen-Spiel. Ich spiele lächelnd mit und sage brav: »Jein.«

Jetzt kürzt sie ab und fragt direkt: »Welche Angst steht dahinter?«

»Ich hätte Angst, dass Theo nur noch ungesunde Fertiggerichte kauft und zubereitet. Und dass wir dann beide dick werden und Diabetes kriegen und Bluthochdruck und früh sterben.«

Theo schaut an die Decke. Das ist seine Art, zu sagen, wie bescheuert er mich findet.

»Sehr gut«, lobt Holly mich. »Theo, können Sie nachvollziehen, was die Angst Ihrer Frau ist?«

»Ehrlich gesagt, nicht«, brummt er. »Als ob ich nur Pommes einkaufen würde. Das ist doch total übertrieben!«

»Ach so. Und dass ich uns sofort in den finanziellen Ruin reiten würde, das ist natürlich nicht übertrieben, oder was?«

Theo sagt nichts. Holly und ich sehen ihn erwartungsvoll an. Dann bewegt er sich plötzlich und sagt laut: »Ja, okay. Das ist genauso übertrieben!«

»Wie wäre es, wenn Sie für eine Woche tauschen? Ingvild ist während der Bemusterung dafür zuständig, dass sie nicht über ihr Budget kommen, und Theodor schreibt die Einkaufslisten und muss sich überlegen, welche Lebensmittel gebraucht werden?«

»Ausgerechnet bei der Bemusterung!«, ruft Theo gequält.

»Ausgerechnet bei der Bemusterung«, sagt Holly ruhig und fragt: »Ingvild, trauen Sie sich die Aufgabe zu?«

Ich denke nach. So schwer kann das ja nicht sein. Kein schöner Job, da hat Theo recht, aber dem zeig ich jetzt mal, wie gut ich mit unserem Geld umgehen kann.

Ich sage Ja.

Theo wird gefragt, ob er sich den Posten des Ernährungsmanagers zutraut, und auch er sagt selbstbewusst Ja. Das werden wir ja sehen.

Holly lächelt. »Die Bedingung ist – und die ist schwer, das sollten Sie nicht unterschätzen –, dass Sie den anderen machen lassen. Wenn Theodor vier Tage lang nur Pommes plant, dann plant er vier Tage nur Pommes. Wenn Ingvild am ersten Tag der Bemusterung das ganze Budget raushaut, dann …«

»Wir haben es verstanden«, sagt Theo unwirsch.

»Warum gebe ich Ihnen diese Bedingung an die Hand?«

Wir gucken sie ratlos an.

»Weil nur, wenn man wirklich loslässt, der andere auch die ganze Verantwortung trägt. Keine Halbherzigkeiten!« Sie klatscht in die Hände und macht Musik an.

Theodor und ich walzern abwesend durch den Raum. Jeder ist in Gedanken damit beschäftigt, abzuwägen, ob es zu schaffen ist, die Verantwortung wirklich abzugeben.

Die Holzfritzen legen ein knackiges Tempo vor. Ich habe das Gefühl, wir rasen nur so durch die Entscheidungen.

Frau Schürheck, die die Bemusterung begleitet, ist nett und kompetent. Sie berät uns gut, wenn wir bei einer Entscheidung ratlos sind, und das sind wir ständig. Woher sollen wir wissen, welche Dachpfannen man nehmen muss und ob ein einfaches Sicherungssystem für Fenster und Türen reicht oder nicht? Man würde bei allem am liebsten die beste Variante wählen, aber ich will meinen Job definitiv nicht vergurken und bin deshalb oft diejenige, die für die günstigere Variante stimmt.

Als wir den ersten Teil geschafft haben, geht es direkt weiter. Wir folgen Frau Schürheck zu einer Badausstellung, in der wir die sanitären Anlagen aussuchen sollen.

Im Auto schaue ich Theo an, der angespannt wirkt. »Findest du, es läuft gut?«, frage ich vorsichtig. Eigentlich will ich wissen, ob er beeindruckt ist, wie gut ich auf unser Geld achte.

Er zuckt nervös mit den Schultern.

»Was ist los?«, frage ich.

Er seufzt. An der Ampel dreht er sich zu mir und fragt: »Vivi, wollen wir die Aufgaben wieder tauschen? Du machst deinen Job super. Ehrlich gesagt, machst du ihn zu gut. Ich habe Angst, dass wir uns durch dieses Experiment nicht klug entscheiden.«

Ich verstehe nicht, worauf er hinauswill. »Ich mache den Job *zu* gut? Was meinst du damit?«

»Du hältst unser Geld super zusammen, aber damit fehlst du mir jetzt auf der anderen Seite. Ich brauche die Vivi, die weiß, welcher Türgriff besser aussieht, und nicht die Vivi, die den günstigsten nimmt. Und wer weiß, ob das Sicherungssystem eine Stufe höher besser gewesen wäre? Da, im Nirgendwo … Was ist, wenn da ein Axtmörder einbrechen will?«

Ich muss lachen. Theo hört sich an wie ich sonst.

»Weißt du, wir werden so oder so falsche Entscheidungen treffen«, sage ich. »Wir können gar nicht alles richtig machen. Gib mir einfach ein Zeichen, wenn ich einmal nicht die Finanzexpertin sein soll. Dann suche ich uns das Teuerste aus, und du schaust nach dem Budget.«

Theo bleibt ernst. »Aber Holly hat gesagt …«

»Aber Holly baut das Haus nicht. *Wir* bauen es. Sie gibt uns Tipps und Ideen an die Hand, und wir entscheiden, was wir davon annehmen. Wenn wir die Finanznummer teilen, ist das okay. Sie muss es ja nicht wissen!« Den letzten Satz flüstere ich, und in Theos Mundwinkel schleicht sich ein kleines Lächeln.

»Okay.« Er drückt kurz meine Hand.

Wir suchen eine Regendusche aus und eine größere Badewanne, als im Standard vorgesehen ist. Dafür sparen wir an den Armaturen. »Da muss ja schließlich nur Wasser rauskommen«, raunt Theo mir zu.

In der Badausstellung gibt Frau Schürheck, die uns in ihrem eigenen Wagen vorausgefahren ist, an eine übermotivierte Frau Dünnberg ab, die uns alles hyperaktiv vorstellt und Begriffe benutzt wie *benutzerfreundlich, ästhetisch ansprechend, optimales Wohlgefühl* und *individuelle Parameter*.

Theo und ich werfen uns vielsagende Blicke zu, wenn Frau Dünnberg wieder eine ihrer Verkaufsvokabeln einfließen lässt. Es macht irgendwie Spaß, sie zusammen mit Theo heimlich nervig zu finden.

Nach den Bädern fahren wir weiter zu den Fliesen. Auch dort gibt es wieder einen Berater, diesmal einen Herrn Bonze. Ich finde den Namen umwerfend komisch, aber das liegt wahrscheinlich nur daran, dass wir langsam mehr als überfordert sind von all den Entscheidungen.

Wir pfeifen auf Abriebklasse und Rutschfestigkeit und nehmen die Fliesen, die uns gut gefallen und nicht völlig aus dem Budgetrahmen fallen.

Ich bin froh, dass wir den Parkettboden erst morgen aussuchen müssen. Fliesen haben wir nur in den zwei Bädern, aber das Parkett soll überall liegen.

Völlig erschöpft sitzen wir nach der Bemusterung im Auto.

»Wäre es okay, wenn wir noch mal schummeln und einfach essen gehen?«, fragt Theo.

»Essen holen und auf dem Sofa chillen?«, antworte ich müde.

Theo stimmt sofort zu, und wir fahren glücklich zu unserem Lieblingsinder und nehmen die üblichen zwei Lieblingsgerichte mit: Palak Paneer für Theo und Chicken Korma für mich.

Glücklich liegen wir wenig später auf unserer Couch und essen vor dem Fernseher. »Einfach genial, den Inder vor der Haustür zu haben.« Als Theo es ausspricht, erkennt er im selben Moment wie ich, dass wir diesen Luxus nicht mehr lange haben werden. Wir sprechen nicht darüber, sondern essen weiter und gucken irgendeinen Film auf Netflix, bei dem ein Huhn ständig durchs Bild rennt. Vielleicht ist das ein Zeichen. Vielleicht sollten wir an unserem neuen Wohnort Hühner halten.

Countdown

Pit hat mir eine App gezeigt, die für mich die Tage runterzählt, bis das Haus errichtet wird. Jeden Tag öffne ich sie mehrmals, obwohl ich natürlich ganz genau weiß, wie viele Tage es noch sind.

Ich erwarte den Tag X mit gemischten Gefühlen. Einerseits kann ich es überhaupt nicht abwarten, anderseits macht mir dieser Tag Angst, weil es dann Realität wird. Wenn ein Haus auf unserer Bodenplatte steht, wird es real, dass wir umziehen.

Ich hatte gehofft, dass Theo und ich an diesem Tag mit unserer Beziehung schon weiter sind. Ich hege zwar kaum noch Mordfantasien, und er regt mich auch nicht mehr so auf wie noch vor einigen Wochen, aber dafür hat sich auch kein Kribbeln eingestellt, kein Wunsch nach Zärtlichkeiten.

Langsam beschleicht mich die Angst, dass man es nicht zurückholen kann, wenn es einmal gestorben ist. Ich will aber nicht freundschaftlich mit meinem Mann zusammenleben. Das alles war bei Holly noch nie Thema, und Theo und ich vermeiden es, über solche Dinge zu sprechen. Wie denn auch?

»Hast du auch keine Schmetterlinge mehr im Bauch, wenn du mich siehst?«

»Nee, du?«

»Null.«

Und dann fühlt man sich noch schlechter als vorher.

Nach der Arbeit tigere ich jetzt manchmal ruhelos durch

die Wohnung. Ich habe das Gefühl, mich am besten jetzt schon von allem zu verabschieden, obwohl wir hier noch monatelang wohnen werden.

Ich gehe im winzigen Gästebad auf die Toilette, einfach um sie auch mal zu benutzen, wasche Hände und versuche dann, mir die Hände an dem kleinen Handtuch abzutrocknen. Ich weiß nicht, warum, aber es ist immer feucht, als würde sich irgendjemand in der Wohnung die größte Mühe geben, diesen Zustand aufrechtzuerhalten, und es regelmäßig wässern.

Da ich das Bad kaum benutze, kann es nur Theo sein. Es ist das gleiche Phänomen wie mit dem krümeligen Abbeißen.

Ich müsste mir wirklich Mühe geben, ein Handtuch, auch ein kleines, nur mit meinen feuchten Händen so nass zu machen.

Ob es für Theo genauso viele Dinge gibt, die er bei mir nicht nachvollziehen kann?

Er liegt im Wohnzimmer. Auch so eine Macke. Dass er immer liegen muss! Er hat vermutlich mal einen Bericht gehört, wie ungesund sitzen ist, jetzt liegt er, wo er kann. Macht er das auch im Büro? Legt er sich beim Meeting auf den Fußboden und spricht von dort?

Ich setze mich zu ihm. Ich würde gern ein Gespräch anfangen, habe aber die Befürchtung, dass alles, was ich sage, in irgendeiner Form aggressiv klingen würde. Also warte ich ab, ob Theo anfängt.

Er starrt schweigend auf sein Handy. Also starre ich auch schweigend auf mein Handy.

Wir stecken fest. Trotz Paartherapie. Und in drei Tagen kommt unser Haus. Will ich wirklich mit Theo so weit rausziehen? Ist das nicht Selbstmord auf Raten?

Die Wohnung ist verkauft. Das Grundstück ist bezahlt, die Bodenplatte auch. Das Haus ist angezahlt. Die Maschinerie läuft und ist nicht mehr aufzuhalten. Ich weiß nicht, wie man zum jetzigen Zeitpunkt aussteigen sollte.

Man müsste das Haus fertig bauen und dann verkaufen – und dann?

Ich bekomme plötzlich keine Luft mehr. Ich muss hier raus und gehe ohne ein Wort. Theo bleibt sicher ungerührt liegen.

Ich laufe ziellos durch die Straßen und stelle mir, ohne es zu wollen, den liegenden Theodor vor. Ich weiß nicht, wo ich hinwill. Ein Mann würde sich jetzt in eine Kneipe setzen und ein Bier trinken. Viellicht hilft das ja.

Ich gehe einfach in die nächste Gastwirtschaft, die so aussieht, als würde sie Bier ausschenken. Ich glaube, hier war ich schon mal vor Jahren. Es kostet mich etwas Überwindung, mich allein an die Theke zu setzen, aber vielleicht gibt es ja einen gut aussehenden Barkeeper, der mir einen Drink mixt, den ich nicht kenne und der wunderbar schmeckt. Wir kommen ins Gespräch, und der Barkeeper findet mich wortgewandt und witzig.

»Was kann ich für dich tun?«, fragt ein alter Kerl mit langen grauen Haaren. Er trägt eine Jeansweste und hat nicht im Entferntesten Ähnlichkeit mit dem Barkeeper aus meiner Vorstellung.

Ich bestelle also keinen tollen Drink, sondern einfach ein Astra.

Er stellt mir die Bierflasche mit einem Glas dazu hin.

Will er mich beleidigen? Ich nehme demonstrativ die geöffnete Flasche und trinke daraus.

Er bekommt es gar nicht mit, und ich komme mir blöd vor. Wie viel Bier ich wohl trinken muss, bis ich mir nicht mehr blöd dabei vorkomme, hier allein an der Theke zu sitzen?

»Iggy?«, fragt neben mir eine Stimme, die ich nicht einordnen kann. Es ist ewig her, dass mich jemand so genannt hat.

Ich brauche eine Weile, um unter dem Vollbart Christian zu erkennen, meinen Ex-Freund.

Morgen werde ich mich fragen, wie groß die Wahrscheinlichkeit war, ihn nach über zwanzig Jahren ausgerechnet an diesem Abend zu treffen. Es fühlt sich schon ein bisschen wie Schicksal an. Oder es ist eine Prüfung, und ich bin durchgefallen.

Er setzt sich neben mich, bestellt auch ein Astra, und schon hätte ich ahnen können, wo die Reise hingeht. Aber ich erzähle naiv von meinem Leben, frage nach seinem. Wir zeigen uns gegenseitig Fotos unserer Kinder.

Er beugt sich ganz nah zu mir, um in mein Handy zu gucken. Ich rieche sein Aftershave. Es ist ein anderes als früher, natürlich.

Trotzdem erinnert sich mein Körper an alles. Und auch nach so vielen Jahren springt er darauf an.

Ich registriere Christians graue Haare. Er hat eine coole Frisur und keine kahlen Stellen am Hinterkopf. Er hat auch keinen Bauch. Er sieht aus wie damals, nur reifer.

Er erzählt, dass er seit einem Jahr von seiner Frau getrennt ist. Ich dumme Kuh höre aufmerksam zu und berühre seinen Unterarm. Ich ahne tatsächlich immer noch nichts. Es fühlt sich gut an. Endlich fühlt sich mal etwas gut an. Christian schaut mir in die Augen. Mir gefällt seine Reaktion. Er gibt mir das Gefühl, attraktiv zu sein. Immer noch.

Wir trinken weiter Bier, und sein Bein lehnt sich an mein Bein. Ich rutsche nicht weg. Er sagt, er habe mich vermisst. Ich lache und frage, was er in Hamburg macht.

Er sagt, er habe hier beruflich zu tun und wohne gleich um die Ecke in einem Hotel.

Beim Wort »Hotel« klingelt etwas, aber ich hänge schon zu tief drin. Ich wünsche mir, seinen Bart zu berühren, und ich möchte wissen, ob er noch küsst wie früher. Ich sehne mich danach, wieder die junge, freie Iggy zu sein, die keine Ehe retten muss und nicht ein paar Kilo zu viel mit sich herumschleppt. Die Iggy, die keine Ahnung hat, was eine Bodenplatte kostet, und die sich gar nichts Schöneres vorstellen kann, als mitten in der Stadt auf einem Barhocker zu sitzen und zu flirten.

Christian lässt mich diese Iggy sein. Und dann zahlt er für uns beide und will mir die Aussicht in seinem Hotelzimmer zeigen.

Ich gehe mit und denke: *Ein Kuss. Ein einziger Kuss, dann gehe ich.*

Die Aussicht ist tatsächlich toll. Wir blicken über die Lichter der Stadt. Ich bin ganz im Moment und muss mir ausnahmsweise mal nicht vorstellen, dass ich das alles hinter mir lassen werde. Er zieht mich vom Fenster weg und lehnt mich sanft mit dem Rücken gegen eine Wand. Er stützt sich mit beiden Händen neben meinem Kopf ab und küsst mich. Sein Bart kitzelt. Erst fühlt es sich erschreckend fremd an. Dann etwas vertrauter.

Ich wünsche mir, dass er mich berührt, aber seine Hände bleiben an der Wand.

Er hört auf, mich zu küssen. Jetzt könnte ich gehen. Es ist fast nichts passiert.

Aber leider hat der Kuss alles aufgeweckt, was jahrelang geschlummert hat. Mein Körper, der in den letzten Jahren nur durch Schokolade angefixt wurde, will auf einmal mehr.

Christian tritt ein paar Schritte zurück. Er steht jetzt ganz zufällig mit dem Rücken zum Bett.

Ich stelle mich nah zu ihm und schlinge die Arme um seinen Hals. Er umarmt mich ebenfalls und küsst mich leidenschaftlich.

Ich teste meine Schubsfertigkeiten, die ich in den letzten Monaten perfektioniert habe, und bringe seinen Körper mit Leichtigkeit zu Fall. Er hält mich fest, und ich lande auf ihm.

Am nächsten Morgen fragt mich Theo, wo ich so lange war und wann ich nach Hause gekommen bin.

»Nirgends«, sage ich schnell. Habe ich gerade wirklich die dümmste aller Antworten gegeben?

»Du warst ganz schön lange nirgends.«

»Wird das jetzt ein Verhör? Hier war ja nicht wirklich viel los, also bin ich einfach um den Block gegangen und habe ein Bier getrunken.« Mir brummt der Kopf. Wie viele Biere waren es eigentlich? Ich kann mich nicht erinnern.

Er schaut mich prüfend an.

»Hier an der Ecke, in dieser Kneipe mit dem Haifisch über der Theke.« Ich gebe ihm ein paar Detailinfos, um meine Geschichte glaubwürdiger zu machen.

Er nickt langsam. »Und da warst du bis halb vier?«

»Wenn du das sagst. Ich hab nicht auf die Uhr geschaut.«

»Ich schon«, sagt er lauernd.

Ich muss los zur Arbeit. Mir geht es mies, ich habe keine Zeit und keine Kraft für so ein Gespräch. Ich gehe an ihm vorbei und bereite mir einen Kaffee zum Mitnehmen, während er mich mit Argusaugen beobachtet.

»Seltsam, gestern Abend hast du mich völlig ignoriert. Und heute findest du es wahnsinnig sehenswert, wie ich mir einen Kaffee mache. Ist heute Nacht etwas passiert?«, sage ich scherzhaft.

»Ist heute Nacht etwas passiert?«, wiederholt er meine Frage. Er dreht sie um wie ein Schwert.

Ganz kurz erwäge ich, einfach die Wahrheit zu sagen, mich dann umzuwenden und zur Arbeit zu gehen, als wäre nichts geschehen. Stattdessen mache ich ein zischendes Geräusch und schraube den Deckel auf meinen Thermobecher.

»Du hast die Milch vergessen.«

Hat er recht? Habe ich tatsächlich keine Milch dazugeschüttet?

»Ich trinke ihn heute mal ohne.«

»Du hasst Kaffee ohne Milch.«

Das stimmt. Ich reite mich immer weiter rein. Wütend reiße ich den Kühlschrank auf und nehme die Milchpackung heraus. Ich schraube den Deckel auf und gieße Milch in meinen Thermobecher, der bis oben hin mit Kaffee voll ist.

»Zufrieden?«, frage ich, während alles auf die hässliche Arbeitsplatte läuft.

Theo verlässt wortlos die Wohnung.

Point of no Return

Holly schaut mich freundlich an. Sie hat sich heute passend zu einem fransigen kurzen Kleid Smokey Eyes geschminkt. Ich registriere, dass sie wirklich schöne Beine hat.

»Danke, dass ich so spontan vorbeikommen durfte.«

Sie nickt huldvoll.

Wir sitzen uns gegenüber. Ich fühle mich sehr allein auf dem langen grünen Sofa. Ein einzelner Sessel wäre mir jetzt lieber.

Ich weiß, dass sie wartet, dass ich ihr erzähle, was los ist. Es fällt mir schwer anzufangen. Ich könnte einfach aus ihrem Zimmer spazieren und nie mehr wiederkommen, einen Flug buchen in ein warmes Land und dort ein neues Leben beginnen.

»Ich habe fast mit meinem Ex-Freund geschlafen.«

»Wieso nur fast?«

»Ich habe ein schlechtes Gewissen bekommen und bin im letzten Moment gegangen, aber was davor passiert ist, reicht schon, um mich mies zu fühlen.«

Holly scheint weder erstaunt noch schockiert zu sein. Sie sitzt aufrecht da wie immer und stellt mir weiter Fragen. »Bereuen Sie, den Geschlechtsakt mit Ihrem Ex-Freund nicht vollzogen zu haben?«

Ich bin ein wenig perplex. Müsste die Frage nicht anders lauten? »Wie meinen Sie das?«, frage ich.

»Sie hatten die Gelegenheit, mit einem anderen Mann zu

schlafen, und haben sie nicht genutzt. Tut Ihnen das leid, für Sie persönlich?«

»Ähm … Ich … ich weiß es nicht?«

»Wir sind oft so in unserem Wertesystem gefangen, dass wir manchmal nicht mehr abschätzen können, was uns guttut und was nicht. Lassen Sie es mich also anders formulieren: Hätte der Sex Ihnen gutgetan?«

Die Frau ist echt der Knaller! Sie überrascht mich jedes Mal aufs Neue.

»Ja«, gebe ich zu. »Er hätte mir gutgetan.«

Sie nickt zufrieden. »Und die Aktionen – das, was vorher lief, vor dem Abbruch –, waren die wohltuend für Sie?«

Ob es wohltuend war? Und ob es das war!

Ich bejahe auch diese Frage.

»Schön. Behalten Sie das im Hinterkopf. Sie haben gestern etwas getan, was Ihnen guttat.«

»Und etwas, was meiner Ehe nicht unbedingt förderlich ist!«, widerspreche ich. »Mit einem anderen Mann rumzumachen ist in meiner Welt nichts, auf das man stolz ist und was unter *Selfcare* läuft.«

»Gesellschaftlich sicher nicht, da gebe ich Ihnen recht.«

»Moralisch auch nicht.«

Sie widerspricht mir nicht, sondern nimmt stattdessen einen Schluck Wasser.

»Ich fühle mich einfach, als wäre ich in die falsche Richtung gelaufen«, erkläre ich.

Hollys dunkel geschminkte Augen sehen mich an.

»Sagen Sie etwas dazu!«, fordere ich sie auf.

»Manchmal ist die Richtung gar nicht entscheidend, sondern nur, dass Sie etwas tun. Und Sie haben etwas getan.«

»Ja, aber das Falsche!«, sage ich vehement. Himmel, was will sie mir eigentlich sagen?

»Sie müssen langsam eine Entscheidung treffen, Ingvild. Wollen Sie weiter mit Theodor zusammenleben, oder wollen Sie das nicht? Sie glauben, Sie müssten es versuchen. Sie glauben, Sie müssten investieren. Sie glauben, Sie müssten es vermeiden, mit anderen Männern zu schlafen. An alldem ist etwas dran, aber grundsätzlich ist alles umsonst, wenn Sie sich nicht vorher entscheiden.«

»Was, wenn ich entscheide Ja und Theo entscheidet Nein?« Meine Stimme klingt dünn.

»Dann wäre es so. Aber momentan entscheidet weder Ihr Mann noch Sie. Momentan sind Sie beide unentschieden, und darum stecken Sie fest.«

Ihre Worte dringen in mich. Holly hat recht. Wir müssen eine Entscheidung treffen. Und eigentlich sind wir viel zu spät damit dran. Das Haus kommt morgen, und wir dödeln immer noch rum und glauben, die Umstände würden uns die Entscheidung eines Tages abnehmen.

Die zweite Wand schwebt durch die Luft. Es ist spannend, zu sehen, wie das Haus vor unseren Augen aufgebaut wird. Pünktlich um 7 Uhr waren Theo und ich am Grundstück und brachten dem Montageteam Croissants und Kaffee. Jetzt sitzen wir auf zwei Gartenstühlen und beobachten, wie die Wände auf die Bodenplatte schweben.

Es gibt keinen schlechteren Zeitpunkt als diesen.

Dennoch platze ich damit heraus. »Theo, ich muss dir etwas sagen. Ich habe neulich, als ich nachts unterwegs war, Christian getroffen.«

»Deinen Ex?« Er schaut weiter gebannt auf die schwebende Wand.

»Ja. Ich bin mit ihm in sein Hotelzimmer gegangen, und wir haben rumgemacht und hätten auch fast miteinander geschlafen, wenn ich nicht vorher gegangen wäre.«

Theodor entgleist sein freudiges Bauherrengesicht. Er starrt mich an. »Nicht dein Ernst! Ich wusste es!« Er schnellt aus seinem Gartenstuhl hoch. »Da rennen wir zur Paartherapie und machen diesen ganzen Schwachsinn mit, damit du bei der ersten Gelegenheit mit deinem Ex rummachst!«

Ich sage nichts. Was könnte ich auch sagen?

Theo kickt seinen Stuhl um.

»Und, ganz ehrlich, es ist mir scheißegal, dass du nicht mit ihm geschlafen hast. Das macht keinen Unterschied. Deine diesbezügliche Selbstbeherrschung hättest du dir sparen können!«

Wütend hebt er seinen Stuhl auf und stellt ihn zehn Meter entfernt von mir auf. Er lässt sich hineinfallen, nur um kurze Zeit später wieder aufzuspringen und zu mir rüberzulaufen. »Und das ausgerechnet jetzt besprechen zu wollen! Jetzt, wo der Moment ist, auf den wir so viele Jahre gewartet haben. Die bauen da unser *Haus* auf, kapierst du das?«

Er schreit mich jetzt an, und ich bin sehr dankbar für den Lärm, den der Kran macht. Trotzdem habe ich das Gefühl, dass das ganze Montageteam zu uns rüberguckt.

»Ich weiß, aber es gibt dafür keinen guten Zeitpunkt«, sage ich.

»Definitiv nicht! Aber es gibt einen superschlechten Zeitpunkt, und der ist jetzt!« Er läuft vor meinem Stuhl hin und her und regt sich auf.

Ich weiß nicht, warum ich es unbedingt raushauen musste. Irgendwie war es mir unerträglich, so friedlich nebeneinanderzusitzen und ihn in Unwissenheit zu lassen.

Theo rennt zurück zu seinem Stuhl und setzt sich. Er gibt jetzt vor, den Aufbau auch ohne mich zu genießen.

Alles fühlt sich falsch an. Die dritte Wand wird auf der Bodenplatte installiert. Ich kann nicht weiter hier sitzen und zuschauen, wie unser Haus wächst. Es ist zu einer Farce geworden.

Da ich allein nicht nach Hause fahren kann, gehe ich ans Meer. Ich mache einen großen Umweg, damit ich weder an Theo noch an den Männern am Kran vorbeimuss. Nachdem ich hundert Meter gegangen bin, schlage ich mich durch die Büsche, um auf den sandigen Pfad durch die Dünen zu kommen.

Es ist ein bewölkter, windiger Tag. Das Meer liegt nicht so friedlich da wie die letzten Male. Es rauscht wilder an den Strand.

Ich lasse meine Schuhe irgendwo stehen und gehe barfuß weiter. Es sind einige Urlauber am Strand, die mit Windschutz dem Wetter trotzen und eisern Bücher lesen, während sie auf ihren kleinen, klappbaren Strandstühlen hocken.

Ich wäre gerne allein, um ein bisschen zu heulen. Stattdessen nicke ich andern zu, die mir entgegenkommen, und frage mich, wie es nun weitergehen soll.

Es tut mir gut, wie Theo reagiert hat. Es ist ihm nicht egal. Und er hat allen Grund, mich anzuschreien.

Ich wage mich mit den Füßen ins Wasser. Die Temperatur ist okay. Ich marschiere schnell durch die Gischt und weiche den ankommenden Wellen nicht aus. Meine Hose wird unten nass. Das klamme Gefühl an den Beinen tut gut. Ich habe ein klammes Gefühl verdient.

Sie haben etwas getan, was Ihnen guttat, hat Holly gesagt. Rechtfertigt das meine Aktion?

Sie müssen langsam eine Entscheidung treffen, hat Holly gesagt.

Will ich mit Theo hier am Meer wohnen?

Die Frage erscheint absurd, wenn ich auf den Horizont schaue. Alles hier ist schön. Alles hier ist wie Urlaub. Aber will ich mit Theo zusammenwohnen? Will ich, dass er weiter im Wohnzimmer rumliegt? Werde ich in Zukunft statt auf unseren Balkon wütend auf unsere Veranda starren?

Liebe ich ihn noch?

Wie misst man Liebe? Es hat mir wehgetan, zu sehen, wie verletzt er ist. Ist das Liebe?

Ich stelle mir vor, wie es wäre, ihn jetzt zu verlieren. Ich stelle mir vor, er würde sagen, wir verkaufen das Haus, wir trennen uns.

Die Vorstellung löst Angst aus. Große Angst.

Ich möchte nicht ohne Theo leben. Ich kann mir ein Leben ohne diesen großen Mann mit Bauch und lichten Haaren überhaupt nicht vorstellen.

Zusammen mit den Wellen und dem Wind und dem Horizont treffe ich eine Entscheidung.

Stille

Er packt seinen Koffer. Er tut es so souverän, als würde er für eine Geschäftsreise packen, und nicht, um mich zu verlassen.

Die Szene hat etwas so Unwirkliches, dass ich mir selbst leise entsetzt zuflüstern muss: »Das ist echt. Theo verlässt dich!«

Während das Obergeschoss unseres Traumhauses aufgebaut wird, verstaut Theo seelenruhig seine Ladekabel und all seine Unterhosen.

Ich will etwas sagen. Ich muss etwas sagen, aber wir haben so viel geredet, dass kein Wort mehr übrig ist.

Ich stehe im Türrahmen und weine lautlos. Alles fällt auseinander.

Theo geht ein paarmal an mir vorbei, als wäre ich nicht da. Mir kommt der unpassende Gedanke, dass wir gar nicht so dick sind, wenn wir zu zweit in diesen Türrahmen passen. Unser letztes »Zu zweit«.

Als er fertig gepackt hat, zieht er seine Jacke und seine Schuhe an. Er schenkt mir einen letzten Blick. Seine Augen sind noch trauriger als meine.

»Geh ins Bett. Schlaf etwas«, sagt er leise.

Ich will ihn umarmen. Ich will schreien: *Geh nicht!* Aber ich nicke nur, und er zieht die Tür hinter sich zu.

Die Stille, die folgt, erschlägt mich.

Karla hat darauf bestanden, dass wir rausgehen. Also sitze ich wie eine Zombiemumie mit Sonnenbrille in irgendeinem Café und bestelle einen Flat White.

»Ich weiß nicht mal, was das ist«, raune ich Karla zu, als der Kellner weggeht.

»Zwei Espresso und so ein besonderer Milchschaum.«

»Aha«, sage ich, als hätte ich irgendein Interesse an dem Getränk, das ich gerade bestellt habe.

Wir sitzen draußen. Ich bin erstaunt, wie warm es ist. Seit ich beim Arzt war, um mich krankschreiben zu lassen, habe ich die Wohnung nicht mehr verlassen.

»Wie weit ist euer Haus?«, fragt Karla, als wäre es ein ganz normales Treffen.

»Ich weiß es nicht. Vermutlich sind schon die Dachziegel drauf.«

Sie schaut mich prüfend an. »Bist du gar nicht neugierig?«

Ich schüttle den Kopf.

»Vivi, du musst dich jetzt zusammenreißen«, verlangt sie. »Es ist okay, eine Woche zu versumpfen, aber jetzt musst du da wieder rauskommen. Was ist mit der Therapeutin? Gehst du da noch hin?«

Ich schüttle den Kopf.

»Das solltest du wieder anfangen. Komm, wir machen einen Plan!« Sie zieht aus ihrer Tasche einen Block und einen Stift.

Mir fällt auf, dass ich überhaupt keine Tasche dabeihabe und auch kein Geld. Ich sehe an mir herunter, um zu checken, ob ich überhaupt eine Hose trage. Eine Jogginghose, aber immerhin eine Hose.

Unsere Getränke kommen. Ich bedanke mich. Alles um mich herum fühlt sich unwirklich an.

Ich sehe zu, wie Karla ein paar Dinge auf den Block schreibt. Ihre Schrift ist viel ordentlicher, als ich ihr zugetraut hätte. Sie macht sehr hübsche Ls und Fs.

»Theo ist weg«, sage ich.

»Ich weiß, Schatz. Ich weiß.«

»Ich liebe ihn«, stelle ich fest.

»Du liebst ihn?«, fragt Karla nach.

»Ja.« Ich bin selbst überrascht von dieser Erkenntnis. Die ganze Zeit hatte ich schreckliche Angst, ohne ihn weitermachen zu müssen. Ich dachte, das sei eben so, nach so langer Zeit zusammen. Aber heute wird mir klar, dass es um viel mehr geht als um eine Herausforderung.

Ich möchte nicht ohne ihn leben.

Ich versuche, in Worte zu fassen, was ich denke. Karla hört mir aufmerksam zu.

»Das hast du ziemlich spät rausgefunden«, sagt sie am Ende, pragmatisch wie immer.

»Was mache ich denn jetzt?« Ich trinke von meinem flachen Weißen. Er schmeckt gut.

»Jetzt kämpfst du um ihn«, sagt Karla so vergnügt, als wäre das einfach.

»Jetzt kämpfe ich um ihn«, sage ich mir selbst vor. Der Kaffee und die neue Perspektive wecken meine Lebensgeister.

»Wie gehen wir vor?« Karla reißt ihre eben angefangene Liste vom Block und tippt erwartungsvoll mit dem Stift auf die leere Seite darunter. Es rührt mich, dass sie »wir« gesagt hat. Wenn ich ein Team wählen müsste, wäre Karla die Erste, die ich aufrufen würde. Sie nennt die Dinge beim Namen, ist realistisch und begeisterungsfähig.

»Meinst du, ich habe eine Chance?«, frage ich sie.

»Das kann ich nicht einschätzen«, sagt sie ehrlich. »Was denkst du denn? Theo ist schließlich dein Mann.«

Ich atme tief aus. »Es braucht lange, bis ihn etwas so stört, dass er es ändert. Aber wenn er es dann tut, ist er nicht leicht aufzuhalten. Er wirkte sehr gefasst und entschlossen bei seinem Abgang.«

Karla schaut mich mit zusammengekniffenen Lippen an. »Dann muss unser Plan umso besser sein.«

»Welcher Plan? Ich habe keinen Plan! Ich würde nach Gefühl vorgehen.«

»Um Gottes willen!« Karla umfasst entsetzt meinen Arm. »Nach deinem Gefühl?«

»Nach welchem denn sonst?«, frage ich genervt.

»Dein Gefühl ist sprunghaft und aufmüpfig, wenn ich das mal so sagen darf. Einen Tag willst du Theo umbringen, einen anderen regt er dich auf, weil er irgendwo in deiner Nähe existiert, dann willst du fast mit deinem Ex schlafen, und heute liebst du deinen Mann.« Karla schüttelt den Kopf. »Nein, meine Liebe, so wird das nichts mit dem Kämpfen. Wir müssen strategisch vorgehen. Nicht nach dem, was du gerade fühlst. Das ändert sich ja jede Minute.«

»Das sehe ich anders«, widerspreche ich. »All diese Facetten passen sehr gut zu Liebe. Liebe – das sind eben nicht nur Schmetterlinge. Das ist auch Mordlust und Langweile und Genervtheit. Aber jetzt weiß ich endlich, was ich will!«

»Das weiß ich auch. Bin ja keine zwanzig mehr«, grummelt Karla. »Trotzdem brauchen wir einen Plan!«

»Ich müsste Theo dazu bekommen, weiter mit mir zu Holly zu gehen. Sie ist ein Profi, vielleicht kann sie es retten. Oder uns wenigstens anleiten, wie wir es retten.«

Karla schaut in die Ferne.

»Was denkst du?«, frage ich sie.

»Ich frage mich, ob wir es mit einer Paartherapie geschafft hätten. Jens und ich.«

In ihrer Stimme schwingt viel Traurigkeit mit. Ich rechne es ihr plötzlich noch höher an, dass sie versuchen will, meine Ehe zu retten, nachdem ihre gescheitert ist.

»Vermisst du ihn?« Der Kaffee hat es tatsächlich geschafft, dass ich mich wieder einigermaßen wie ein Mensch fühle und auch wie einer agieren kann. Ich bin nicht die Einzige auf der Welt, die Probleme hat.

»Manchmal«, gibt Karla zu, nachdem sie eine Weile in ihrer Tasse gerührt hat. »Aber das ist vorbei.« Sie schüttelt den Kopf und zieht sich dann ihren Pferdeschwanz zurecht. »Plan, Teil eins: Theo zur Therapie bewegen. Hast du eine Idee, wie?«

Die habe ich tatsächlich.

Als ich wieder zu Hause bin, lade ich mein Handy auf und räume auf. Dann schicke ich Theo ein Lied, *Breakfast at Tiffany's* von Deep Blue Something.

Darin geht es um ein Paar, das auseinanderdriftet. Sie meint, sie hätten nichts mehr gemeinsam. Er erinnert sie daran, dass sie beide den Film *Frühstück bei Tiffany* mögen. Das sei eines, was sie gemeinsam hätten.

Ich schreibe Theo eine Nachricht:

Kommst du am Donnerstag zu Holly? Bitte, lass es uns weiter versuchen!

Ich lösche sie dreimal und verändere den Text, bis da wieder die erste Fassung steht. Ich hoffe, dass der Song ihm ein kleines Lächeln entlockt. Immerhin hat sich unsere Therapeutin nach der Hauptfigur des Films benannt.

Ich bekomme keine Antwort.

Es kostet mich viel Selbstbeherrschung, ihn nicht anzurufen und auch keine weitere Nachricht zu schicken. Ich warte den Donnerstag ab und hoffe einfach, er taucht auf.

Als ich komme, ist er schon da und sitzt auf dem grünen Sofa, so weit in einer Ecke, wie es nur geht.

Er sieht ganz normal aus, so wie immer. Ich weiß nicht, was ich mir vorgestellt habe, ob ich dachte, er würde da plötzlich mit einem Vollbart sitzen?

In Filmen sehen Männer in solchen Situationen immer verändert aus. Aber vielleicht braucht es das für das Publikum, um die innere Verletztheit auszudrücken.

Theo braucht dafür keinen Bart, das bekommt er allein mit seiner Körperhaltung hin. Abweisender hat nie ein Mensch auf einem Sofa gesessen.

Es sieht so aus, als hätten Holly und er schon eine Weile gesprochen. Ich fühle mich ausgegrenzt.

Bevor ich ihn begrüßen kann, hebt er die Hand, um mich auf Abstand zu halten, und verkündet: »Ich bin heute nur hier, weil wir so viele Dinge regeln müssen und ich denke, es ist gut, wenn wir dabei jemanden an der Seite haben.«

Sein Satz trifft mich mit voller Wucht. Am liebsten möchte ich mich umdrehen und wieder hinausmarschieren. Stattdessen setze ich mich mit genügend Abstand zwischen uns auf das Sofa.

Holly sieht heute relativ normal aus. Sie trägt Grün, alles Ton in Ton. Ihre Haare stecken wieder in einer kunstvollen Hochsteckfrisur.

»Ingvild, was denken Sie gerade?«, steigt sie gleich ein.

»Das möchte ich lieber nicht sagen.« Ich schlage die Beine übereinander. Das geht jetzt viel leichter, denn ich habe in den letzten zehn Tagen kaum etwas gegessen und ein paar Kilo verloren.

»Doch, sag es. Noch mehr kannst du unsere Ehe gar nicht zerstören«, sagt Theo aus seiner Sofaecke. Die Arme hat er vor sich verschränkt.

»Ich denke gerade: ›Jetzt ist aber mal gut!‹ Du stellst dich an wie ein beleidigter Teenager, Theo. Unsere Ehe ist nicht zerstört, weil ich einen Abend lang mit Christian rumgemacht habe. Unsere Ehe ist zerstört, weil wir uns beide so lange nicht um sie gekümmert haben. Und mir jetzt wegen einer Aktion die ganze Schuld aufzuladen, finde ich lächerlich.«

Theo stößt die Luft aus. »Ach so, es ist lächerlich, dass ich Treue als etwas Essentielles betrachte! Ich habe dich in all den Jahren nie betrogen, Ingvild. Und glaube ja nicht, ich hätte dazu keine Gelegenheiten gehabt.«

Bevor ich etwas sagen kann, schaltet Holly sich ein: »Würde es Ihnen guttun, im Gegenzug auch fremdzugehen?«, fragt sie Theo.

Der schüttelt nur den Kopf.

Sie wendet sich an mich. »Wäre es für Sie eine Option, Ihrem Mann einen Freifahrtschein zu geben?«

Ich streiche mir in dem Versuch, die seltsame Wendung abzustreifen, die das Gespräch gerade nimmt, über die Oberschenkel. »Ich glaube, so funktionieren wir beide nicht.«

»Wie funktionieren Sie denn?«, fragt sie und schaut mich interessiert an.

»Theo hat recht: Treue ist wichtig in unserer Ehe, und ich entschuldige mich jetzt ein weiteres Mal dafür, dass ich das nicht eingehalten habe. Klar, wenn es ihm hilft, kann er auch eine andere Frau küssen.«

»Und dann so edelmütig sein und kurz vor dem Akt abbrechen, wie du?«, kommt es angriffslustig aus der Ecke.

»Was ärgert Sie an Ingvilds Fremdgehen am meisten?«, springt Holly rein.

»Was ist das für eine Frage? Wir schlafen seit drei Jahren nicht mehr miteinander, und das nehme ich hin, aber sobald ihr Ex auftaucht, brechen alle Dämme! Mit ihm kann sie offenbar Sex haben, aber mit mir nicht! Und ich Idiot war all die Zeit treu, weil ich dachte … Ich weiß nicht, was ich dachte.« Er winkt ab.

»Warum hatten Sie seit drei Jahren keinen Sex mehr?«, fragt Holly.

»Fragen Sie das meine Frau.«

Holly wiederholt die Frage.

»Ich weiß nicht, wieso ich das jetzt beantworten soll. Es hat keiner von uns beiden Anstalten gemacht, es einzuleiten.« Ich hebe hilflos die Arme und lasse sie wieder sinken.

»Das glaubst du wirklich?« Er funkelt mich böse an.

Ich antworte mit einer Geste, die heißen soll: Was willst du sagen?

»Ingvild, du hast mich monatelang zurückgewiesen. Du wolltest nie. Egal, wann und wie ich es versucht habe. Irgendwann habe ich dann gedacht: Okay, ich warte, bis du mal Lust hast. Das ist aber bis heute nicht passiert. Oh doch, warte, neulich, aber da hast du dann schnell mit Christian geschlafen!«

»Ich habe nicht mit ihm geschlafen.«

»Na, dann zählt es auch nicht«, sagt er ironisch.

In keiner Sitzung hat Theo bisher so viel gesagt wie in dieser. Der brave Musterschüler ist Vergangenheit. Dieser Theo ist echt, und er ist verdammt sauer.

Auch ich werde wütend. »Und es ist jetzt natürlich allein *meine* Schuld, dass ich keine Lust habe, mit dir Sex zu haben«, zische ich. »Du bist nie auf die Idee gekommen, dass man dafür auch ein Minimum an Attraktivität für den Partner aufbringen muss? Als Mann glaubst du, es reicht, wenn er steht?« Ich werfe einen kurzen Blick auf Holly, die keine Miene verzieht.

»Was willst du mir sagen, Ingvild? Dass ich ein unattraktiver, alter dicker Mann bin?«

»Ich will dir sagen, dass es schön wäre, wenn du dich, so wie ich, wenigstens bemühen würdest, nicht so in die Breite zu gehen. Es wäre schön, wenn an deinen Oberarmen noch ein paar Muskeln an den Theo von früher erinnern würden. Wir Frauen rasieren uns alle Stellen, die man nur mit Verrenkungen erreichen kann, während ihr Männer nicht mal auf die Idee kommt, eure Schulterbehaarung zu trimmen. Von Nasen- und Ohrenhaaren will ich gar nicht anfangen!«

Theo starrt beleidigt auf den Boden. Mit seinen verschränkten Armen sieht es fast so aus, als würde er sich selbst umarmen.

»Und ich mache jetzt keine bescheuerte Übung dazu!«, sage ich warnend zu Holly.

»Gut, möchten Sie darüber reden, wie wir Ihr Sexleben –«

»Nein!«, sagen Theo und ich gleichzeitig.

»Dann«, Holly steht würdevoll auf, »bleibt nur noch der Tanz und die Aufgabe für nächste Woche. Schauen Sie sich gemeinsam Ihr Haus an.«

Ich linse zu Theo rüber, um seine Reaktion zu sehen. Er sitzt weiter wie versteinert auf dem Sofa, den Blick auf den Boden gerichtet.

Bevor sie zur Zauberwand geht, macht sie wieder die zusammenführende Geste.

Die Musik ertönt, aber Theo schüttelt den Kopf. »Tut mir leid, ich möchte das heute nicht.« Er dreht sich um und geht.

Holly und ich bleiben in der Walzermusik stehen. Als sie sie schließlich ausstellt, ist die Stille wie eine Ohrfeige.

Fritzi

Wir hätten Hollys Aufgabe vermutlich nicht erfüllt, hätte nicht unser Bauleiter angerufen, um mit seiner ruhigen Stimme zu erklären, dass der Elektriker sich angesagt habe und wir die Positionen der Steckdosen, Schalter und Lichtanschlüsse bestimmen müssten.

Theo und ich haben dazu viele Pläne gemacht, die ich auf dem Schoß halte, während wir zum Haus fahren.

Theo schweigt. Ich bilde mir ein, dass es ein aggressives Schweigen ist, aber ich weiß es nicht sicher. Es kommt mir absurd vor, gleich durch ein Haus zu laufen, in dem wir vermutlich nie wohnen werden.

Wir sollten wissen, was aus dem Haus wird, bevor wir die aufwändige Elektrik planen.

Ich würde gern die Zeit anhalten, so lange, bis Theo und ich wieder ein Paar sind. Ich möchte um ihn kämpfen, aber ich weiß nicht, wie ich das verbissene Schweigen durchbrechen soll. Ich habe Angst, dass jeder Satz von mir sofort in einen Streit mündet.

Theo sollte wissen, was ich für ihn fühle, aber um ihm das zu sagen, müsste ich erst die hohe Mauer überwinden, die er zwischen uns errichtet hat.

Plötzlich kommt mir eine alberne Idee.

Ich ziehe mein Telefon aus der Tasche und tue so, als würde ich jemanden anrufen.

»Hallo, Fritzi, bist du es?«, frage ich mit zitternder Stimme.

Fritzi ist ein Wesen, das Theo und ich erfunden haben, bevor wir Kinder hatten. Fritzi war ein kleiner Kobold, der immer an allem schuld war: Fritzi lief mit schmutzigen Schuhen in die Wohnung, und Fritzi trank die ganze Milch aus. Fritzi machte Wasserflecken auf die Glaswand in der Dusche, und er belegte Theo mit einem Vergessenszauber, sodass er sich nicht an unseren Hochzeitstag erinnern konnte.

»Ich habe dich lange nicht gesehen und wollte einfach mal hören, wie es dir geht«, improvisiere ich tapfer weiter, auch wenn ich mir etwas blöd dabei vorkomme, mit einem seit zwanzig Jahren verschwundenen imaginären Kobold zu sprechen.

»Ach, das ist ja schön. Das klingt super, Fritzi. Und trinkst du ihnen auch immer die ganze Milch weg?« Ich meine, eine kleine Reaktion von Theo aus den Augenwinkeln sehen zu können, und werde mutiger. »Ja, uns geht es nicht so gut, Fritzi. Nein, leider. Wir haben unsere Ehe ziemlich runterkommen lassen, weißt du. Ja, es war einfach blöd ohne dich. Wir mussten plötzlich alle Fehler selbst machen, und das macht echt keinen Spaß … Mhm … Stimmt! Neulich habe ich einen richtig großen Fehler gemacht, und dann ist Theo ausgezogen … Ja, ich weiß, das klingt schlimm. Er ist einfach sehr verletzt … Nein, Fritzi, ich weiß nicht, ob er mir noch eine Chance gibt. Das kann ich sehr schwer einschätzen …«

Ich mache eine Pause und stelle mir vor, was Fritzi jetzt sagen würde.

»Ob ich ihn noch liebe, willst du wissen?«

Ich werfe einen kurzen Seitenblick auf Theo, der beide

Hände am Lenkrad hat und auf die Straße guckt. Sein Gesicht verrät mir, dass er aufmerksam zuhört.

»Ja, ich liebe ihn noch. Ich habe das lange selbst nicht mehr gewusst, aber ich liebe ihn. Ich kann mir ein Leben ohne ihn nicht vorstellen, und ich wünschte, wir könnten noch mal von vorne anfangen.« Meine Stimme wird brüchig. »Fritzi, ich muss jetzt auflegen«, sage ich, bevor ich gar nichts mehr sagen kann.

Fritzi wünscht uns alles Gute, dann legt er auf.

Ich lege das Telefon in den Schoß und wische mir die Tränen ab.

Theo macht auch eine Bewegung mit der Hand zu seinem Gesicht. Ich schaue ihn nicht an, aber ich spüre, dass auch er weint. Ich strecke vorsichtig meine Hand aus, und er nimmt sie und drückt sie so fest, dass es wehtut.

Viel zu schnell sind wir am Grundstück. Überall parken die Lieferwagen der Holzfritzen. Wir sind beide nicht in der Verfassung, jetzt die komplette Elektrik zu planen.

Ich reiche Theo ein Taschentuch.

Er lässt meine Hand los und schnäuzt sich laut.

»Wir ziehen das jetzt durch«, sagt er mit rauer Stimme und nickt mir zu.

Ich steige aus dem Auto und sehe zum ersten Mal unser Haus. Die Dachziegel sind schon drauf, und wäre das Gerüst nicht, könnte man denken, es sei schon fertig. Das hellblaue Holz sieht freundlich und einladend aus. Leider ist die Haustür noch nicht eingebaut, und so schreiten wir durch eine hässliche Stahltür, als wir zum ersten Mal unser Haus betreten. Theo nimmt meine Hand, bevor wir reingehen, und lässt sie die ganzen zwei Stunden, während deren wir mit dem Elektriker durch die Räume wandeln, immer nur für kurze Zeit los, um sie dann wieder zu nehmen.

Wie ein junges Paar spazieren wir durch die Räume und sind oft so überwältigt von allem, dass der arme Elektriker bisweilen dreimal nachfragen muss, wo er denn nun die Schalter hinmachen soll.

Ich überlasse Theo die meisten Entscheidungen und frage mich, wie er das schafft, wo wir doch eigentlich mit zwei sehr viel wichtigeren Dingen beschäftigt sind: mit uns und damit, zu staunen, wie schön unser Haus ist.

Das runde Fenster im Wohnzimmer, über das wir lange diskutiert haben, weil es so teuer war, ist jetzt schon jeden Cent wert. Es sieht lustig und verspielt aus.

Alle Außenwände unseres Hauses bestehen auch innen aus massiven Holzbohlen aus Fichte. Es riecht wie im Wald, und es sieht schön aus. Ich muss in jedem Raum über das helle Holz der Wände streichen, die schon so perfekt sind. Die Innenwände sehen dagegen noch sehr nach Rohbau aus: große graue Fermacell-Platten mit Schraublöchern. Die Bautreppe, die ins Obergeschoss führt, ist steil und eng. Man muss sie mehr klettern als gehen.

Theo nimmt, sobald ich oben bin, wieder meine Hand. Es ist wie ein Versprechen für einen Neustart, und ich habe große Mühe, dem Elektriker und dem Bauleiter, der noch einige Fragen an uns hat, zuzuhören. Theo hält meine Hand, und das ist ein noch viel größeres Glück als dieses wunderschöne Holzhaus.

Im Badezimmer haben wir wahnsinnig viele Lichter geplant, die man alle einzeln schalten kann, um verschiedene Lichtstimmungen herstellen zu können. Hell, um etwas zu sehen, aber eben auch schummrig und schön, wenn man abends in der Badewanne liegen will.

Der Elektriker, ein kleiner Mann, der sich ständig seinen Kuli hinters Ohr steckt, fragt uns, ob wir das wirklich wollen. Jeder zusätzliche Schalter kostet extra.

Theo und ich schauen uns an. Sollten wir das Haus verkaufen oder vermieten, wären die Kosten hierfür völlig unangemessen. Aber wenn wir selbst hier einziehen, würde es sich lohnen.

»Wir wollen das wirklich so«, sagt Theo mit fester Stimme und drückt meine Hand. Ich drücke zurück und konzentriere mich auf den Elektriker, um nicht schon wieder feuchte Augen zu bekommen.

Theo und ich reden kaum miteinander, während wir das Haus mit der Elektrik bestücken. Aber nonverbal sagen wir uns eine ganze Menge.

Ich habe nicht gefrühstückt und fange bald an, das zu bereuen. Mitten in den Wechseljahren, mit Hitzewallungen, verträgt man einen leeren Magen noch schlechter als sonst. Vor allem, wenn man gleichzeitig wichtige Entscheidungen treffen muss und Herzflattern wegen eines Neuanfangs hat.

Als wir endlich mit allem durch sind, sage ich leise zu Theo: »Ich schaffe es nicht zurück bis Hamburg. Lass uns hier irgendwo einen Bäcker suchen.«

Theo nickt, und wir verabschieden uns, so schnell es eben geht, von dem Elektriker und unserem Bauleiter.

Erschöpft fahren wir in den nächsten Ort. Google hilft bei der Bäckersuche.

Die Auswahl ist klein. Entweder nehmen wir ein nacktes Brötchen oder ein süßes Teilchen.

Bevor Theo etwas sagen kann, bestelle ich zwei dicke Streuselschnecken und zwei Kaffee. Wir essen sie im Auto, auf dem Parkplatz mit Blick auf einen kleinen Hafen.

Theo lehnt sich selig zurück und schließt die Augen. »Oh Gott, das habe ich jetzt echt gebraucht. Ich habe nicht gefrühstückt.«

Ich muss lachen. »Ich auch nicht.«

»Hast du zwischendurch auch gedacht, du kippst um, wenn wir noch einen Raum mit Steckdosen und Lampen besprechen müssen?«, fragt er und schaut mich warmherzig an.

»Ja, genau so!« Ich lehne mich ebenfalls zurück. Eine Weile sehen wir uns an.

Theo wird ernst. »Hör zu, Vivi, ich liebe dich auch, und ich will das hier versuchen, aber ich kann keine Garantie geben, und ich brauche auch noch eine Weile, bis ich das mit Christian verdaut habe.«

Ich nicke verständnisvoll. »Das verstehe ich. Sag einfach, was du brauchst.«

»Zeit. Ich brauche Zeit. Ich bleibe noch etwas im Hotel, wenn das okay ist.«

Ich nicke wieder.

Theo startet den Motor. Auch auf der Rückfahrt reden wir kaum, aber diesmal ist es ein gutes Schweigen, ein einvernehmliches.

Er lässt mich vor unserer Haustür raus.

»Willst du noch mit hochkommen, auf einen Kaffee?« Ich frage mich, was ich ihm da eigentlich gerade anbiete.

»Du willst mit mir … *Kaffee trinken?*« Er betont es anzüglich, und wir müssen beide lachen.

»Ja, das könnte ich mir tatsächlich vorstellen.«

Er schaut auf die Straße und schüttelt dann bedauernd den Kopf.

Er setzt zu einer Erklärung an, aber ich komme ihm zuvor: »Theo, es ist okay. Es ist zu früh, du hast recht. Und ich verstehe auch, dass du nach so langer Zeit nicht einfach über jeden Schatten springen kannst. Es tut mir leid, dass …« Ich weiß nicht, wie ich es ausdrücken soll.

»Dass du das Kaffeetrinken mit mir immer verweigert hast?«

Ich nicke und halte mich an den Elektrikplänen fest, die nicht mehr sauber und glatt, sondern verknittert und staubig sind, so wie wir beide.

»Ich hab mich im Fitnessstudio angemeldet. Es wird mich zwei Stunden kosten, die Schnecke wieder abzutrainieren.«

»Echt jetzt?«, frage ich erstaunt und gucke auf seinen Bauch.

»Ja, echt jetzt. Und wenn du noch mal so auf meinen Bauch starrst, sage ich Fritzi, dass du mein neues Ich boykottierst.«

Ich muss lächeln, weil er den Kobold erwähnt. »Okay. Werde ich nicht mehr. Dann danke fürs Fahren.« Ich steige aus und gehe schnell ins Haus, um dem wegfahrenden Auto nicht hinterherschauen zu müssen.

Als ich oben die Tür aufschließe, spüre ich, dass etwas anders ist als sonst. Ich betrete die Wohnung und sehe mich um. Alles sieht genauso aus wie immer. Aber es ist plötzlich kein Zuhause mehr.

Der Abschied, vor dem ich mich so fürchte, hat begonnen. Seltsamerweise ist das gar nicht schlimm. Ich mache die Terrassentüren auf und lasse Luft herein.

Ich sehe unser neues Wohnzimmer vor mir, mit Blick in den Garten durch das runde Fenster.

Ein neues Leben wartet auf uns. Fritzi sei Dank!

Mädelsabend

Maja hat uns eingeladen. Ohne Männer. Normalerweise würde ich mich darüber freuen. Es ist schön, mal nur unter uns Frauen zu sein. Aber momentan ist mir jede Gelegenheit recht, Theo zu treffen. Er macht sich ziemlich rar, eine alberne Strategie, die ärgerlicherweise sehr gut bei mir funktioniert.

Maja und Martin wohnen in einer wunderschönen Altbauwohnung. Jedes Mal, wenn ich hier bin, staune ich aufs Neue über die hohen Decken, den Stuck und die wundervollen Flügeltüren.

Maja öffnet mir in einem schwarzen Jumpsuit. Ihre Haare sind etwas rötlicher als sonst, vermutlich war sie beim Friseur.

»Musst du immer so umwerfend aussehen?«, knurre ich zur Begrüßung und reiche ihr meine selbst gemachte Kräuterbutter.

»Selber!«, lacht sie und führt mich zum Tisch, an dem die anderen schon warten.

Ich laufe von Christa zu Wiebke und umarme sie.

»Wer kommt noch?«, frage ich und deute auf einen weiteren Teller.

»Ich habe Karla eingeladen. Ich fand sie so nett auf eurer letzten Party, als wir alle im Meer waren.« Maja stellt meine Kräuterbutter zu den andern zehn Dips auf dem übervollen Tisch.

Ich freue mich, dass Karla auch kommt. Ich hätte nicht

gedacht, dass sie in diesen Freundeskreis passt, aber vielleicht liegt das nur daran, dass wir uns meistens mit unseren Männern treffen und Karla seit geraumer Zeit Single ist.

Es klingelt, und Maja geht eilig zur Tür.

Ich setze mich und frage Christa, wie es mit Frank läuft.

Sie seufzt. »Es ist total schwierig. Wir haben gute und schlechte Tage. Aber dieses ständige Auf und Ab macht mich ganz schön mürbe. Immer wenn ich denke, jetzt kriegen wir die Kurve, tut er wieder etwas, was mich verrückt macht.« Sie schnappt sich eine Weintraube und kaut darauf herum, während Wiebke und ich verständnisvoll nicken.

»Hallo, ihr alle!«

Ich brauche einen Moment, um zu verstehen, dass diese Person wirklich Karla ist. Die Frau, die ich nur in Jeans und Kapuzenpullover kenne, sieht aus wie ein Model aus der *Vogue*.

Karla trägt eine schwarz-grau gestreifte Hose, die so weich fällt, als wäre sie aus Seide. Viskose, vermutlich. Dazu eine bordeauxfarbene Bluse aus demselben Material. Um ihren Hals ist eine lockere Schleife gebunden. Ihr üblicher Pferdeschwanz wirkt durch dieses neue Outfit völlig anders. Es sieht nicht mehr nach einer simplen Frisur aus, sondern unterstreicht ihr Outfit. Ich hätte nicht gedacht, dass ein Pferdeschwanz so elegant wirken kann.

Ich stehe auf und gehe auf sie zu. »Oh, mein Gott, Karla!«, rufe ich wie ein Teenager. Ich gehe einmal um sie herum, umarme sie dann und sage: »Was ist denn mit dir passiert? Bist du jetzt mit einem Modedesigner zusammen?«

Karla wird vor Freude rot und presst sich die Fäuste ans Kinn. Sie hat sogar etwas Wimperntusche aufgetragen. Irgendetwas muss geschehen sein.

Wiebke, Christa und Maja stimmen mir eifrig zu, wie gut Karla aussieht, obwohl sie noch nicht so viele Vergleichsmöglichkeiten haben wie ich.

»Setz dich, und erzähl!«, fordere ich sie auf.

Karla setzt sich neben mich, und Maja stellt uns noch schnell die Salate auf dem Tisch vor: »Das ist der ›Hungry Lady Salad‹, ein Rezept von TikTok, unheimlich lecker mit Hühnchen und Avocado. Dann gibt es einen Couscous-Salat mit Minze, und den hier hab ich auch noch schnell gemacht.« Sie zeigt auf eine Schüssel mit Kichererbsen. »Das ist der Hilfe-ich-habe-sicher-zu-wenig-zu-essen-Salat!«

Wir lachen alle, weil jede von uns diese Situation kennt: Man steht vor seinem Buffet und hat plötzlich Angst, es könnte zu wenig sein und die Gäste müssten um halb zehn mit einer Ausrede aufbrechen, um den nächsten Imbiss zu überfallen, weil man viel zu wenig Essen kalkuliert hat.

Maja reicht das Baguettebrot herum, und während sich alle von den Salaten nehmen, beginnt Karla zu erzählen.

»Es war ein ganz gewöhnlicher Freitagabend. Ich gammelte in Jogginghose zu Hause herum und guckte Netflix.« Bis dahin können alle folgen. So sehen unsere Freitagabende auch aus.

»Eine Serie hat mich irgendwie inspiriert. Da waren die Frauen ständig gut angezogen, und ich hatte auf einmal keine Lust mehr auf die ewige Jeans-Karla.«

Wir nicken alle im Chor. Das Gefühl kenne ich auch, aber meistens warte ich einfach, bis es wieder weggeht.

»Und dann bin ich in mein Schlafzimmer gegangen, habe meinen Kleiderschrank geöffnet …« Karla erzählt es so spannend, dass wir alle sofort annehmen, sie hätte eine Leiche in ihrem Schrank gefunden.

»Und da hing plötzlich dieses Outfit!«, fantasiert Christa.

Karla schüttelt den Kopf. »Ich habe mir all meine langweiligen Klamotten angeschaut und dann eine Rolle Müllsäcke geholt und alles eingepackt!«

»Wie alles?«, fragt Wiebke die Frage, die wir uns alle stellen.

»Na, alles eben. Alle Hosen, alle Oberteile, alle Unterwäsche …«

»Auch die Socken?«, will Maja wissen.

»Alles«, bestätigt Karla.

»Und Jacken und Jogginghosen?«, frage ich.

»Die Jacken habe ich behalten, aber sonst ist wirklich alles rausgeflogen. Sogar meine Nachthemden.«

»Krass«, staune ich und vergesse, einen der Salate von meinem Teller zu probieren.

»Es waren achtzehn Säcke voll. Könnt ihr euch das vorstellen? Achtzehn Säcke voll langweiliger, öder Klamotten.« Karla macht eine ausladende Handbewegung. »Ich musste mich befreien. Radikal. Und damit ich es nicht am nächsten Tag rückgängig mache, habe ich alles ins Auto geladen und es zum nächsten Kleidercontainer gefahren.«

Ich kann nicht fassen, dass sie das wirklich gemacht hat!

»Zu welchem?«, will Christa wissen.

Ich wedle ungeduldig mit der Hand. »Das ist doch völlig Hupe! Ich will wissen, wie es weiterging!«

Karla lächelt und freut sich über die ungeteilte Aufmerksamkeit. »Ich saß dann da mit einem leeren Schrank und hatte nur noch die Klamotten, die ich an dem Abend zufällig anhatte. Das waren eine Jogginghose und ein Schlabbershirt. Eigentlich wollte ich das dann auch noch schnell entsorgen, aber dann ist mir eingefallen, ich muss ja schon irgendetwas tragen, wenn ich das Haus verlasse, um shoppen zu gehen.«

Maja, die Karla gegenübersitzt, kichert und nickt aufgeregt.

»Ich bin dann am nächsten Tag in dem Schlabberlook shoppen gegangen. Das war gar nicht so leicht, wie ich es mir vorgestellt hatte, obwohl ich vorbereitet war!«

Wie auf ein geheimes Zeichen fangen wir alle an zu essen. Karlas Geschichte wird noch etwas dauern. Der Hungry Lady Salad schmeckt wunderbar, und ich sage es Maja, indem ich auf den Salat zeige und den Daumen nach oben halte. Sie grinst und nimmt selbst auch eine Gabel voll in den Mund.

»Ich hatte mir von der Serie Outfits abfotografiert«, berichtet Karla weiter. »Und ich bin extra in ein großes Kaufhaus gegangen. Ich hab ja gedacht, das läuft dann wie im Film: dass es eine Verkäuferin gibt, die mir tausend Sachen anschleppt und mich berät, aber ich habe keine Menschenseele gefunden und musste selbst den ganzen Laden absuchen. Letztendlich habe ich nur ein einziges Outfit gefunden. Dieses hier!« Sie breitet die Arme aus.

»Und das sieht schon mal total gut aus!«, motiviere ich sie. »Das heißt aber, du hast jetzt nur diese Sachen und dein eines Schlabberoutfit?«

»Exakt!« Karla schiebt sich auch endlich eine Gabel voll Salat in den Mund.

»Und wie geht es jetzt weiter?«, frage ich interessiert.

»Das weiß ich, ehrlich gesagt, noch nicht. Ich brauche jetzt ja alles neu, und ich will auf keinen Fall den Fehler machen und schnell etwas kaufen, nur um dann in ein paar Wochen wieder einen Schrank voller lahmer Klamotten anzuhäufen. Mich hat ja auch diese Menge so erschreckt. Niemand braucht achtzehn Säcke voll Klamotten!«

Wir stimmen ihr zu und überlegen alle heimlich, wie viele Säcke Kleidung sich wohl in unseren Schränken verbergen.

»Ich muss sagen, ich bewundere dich, Karla. Ich glaube, so was Ähnliches würde ich auch gern machen«, sage ich aus ganzem Herzen.

»Ich auch«, stimmt Christa zu.

»Na, dann los! Macht es doch einfach!« Karla hat leicht reden. Sie hat das Ausmisten schon hinter sich und sitzt fröhlich da in ihrem einzigen, schönen Outfit.

»Aber was wäre, wenn Christa und ich jetzt auch all unsere Sachen zur Kleiderspende geben würden – wie würden wir uns dann neu einkleiden? Das Problem hast du ja bisher nicht gelöst«, sage ich an Karla gewandt.

»Frank würde sich endgültig von mir trennen, wenn ich so was Verrücktes machen würde«, wirft Christa ein.

»Und ich hab durch den Hausbau gar kein Geld dafür«, ergänze ich. »Es kostet doch ein Vermögen, alles neu zu kaufen.«

»Ja«, seufzt Karla. »Das habe ich an dem Abend nicht ganz zu Ende gedacht. Das ist wahr.«

»Man muss ja nicht so radikal vorgehen wie Karla, aber wenn ihr euch zumindest ein bisschen neu erfinden wollt, könnte ich bei der Auswahl helfen.« Maja in ihrem schicken schwarzen Jumpsuit strahlt uns an.

»Mir auch?«, fragt Karla hoffungsvoll.

»Natürlich! Nächsten Samstag mache ich für euch eine Modeberatung. Wir gehen in ein großes Kaufhaus, und ich suche euch ein paar Outfits heraus.«

Christa und ich sehen uns an. Es juckt mich in den Fingern, meinen Schrank auszumisten.

»Dann will ich aber auch mit«, sagt Wiebke und klingt wie ein Schulmädchen, das gerade vom gemeinsamen Ponyreiten ausgeschlossen wurde.

Maja steht auf, verschwindet kurz und kommt mit ihrem Handy in der Hand zurück. »Okay, dann legen wir jetzt ein Profil für jeden an. Ich brauche Konfektionsgröße, BH-Größe, Schuhgröße und eine Information, welchen Stil ihr euch wünscht.«

Der Abend endet ganz anders als erwartet. Aber es tut sehr gut, mal nicht über morsche Beziehungen zu sprechen, sondern über uns. Bald sitzen wir alle mit unseren Handys am Tisch und zeigen uns Fotos von Stilrichtungen, die uns gefallen. Mit jedem Foto werden wir mutiger. Wir lachen und albern herum, und Maja sammelt all unsere verrückten Ideen.

Zu Hause reiße ich sofort den Kleiderschrank auf.

»Keine übereilten Aktionen, du hast kein Geld für viele neue Klamotten«, warne ich mich selbst. Ich stehe vor meinem vollen Schrank. So viel davon ziehe ich nie an. Ich bin kurz ratlos, wie ich vorgehen soll. Dann kommt mir eine gute Idee. Ich fange an, die Sachen rauszunehmen, die ich gern trage, und häufe die Schätze auf unserem Bett auf.

Als ich damit fertig bin, gehe ich den Rest nach praktischen Aspekten durch. Was brauche ich davon unbedingt noch?

Ich rette meine gesamte Unterwäsche, aber viele Nachthemden schaffen es nicht auf den Stapel auf dem Bett.

Ich stelle mir vor, wie es wäre, wenn ich nur die Sachen mit ins neue Haus nehmen würde, die ich tatsächlich richtig gern anziehe. Ich kann vielleicht nicht alles neu kaufen, aber ich kann viel Ballast loswerden und einfach weniger im Schrank haben.

Beflügelt von dieser Idee, packe ich den ganzen Rest, der noch im Schrank ist, in Müllsäcke.

Am Ende sind es sieben Stück. Ich schicke Karla ein Foto.

Da unser Auto bei Theo am Hotel steht, werfe ich die Säcke von unserem Balkon auf die Straße. Vorsichtig ziele ich auf das Gras, damit sie nicht aufplatzen.

Sie fallen wie dicke Steine geradewegs nach unten. Ob Theo auch so eine gerade Flugbahn gehabt hätte? Es kommt mir plötzlich schrecklich vor, dass ich diese Fantasien hatte. Ich bestrafe mich ein bisschen selbst, indem ich die Säcke ohne Jacke aufsammele und sie zum Container bringe.

So viele Gedanken wirbeln auf einmal in meinem Kopf herum. Warum ich nicht schon früher mal aussortiert habe und ob Mordfantasien einer Ehe auch guttun können? Holly sagte nach meinem Abenteuer mit Christian, ich solle im Hinterkopf behalten, dass es mir gutgetan hat.

Vielleicht sollten wir Frauen viel mehr auf das hören, was uns guttut, auch wenn wir damit manchmal die Regeln brechen müssen?

Shoppingtour

Maja ist streng. Wir dürfen nichts selbst aussuchen, sondern müssen in unseren Kabinen hocken und anziehen, was sie uns bringt. Karla, Christa, Wiebke und ich haben vier Umkleidekabinen nebeneinander belegt. Abwechselnd strecken wir die Köpfe raus, um uns mit den anderen zu unterhalten. Wenn eine von uns von Maja ein Outfit zugeteilt bekommt und es anzieht, darf sie raus auf den Gang und macht dort »den Walk«, an allen Kabinen vorbei bis zum Spiegel.

Karla wird bevorzugt behandelt, weil die Arme momentan buchstäblich nichts anzuziehen hat.

»Ich fühl mich so plüschig«, jammert Wiebke und hebt ihre Arme, als wollte sie uns einen seltsamen Tanz zeigen.

»Das sind Fledermausärmel, sieht doch gut aus«, kommentiert Christa. Sie trägt momentan nur Unterwäsche und hält deshalb den Vorhang unter ihrem Hals zu. Sie sieht aus wie ein schwebender Kopf.

Maja kommt mit einem Stapel neuer Klamotten zurück. Als wäre sie unsere Vogelmutter, strecken wir alle begierig unsere Köpfe aus den Kabinen.

Karla wird mit Klamotten gefüttert, und mir wird ein Outfit hereingereicht.

»Du bist gleich dran«, sagt Maja zu Christa. »Und wie gefällt dir dein Sommer-in-Italien-Outfit?«, fragt sie Wiebke, die immer mit den Armen rudert.

Ich höre nicht, was sie antwortet, weil ich gerade eifrig in den Jumpsuit schlüpfe, den Maja für mich aufgespürt hat. Er ist sandfarben und besteht aus einem ganz weichen Material.

Ich streiche ihn glatt und beäuge kritisch meinen Bauch. Ich drehe mich zur Seite, um zu sehen, wie weit er sich hervorwölbt. Es geht. Der Stoff überspielt meine Problemzone. Ich wünschte, ich würde nicht immer danach gucken. Darf man als Mutter über fünfzig denn keinen Bauch haben?

Bei anderen Frauen finde ich das nie schlimm, nur an mir selbst kritisiere ich herum. Vor den Kindern war da einfach kein Bauch, und obwohl das inzwischen lange her ist, wünsche ich mir immer noch meinen alten, den »richtigen« Körper zurück.

Ich ignoriere das Preisschild und wage mich auf den Catwalk. Im selben Moment springt auch Karla auf unseren gedachten Laufsteg. Sie trägt einen Rock, eine Blümchenbluse und eine Sonnenbrille.

»Ey, die bekommt auch noch Accessoires?«, frage ich neidisch und vergesse, schön zu laufen.

»Haltung, Ingvild! Sonst siehst du aus, als würdest du in einem Sack stecken«, korrigiert mich Maja. Sofort laufe ich aufrechter.

Maja lobt Karlas Outfit, und Karla freut sich unter ihrer Brille.

Ich bin etwas enttäuscht, weil für mich kein Lob übrig bleibt. Bevor ich am Spiegel ankomme, ist Maja schon wieder losgeflitzt, um neues Material holen. Vier Frauen gleichzeitig einzukleiden ist fast unmöglich.

Ich quetsche mich zu Christa in die Kabine. Sie sieht müde aus.

»Schläfst du immer noch so schlecht?«, frage ich sie und reiße mit meinem Ellbogen fast eine Bluse von dem kleinen Haken, an dem sie hängt.

Christa nickt erschöpft. »Oh, der steht dir gut!«, sagt sie mit Blick auf meinen Jumpsuit. Dann seufzt sie und beantwortet meine Frage: »Ich hab alles probiert: Pflanzen, Tees, Schlummermusik, Einschlafpodcasts. Alles außer echten Schlafmitteln. Da traue ich mich nicht ran, aber wenn das so weitergeht …« Sie gähnt herzhaft.

»Je mehr du es versuchst, umso weniger klappt es?«, frage ich nach.

»Genau so«, bestätigt sie und zupft ihren BH zurecht.

»Dann versuch es doch gar nicht mehr. Leg dich heute Abend ins Bett und erwarte nicht einzuschlafen.«

Christa schaut mich verständnislos an. »Und dann?«

»Dann wirst du vermutlich nicht einschlafen, so wie jeden Abend.«

»Und wo ist die Verbesserung?«

»Es stresst dich nicht mehr. Du akzeptierst es einfach. Es ist jetzt ja schon monatelang so, und bisher bist du nicht daran gestorben, also leg dich hin, hör, was du möchtest, nicht, was dich zum Einschlafen bringen soll. Sieh es als geschenkte Zeit.«

»Aber ich *will* ja so gern schlafen!«, sagt sie verzweifelt.

»Ich weiß, es ist auch leicht, so etwas zu raten. Es umzusetzen ist sicher schwer. Aber versuch es doch mal.«

Christa denkt nach. »Okay, warum nicht. Vielleicht entspannt mich das ja etwas.«

Ein Arm reicht Klamotten in die Kabine, und ich muss rausschlüpfen, damit Christa sich umziehen kann.

Nach drei Stunden sind wir alle fix und fertig.

Wir zahlen unsere Outfits an der Kasse. Wir alle schlucken etwas bei dem Preis, aber Karla schießt den Vogel ab. Sie schleppt fünf dicke Tüten aus dem Laden und muss einen vierstelligen Betrag berappen.

»Das war's dann wohl mit Urlaub«, murmelt sie.

Danach laden wir alle Maja auf einen wohlverdienten Kuchen mit einem ordentlichen Kaffee ein.

Im Café reden wir alle durcheinander und freuen uns an den neuen Klamotten.

»Hast du die Fledermausärmel jetzt genommen?«, will ich von Wiebke wissen, während Karla mir irgendetwas ins Ohr raunt.

»Ja, ich fand sie ja schon gut, nur ungewohnt.«

Maja sitzt stolz zwischen uns. »Wenn ihr Fragen zum Styling habt, ruft mich an, wenn ihr die neuen Sachen ausprobiert!«, bietet sie an. Es ist viel schöner, sie als offizielle Modeberaterin an der Seite zu haben, statt sie wie bisher immer nur heimlich zu beneiden.

Karla zupft an meinem Ärmel, weil ich auf ihr Geraune nicht reagiert habe.

»Was ist denn?«, frage ich genervt. Ich wollte weiter mit Wiebke reden, die als Leiseste in unserer Gruppe oft etwas untergeht.

»Ich will wissen, wie es mit Theo läuft«, sagt sie laut.

»Oh, das will ich auch wissen!« Maja schaut mich interessiert an.

Der Kuchen wird serviert, und so bekomme ich ein kleines bisschen Zeit geschenkt, um über eine Antwort nachzudenken. »Der erste Schritt ist gemacht«, sage ich schließlich. »Wir wollen es beide weiter versuchen, aber so richtig weiß keiner von uns, wie.«

»Wie wäre es mit einem Date?«, schlägt Christa vor.

»Daran hab ich auch schon gedacht. Aber was für ein Date? Einfach essen gehen?«

Alle vier Frauen schütteln vehement den Kopf.

»Es muss etwas Romantisches sein. Irgendwo auf einem Hausdach unter den Sternen«, schlägt Wiebke vor.

Sofort kommen mir sämtliche Filmszenen in den Kopf. Die haben nicht nur immer die perfekte Location, sondern auch an den unmöglichsten Orten Strom für eine Lichterkette.

Mir fällt kein einziger Ort in Hamburg ein, an dem das machbar wäre. Es ist sowieso verrückt: Je länger man in einer Stadt lebt, desto kleiner wird der Radius, in dem man sich bewegt. Wir gehen doch immer in dieselben Cafés, Kinos, Restaurants und Theater.

Plötzlich bricht Christa in Tränen aus.

»Oh nein!« Ich wechsle einen schnellen Blick mit Maja und Wiebke.

»Ich glaube, ich will mich von Frank trennen. Diese ganze Paartherapie bringt überhaupt nichts. Wir hören uns die Tipps an, als wären sie für andere Leute, und dann gehen wir nach Hause und machen genauso verkorkst weiter wie bisher. Wir passen einfach nicht zusammen!« Christa bemüht sich sichtlich, nicht zu weinen, aber die Tränen laufen ihr die Wangen hinunter.

Maja reicht ihr eine Serviette. Wiebke streichelt ihr den Rücken.

»Wenn ich mich da als erfahrene Getrennte einmischen

darf …«, sagt Karla über den Tisch hinweg. »Du hast das Schwierigste schon geschafft, wenn du an dem Punkt bist, an dem du dir eingestehst, dass du dich trennen willst. Alles vorher, das ganze Gequäle und das Abwägen … Dieses Wechselspiel aus Hoffnung und Frustration ist viel schlimmer als die Trennung an sich.«

Christa hört ihr gebannt zu.

Ich fühle mich schlecht, weil ich mir ein romantisches Date für Theo überlegen darf, während bei Christa alles auseinanderbricht. Ich erinnere mich mit einem Schaudern an Theos Auszug und daran, wie leer und furchtbar ich mich fühlte.

Wann sind Beziehungen so kompliziert geworden? Oder waren sie das immer schon, und es fällt uns nur jetzt erst auf? Ich würde Christa und Frank ja unsere Holly Golightly empfehlen, aber mein Bauchgefühl sagt mir, dass Christa ohne Frank vielleicht wirklich glücklicher wird.

Wir brechen bald auf. Zum Abschied erinnere ich Christa noch einmal daran, heute Abend nicht auf das Einschlafen zu warten. Ich umarme sie fest.

Bei Maja bedanken sich alle, und dann schleppen wir unsere neuen Schätze nach Hause.

Ich bin es nicht gewohnt, allein zu sein. Auch wenn Theo und ich uns nicht wirklich viel zu sagen hatten in den letzten Monaten, war doch immer jemand da. Ohne ihn wirkt die Wohnung größer, und meine Gedanken sind lauter und präsenter. Ich weiß nicht, ob ich das gut finde. Momentan fühle ich mich aus der Zeit gefallen. Ich weiß nicht, ob das daran liegt, dass Theo nicht hier wohnt, oder am Hausbau. Wenn ich ehrlich bin, fühle ich mich so, seit die Kinder ausgezogen sind. Es ist verrückt. Jahrelang haben Theo und ich davon geträumt, wieder frei zu sein, und als wir es dann waren, konnten wir nichts damit anfangen. Haben wir verlernt, die Zweisamkeit zu genießen? Es ist doch kein Zufall, dass es gerade jetzt auch bei Christa und Frank kriselt. Sie hätten ja auch schon vor fünf Jahren feststellen können, dass sie nicht zusammenpassen. Gemeinsam Kinder großzuziehen bewahrt einen offenbar eine Weile vor der Realität, die dann umso härter zuschlägt, sobald sie ausgezogen sind.

Ich will mich nicht länger so fühlen, so aus der Zeit gefallen. Meine Zeit ist jetzt. Fertig, aus. Ab sofort übernehme ich Verantwortung für diese Gefühle und werde dieses seltsame Vakuum füllen, mit Leben!

Die Shoppingtour mit den Mädels war der erste Schritt.

Stolz lege ich meine Einkäufe auf das Bett.

Außer dem Jumpsuit habe ich noch eine verspielte weiße Bluse und eine Jeans mit leichtem Schlag unten an den Hosenbeinen gekauft. Alle paar Jahre ist das offenbar wieder modern, und es erinnert mich an meine Schulzeit. Maja hat mir zu dem Outfit auch noch einen tollen Gürtel ausgesucht, den ich erst weglassen wollte, um ein wenig zu sparen. Jetzt bin ich froh, dass ich ihn doch gekauft habe.

Ich betrachte die beiden neuen Outfits und stelle mir vor, wie die neue Vivi diese Sachen trägt und in einem Holzhaus am Meer lebt.

Ein breites Lächeln schleicht sich in mein Gesicht.

Das romantische Date

Zwei Kisten habe ich hinten im Auto verstaut. Beide sind randvoll mit Equipment für ein romantisches Dinner im Rohbau. Neben einem grandiosen Picknick habe ich auch die obligatorische Lichterkette, Sitzkissen und sogar eine kleine Vase mit Blumen eingepackt.

Es wird ein filmreifes Dinner werden, das unserer eingeschlafenen Romantik hoffentlich etwas auf die Sprünge hilft. Sicher gibt es auf der Baustelle auch Verlängerungskabel, aber ich habe für alle Fälle eins in die Kiste gelegt. Es sind zwar noch keine Steckdosen im Haus, aber wir haben Baustrom. Ich muss nur rausfinden, wo ich den anzapfe.

Theo weiß noch nichts von meinem Plan. Er glaubt, wir fahren nur zum Haus, um einen Termin mit unserem Bauleiter wahrzunehmen. Wir haben völlig unterschätzt, wie oft wir zur Baustelle müssen. Allein für die Fahrtkosten hätten wir ein eigenes Budget einplanen müssen.

Ich habe mein neues Outfit an, das mit der Jeans und der weißen Bluse.

»Neu?«, fragt Theo.

Ich versuche, in der Frage ein Kompliment zu entdecken.

»Ja, wir waren alle zusammen mit Maja shoppen. Sie hat uns beraten.«

»Sieht gut aus«, sagt er.

»Aber?«

»Aber wir haben gerade überhaupt kein Geld für so was.« Er steigt ein, und wir fahren los.

Seine Antwort macht mich wütend. Ich versuche, ruhig zu atmen. *Autotür auf, Gurt lösen und schubsen.* Die Fantasie gibt mir keinen Kick mehr. Sie fühlt sich an wie ein Glas Cola, das man zu lange stehen gelassen hat.

Erklär es ihm, sag ihm, was du denkst.

Ich reiße mich zusammen und gebe ihm eine versöhnliche Antwort, statt anzugreifen: »Du hast absolut recht. Ich habe gerade überlegt, was uns allein das ganze Hin-und-her-Fahren kostet.«

Theo steigt sofort drauf ein. »Das haben wir nicht einkalkuliert. Wie so vieles. Du siehst toll aus in den Sachen, absolut, aber ich bekomme sofort einen erhöhten Puls, wenn ich an Geld denke.« Er sagt es entschuldigend, dabei bin ich diejenige, die sich erklären sollte.

»Seit Anne und Pit weg sind, fühle ich mich ein bisschen wie in einem luftleeren Raum«, sage ich. »So als hätte ich mich selbst verloren. Dieser Shoppingtrip mit Maja war ein Versuch, mich mal wieder zu finden oder, besser gesagt, neu zu erfinden.«

Theo schweigt zunächst, und ich kann nicht einschätzen, ob er das nachvollziehen kann. Dann wirft er mir einen Blick zu und sagt: »Vielleicht können sich die neue Vivi und der neue Theo ja mal treffen. Immerhin hat er auch Geld ausgegeben, um ins Fitnessstudio zu gehen.«

Ich brauche einen Moment, um zu verstehen, dass Theo mit »er« sich selbst meint.

Am Haus werden wir sofort von unserem Bauleiter und dem Mann, der heute unsere Anschlüsse legen soll, empfangen. Aufgeregt berichten sie, dass die Hausanschlüsse nicht dort sind, wo sie sein sollten. Schuld ist natürlich der Bodenplattenmann, der nicht anwesend ist.

Der Tiefbauer tippt aufgeregt auf einem Plan herum und kreist mit einem Kugelschreiber ein, wo die Anschlussrohre sein müssten.

Theo und ich schauen in die vielen Löcher, die er um das Haus herum gegraben hat. Orangefarbene Rohre sind darin nicht zu sehen.

Mir bricht der Schweiß aus, als ich die Tragweite des Problems erfasse. Wenn die Anschlüsse nicht vorhanden sind – wie soll man sie nachträglich einbauen? Unter dem Haus, unter der Bodenplatte?

»Sie werden schon da sein, nur wo, müssten wir wissen. Wir können ja nicht alles rund ums Haus aufgraben.« Bauleiter Feddersen behält auch in dieser Stresssituation seine schöne ruhige Stimme.

Theo tippt energisch auf seinem Handy herum, um den Bodenplattenmann zu erreichen. Ich schaue auf unseren Garten, der aussieht, als hätten Außerirdische nach Bodenschätzen gegraben.

Es dauert zwanzig qualvolle Minuten, bis Theo den Bodenplattenmann erreicht. Und dann kann der uns auch nicht auswendig sagen, wo die Anschlüsse liegen. Er will es herausfinden und zurückrufen.

Theos Nasenflügel flattern, während wir warten.

Es wird immer später. Ich habe ganz naiv angenommen, wir wären in einer halben Stunde mit dem Termin durch und ich könnte dann unser romantisches Dinner aufbauen. Stattdessen stehen wir jetzt alle um das Haus herum und warten auf den Anruf des Bodenplattenmanns.

Schließlich ruft er zurück, doch dann geht es ewig um einen alten Entwässerungsplan, den er von uns bekommen hat. Wir wiederum haben ihn von den Holzfritzen.

Wer jetzt wie genau schuld ist und warum der Bodenplattenmann einen veralteten Entwässerungsplan hatte, lässt sich nicht genau bestimmen. Die gute Nachricht ist: Die Anschlüsse gibt es, und jetzt wissen wir auch, wo sie liegen. Die schlechte ist, dass uns das ganze Graben und längere Rohrleitungen wieder eine Stange Geld kosten werden.

Die Stimmung ist mehr als angeknackst. Theo steht mit verschränkten Armen in der Gegend herum, während der Tiefbauer den Baggerfahrer anweist, an den richtigen Stellen zu graben.

Feddersen spricht beruhigende Worte an alle Beteiligten, und ich verabschiede mich von meinem Überraschungsdinner. Wir sind näher am Mond als an einem romantischen Essen.

Theo will nach Hause, und ich steige enttäuscht ins Auto. Während der Rückfahrt regen wir uns gemeinsam über den falschen Plan auf und über den Tiefbauer und die Holzfritzen und überhaupt über das Bauen an sich, das so unberechenbar und kostenintensiv ist.

Als wir in Hamburg ankommen, ist es spät.

»Ich hab Essen im Kofferraum«, sage ich, statt mich von Theo zu verabschieden.

Er schaut mich fragend an. Ich seufze. »Ich hatte ein romantisches Dinner geplant, in unserem Haus.«

Er lächelt. »Das tut mir leid. Das hat ja mal so gar nicht hingehauen heute.«

»Nein, absolut nicht«, bestätige ich.

»Aber vielleicht könnten wir es hier nachholen?«, fragt er vorsichtig.

Ich weiß nicht, ob ich das möchte. Inzwischen ist ja irgendwie die Luft raus. Ich wollte im neuen Haus picknicken, mit Lichterkette und Blümchen. Hier, in unserer Wohnung, hat das alles wenig Sinn.

»Nur essen, ganz ohne Romantik könnte ich anbieten.«

»Nehme ich!« Theo steigt grinsend aus, und gemeinsam schleppen wir den Picknickkorb und meine Deko samt Verlängerungskabel wieder hoch in die Wohnung.

Wir essen auf dem Balkon. Theo steckt die Lichterkette ein und hängt sie provisorisch über die Brüstung. Ich hätte nicht gedacht, dass alles noch so schmeckt, nachdem es stundenlang herumlag.

Wir schlemmen, bis wir satt sind. Es ist schön, hier auf dem Balkon mit der Lichterkette zu sitzen. Kein Vergleich zum geplanten Hausdinner, aber trotzdem schön. Diesmal gelingt es mir, nicht dauernd daran zu denken, wie das ursprünglich geplante Essen ausgesehen hätte. Ich genieße den Moment. Die laue Luft. Die vertraute Aussicht auf unsere Straße. Theo neben mir, was sich ein kleines bisschen fremd anfühlt.

Fremd ist gut. Fremd ist anders, und alles, was anders ist, ist gut.

Wir räumen gemeinsam ab, und während Theo das Geschirr in die Spülmaschine bastelt, fühle ich mich seltsam.

Das hier ist so vertraut, aber gleich wird er seine Schuhe

anziehen und gehen. Was passiert, wenn wir die Kurve nicht kriegen?

Schweigend begleite ich ihn in den Flur. Schweigend zieht er sich die Schuhe an.

»Na dann, danke für das unromantische Essen.«

Es sollte ein Witz sein, aber es ist mehr schmerzhaft als lustig.

»Gern.«

Er könnte mich jetzt küssen. Oder ich könnte ihn küssen. Aber es fühlt sich alles so bemüht an, so unnatürlich.

Theo schüttelt den Kopf. »So geht das nicht«, sagt er, als hätte er exakt dieselben Gedanken gehabt. »Komm mal mit«, fordert er mich auf und geht aus der Wohnungstür.

Ich folge ihm auf Socken, weil ich so schnell keine Schlappen finde. Schlappen brauchen wir unbedingt in rauen Mengen, wenn wir ein Haus mit Garten haben.

Theo nimmt meine Hand und zieht mich mit sich die Treppe hoch. Will er jetzt bei unseren Nachbarn klingeln?

Wir gehen an allen Eingangstüren vorbei, immer weiter, bis wir ganz oben sind.

Hier gibt es keine Wohnungstüren mehr, wir sind unterm Dach. Von hier aus kann der Schornsteinfeger durch eine Luke nach oben klettern. Ich war seit Ewigkeiten nicht mehr hier. Als Pit noch klein war, hat er sich hier versteckt, wenn er sauer auf uns war. Frau Radke überwintert hier oben ein paar Blumen. »Was machen wir hier?«, frage ich Theo.

»Ich werde dich jetzt küssen«, kündigt er an. »Ich dachte, hier oben fühlt es sich vielleicht nicht so künstlich an wie in unserem Flur.«

Ich nicke aufmunternd. Vielleicht ist das eine gute Idee.

Wir stehen voreinander, als müssten wir gleich eine akrobatische Übung vollführen, und Theo gibt sich einen Ruck und umarmt mich.

Die Umarmung ist okay, aber so hatte ich es mir nicht vorgestellt. Müssen wir uns erst überwinden, um uns zu küssen?

Das ist doch furchtbar.

Ich schlinge halbherzig meine Arme um ihn. So stehen wir mittelnah aneinander und wissen doch nicht, wie wir weitermachen sollen.

Ich löse mich aus der Umarmung. »Theo …«

»Ich weiß, mir geht es genauso.«

»Aber was heißt das denn jetzt?«, frage ich verzweifelt.

»Ich glaube, wir wollen zu viel und denken zu viel«, sagt er beruhigend und legt seinen Arm um mich wie ein Freund. »Wenn wir es nicht forcieren, passiert es irgendwann von selbst.«

»Ich dachte, man muss etwas tun, damit im Leben noch was passiert«, entgegne ich.

»Das ist vermutlich die Kunst: zu wissen, wann man etwas tun muss und wann man den Dingen ihren Lauf lassen sollte.«

»Weise Worte!«, sage ich bemüht fröhlich, befreie mich von seinem Arm und gehe schnell auf Socken die Treppe hinunter. »Sehen wir uns morgen bei Holly?«, frage ich vor der Wohnungstür.

»Ja, klar. Schlaf schön.« Er hat den sichtbaren Impuls, einen Schritt auf mich zuzumachen, unterdrückt ihn aber und schenkt mir ein schräges Winken zum Abschied.

Ich betrete die leere Wohnung. Die Lichterkette auf dem Balkon leuchtet noch. Ich gehe raus, mache sie aus und verbiete mir, dahinter eine tiefere Bedeutung zu sehen.

Küssen verboten

»Das ist eure Aufgabe für die Woche?« Karla verschluckt sich fast. Wir schwimmen das erste Mal dieses Jahr im Außenbecken. Um uns herum sind lauter Omas mit Badekappen unterwegs, die energisch ihre Bahnen ziehen und ein wenig genervt sind von uns, weil wir nebeneinander schwimmen und so viel Platz brauchen.

»Ja, Holly meinte, wir dürften uns nicht küssen.«

»Umgekehrte Psychologie. Albern«, findet Karla.

»Uns tut die Aufgabe ganz gut«, sage ich und schwimme drei schnelle Züge, sodass Karla Mühe hat, an mir dranzubleiben.

»Warum?«, will sie wissen und schwimmt jetzt auch schneller, sodass ich mich anstrengen muss, neben ihr zu bleiben.

Ich erzähle von unserem unromantischen Essen und Theos gescheitertem Versuch, mich zu küssen.

»Immerhin gibt er sich Mühe«, sagt Karla anerkennend.

»Mühe!«, stöhne ich. »Ich hab das Gefühl, ab einem gewissen Alter ist alles nur noch Mühe. Job ist Mühe, nicht fett werden ist Mühe, sinnvolle Freizeitaktivitäten sind Mühe. Wenn die Beziehung jetzt auch noch aus Mühe besteht, will ich lieber keine!«

Karla schaut mich triumphierend an und dreht sich wie ein Delfin auf den Rücken.

»Ja, ja, schon kapiert, du machst es richtig.«

»Auch nicht immer.« Karla dreht sich wieder auf den Bauch und schwimmt weiter. »Ich denke, der Trick ist, das alles nicht als Mühe anzusehen. Ich meine, je nach Blickwinkel kann ja alles Mühe sein. Atmen – was für 'ne Mühe! Schlafen – frag Christa: mühsam! Und in Urlaub fahren erst! Oder Sex! Oder Schokolade essen, dieses mühsame Abbeißen!«

Ich muss lachen. Karla ist herrlich. »Und du meinst, man kann das auch umdrehen, sodass nichts Mühe bereitet?«

»Ja, klar. Mühe ist ja nur dann Mühe, wenn du etwas als Mühe definierst. Dazu zwingt dich doch keiner. Wir schwimmen hier beide ganz ohne Mühe.«

»Aber es ist schon auch anstrengend«, werfe ich ein. Wir schwimmen schließlich immer noch relativ schnell.

»Anstrengend ist aber nicht gleich mühevoll. Ein Orgasmus zum Beispiel – der ist auch anstrengend, aber nie mühevoll.«

Jetzt drehe ich mich auf den Rücken und paddle vor Karla her, um sie besser ansehen zu können. »Gibt es etwas, was du mir erzählen willst?«

Sie wird rot.

»Karla! Wer ist es? Und warum sagst du nichts?«

Wir erreichen den Beckenrand und halten uns dort fest. Alle Omas sind gerade außer Hörweite.

»Weil mir so was noch nie passiert ist. Komm mit, ich erzähle es dir!« Sie schwingt sich aus dem Wasser und geht zitternd die zehn Meter zum warmen Whirlpool.

Ich folge ihr. Es ist herrlich, sich ins heiße Wasser gleiten zu lassen.

Noch sind wir hier allein, und Karla fängt an zu erzählen: »Ich war mal wieder einkaufen, mein neues Hobby. Ich hatte ja auch keinen Badeanzug mehr, also bin ich in das große Kaufhaus, wo es oben in der Sportabteilung diese Ecke mit Badesachen gibt. Für Frauen und Männer. Da fällt mir dieser Typ auf: groß, sportlich, dunkle Haare.«

Ich nicke gespannt.

Karla erzählt weiter: »Der guckt mich an und grinst, und ich gucke ihn an und grinse. Nicht das übliche Weggucken-Spiel, sondern das Gegenteil. Also er guckt und wirft mir immer wieder Blicke zu. Ich hab einfach mitgemacht, ihm also auch Blicke zugeworfen. Als ich dann meinen Badeanzug anprobiert habe, ist er zweimal draußen an der Kabine vorbeigegangen. Und als ich rauskam, stand er da –«

»Und grinste«, vervollständige ich ihren Satz.

»Richtig! Ich geh also an ihm vorbei zur Kasse, zahle meinen Badeanzug –«

»Der übrigens sehr schön ist«, unterbreche ich.

»Danke. Er zahlt parallel an der Kasse neben mir seine Badehose, und wir gehen beide zusammen zu den Aufzügen. Und dann, das glaubst du mir jetzt nicht …« Karla verstummt, als sich ein wuchtiger Mann zu uns in den Whirlpool schwappt. Es ist genug Platz für uns und ihn, aber er kann jedes Wort hören, das wir miteinander sprechen.

Wir schauen uns bedauernd an. Ich will unbedingt wissen, wie Karlas Geschichte weitergeht. Was ist im Aufzug passiert?

Wir suchen nach Fluchtwegen. Das Problem ist: Wir müssen auf alle Fälle zurück ins kalte Wasser.

Von Kalt nach Warm ist herrlich, aber umgekehrt ist es noch schrecklicher, als ich angenommen habe. Karla schwimmt wie wild vor mir los, um warm zu werden, und ich folge prustend und jammernd.

Wir schießen durch die Plastiklappen in den Innenbereich. Dort ist die Luft wärmer, aber das Wasser hat natürlich die gleiche Temperatur wie draußen.

»Heiß duschen?«, schlage ich vor.

Karla willigt ein, und diesmal haben wir Glück: Der Duschraum bleibt leer, und Karla kann erzählen, während wir uns das heiße Wasser auf den Rücken plätschern lassen.

»Wo war ich?«, fragt sie.

»Ihr steht am Aufzug.«

»Genau. Der Aufzug kommt, und bevor sich die Türen öffnen, sagt der Kerl zu mir: ›Wenn keiner im Aufzug ist, werde ich dich küssen.‹«

»Nein!«

»Doch! Und ich frage ihn: ›Ist das jetzt eine Warnung?‹ Und er sagt: ›Finde es heraus‹, und steigt in den Aufzug.«

Ich halte mir vor Spannung beide Hände ans Kinn.

»Ich steige also ein, und er kommt auf mich zu, drängt mich an die Wand und küsst mich. Aber so richtig!«

»Wie war das? Beängstigend, schön, seltsam?«

»Alles auf einmal«, sagt Karla und schaut mit einem verklärten Blick auf die Wand gegenüber. »Ich dachte mir: *Komm, das hast du noch nie gemacht. Lass dich drauf ein. Ist mal was Neues.*«

Ich lache und wünschte, ich wäre so mutig wie Karla. »Wie ging es dann weiter?«

»Er küsst mich praktisch besinnungslos, bis wir im Erdgeschoss ankommen, und wir verlassen beide den Aufzug, als sei nichts gewesen. Wir gehen nebeneinander durch das Kaufhaus, ohne ein Wort zu sprechen. Und gerade, als ich denke: *Aha, das war es wohl, seltsam, aber gut*, fragt er: ›Bist du an einer Fortsetzung interessiert?‹« Karla fängt an zu lachen. Sie biegt sich unter der Dusche und kichert: »Und weißt du, was ich verstanden habe?«

Ich schüttle ahnungslos den Kopf.

»Bist du an einer *Fortpflanzung* interessiert!« Sie lacht sich kaputt, und ich falle mit ein. Wir lachen, bis wir nicht mehr können. Dann stellt Karla energisch das Wasser ab und wickelt sich in ihr Handtuch. »Es hat echt ein paar Sekunden gedauert, bis ich kapiert habe, was er wirklich gesagt hat. Dann habe ich so getan, als hätte ich darüber nachgedacht, und lässig gesagt: ›Warum nicht.‹«

Ich habe es jetzt auch in mein Handtuch geschafft. Warum nur gibt es keine richtig großen Handtücher, in die man seinen ganzen Körper wickeln kann? Warum muss immer irgendetwas rausgucken und frieren?

Ich wickle mich noch mal aus und trockne mir schnell die Beine ab, während Karla ihre Geschichte beendet.

»Ich bin dann mit zu ihm gegangen, wir hatten großartigen Sex, und das war es.«

»Wie ›das war es‹?«, frage ich.

Wir verlassen den warmen Duschraum. Auf dem Gang zu den Schließfächern empfängt uns Kälte. Hier flitzen wieder einzelne Leute herum, und so bleibt meine Frage unbeantwortet, bis wir umgezogen sind.

Das Umziehen danach ist der große Nachteil am Schwimmengehen, finde ich. Als ich noch ein Kind war, war es schon nervig, inzwischen ist es richtig Arbeit. Ich muss mich mit Bodylotion eincremen, weil sonst meine Haut juckt. Für das Gesicht benötige ich eine Gesichtscreme, weil es sonst spannt. Dann muss ich mir vor dem Föhnen etwas in die Haare machen, weil ich sonst aussehe wie ein Wischmopp. Alles eine Menge Mühe. Aber ich will mich doch nicht mehr mühen! Ich versuche, mich ohne große Mühe überall einzucremen. Bis ich meinen ganzen Körper mit Pflegeprodukten versorgt habe und endlich aus der winzigen Kabine rauskann, habe ich meine Frage vergessen.

Karla steht schon unter einem dieser schlimmen Schwimmbadföhne, die dir die Haare platt an den Kopf pusten.

Ich nehme den neben ihr, und mir fällt wieder ein, was ich wissen wollte. »Das war es? Ihr habt keine Nummern ausgetauscht?«

Sie verneint. »Ich weiß nicht mal, wie er heißt.«

»Aber du weißt, wo er wohnt.«

Sie zuckt mit den Schultern, als sei das nicht relevant, und hält den Kopf schief, um das Plattföhnen etwas zu reduzieren.

»Ach, komm, Karla – einfach nur Sex und fertig, das nehme ich dir nicht ab.« Ich schaue sie prüfend an.

Sie wirft ihre Haare von links nach rechts und lässt sich jetzt die andere Seite trockenpusten. Dann kommt sie unter dem Föhn hervor, sieht mich ernst an und sagt: »Siehst du, darum habe ich nichts gesagt. Ich muss das erst mal selbst verdauen.«

Ich nicke verständnisvoll. Schweigend stehen wir unter den Föhnen, bis wir richtig blöd aussehen. Es tut mir leid, dass ich ihr Abenteuer sofort bewertet habe. Eigentlich beneide ich sie darum. Mir ist so was noch nie passiert.

Als wir uns auf dem Parkplatz voneinander verabschieden, frage ich sie: »Warum, meinst du, ist dir das passiert? Gerade jetzt? Hat das etwas mit deinen neuen Klamotten zu tun?«

Karla sieht auch heute super aus. Sie trägt einen langen

hellblauen Rock mit einem breiten Gürtel und ein schlichtes enges Oberteil.

Karla entriegelt ihr Auto, öffnet die Tür und stützt sich dann obendrauf. Es sieht aus, als hätte sie die Position in einem Film gesehen und würde versuchen, sie nachzuahmen.

»So einfach ist das nicht«, erklärt sie. »Ich glaube, es ist die innere Haltung. Eigentlich liegt alles immer an der inneren Haltung. Ohne Mühe, verstehst du?«

Ich bin mir nicht sicher, ob ich das verstehe. Ich beneide Karla darum, dass sie so eine Entwicklung durchmacht, während ich auf der Stelle trete. Bei Karla scheint alles in 3D zu passieren, während mir mein Leben plötzlich zweidimensional vorkommt: zwei kleine Outfits, statt den ganzen Kleiderschrank auszutauschen, und ein missglückter Kuss statt eines One-Night-Stands.

Im Auto rücke ich die Dinge wieder gerade. Ich spreche mit der Vivi im Rückspiegel, sage ihr, dass ein Haus am Meer zu bauen ja wohl eine riesige 3D-Veränderung ist und es auch in ihrem Leben einen fremden Mann gab, der mit ihr schlafen wollte. Christian. Ich müsste ihn nur anrufen, und wir könnten Karlas Aufzugszene nachspielen. Aber das möchte ich ja eigentlich nicht. Ich möchte Theo.

Spontan sende ich ihm eine Sprachnachricht: »Hallo, Theo! Ich wollte dir nur sagen, dass Knutschen im Fahrstuhl überbewertet wird und ich viel lieber dich will. Und ich bin mir sicher, wir kriegen das mit dem Küssen auch noch hin. Also, nicht diese Woche, da dürfen wir ja nicht. Aber irgendwann, okay?«

Beachclub

Die Fußbodenheizung ist verlegt. Der ganze Boden ist mit dünnen gelben Schläuchen bedeckt. Sie winden sich schneckenartig in jeden Winkel.

Morgen soll der Estrich kommen, und ich habe jetzt die ehrenwerte Aufgabe, noch mal zu schauen, ob die Fußbodenheizung auch überall liegt, wo sie soll. Ich verstehe den Auftrag nicht ganz. Sie liegt eben auf dem Boden, wo sonst?

Theo konnte nicht mitkommen, er ist auf einer kurzen Geschäftsreise in München.

Wenn wir umgezogen sind, wird er ewig zum nächsten Flughafen brauchen. In letzter Zeit fallen mir immer mehr Nachteile auf, die sich durch den Umzug ergeben. Alles ist plötzlich weiter weg. Alles, außer dem Meer. Und, wenn wir das irgendwie hinkriegen, der Liebe. Wie poetisch ich bin!

Ich tripple über die gelben Schlaufen, klettere die Bautreppe hoch ins Obergeschoss und »prüfe« auch hier alles. Ja, in jedem Raum liegt sie, die schlaufige Fußbodenheizung. Sogar im Abstellraum. Man will ja seine Sachen auch nicht in der Kälte abstellen und mit kalten Füßen die Weihnachtsdeko suchen.

Alles wunderbar. Und dafür bin ich jetzt hier rausgefahren?

Seufzend klettere ich die steile Treppe wieder hinunter. Ich werde noch einen Meerspaziergang machen, dann hat sich der Ausflug wenigstens gelohnt.

Auf dem Weg zur Haustür fällt mir etwas auf. Alle Schläuche sind in Rundungen gelegt. Bis auf einen. Der macht einen Knick.

Ich gehe in die Knie, um mir das genauer anzuschauen. Da ist definitiv ein Knick. Ich weiß nicht viel über Fußbodenheizungen, aber mir ist klar, dass durch die Schläuche später Wasser läuft, und wenn da ein Knick ist, kann kein Wasser durchlaufen.

Ich versuche, den Schlauch zu biegen, aber er ist sehr viel härter, als er aussieht.

Ich mache ein Foto von dem Knick und rufe Theo an.

»Vivi, ich kann gerade nicht. Ist es wichtig?«

Die Frage regt mich schon wieder auf. Als ob ich ihn aus dem Haus anrufen würde, um ihm die Raumtemperatur mitzuteilen!

»Ja, ich denke schon, dass es wichtig ist, wenn man einen Knick in der Fußbodenheizung entdeckt«, sage ich pampig.

»Wie?«, fragt er verständnislos. »Was für ein Knick?«

»Na, ein Knick in einem Schlauch, ein Hundertzwanzig-Grad-Knick, vielleicht auch nur hundert Grad. Soll ich es für dich nachmessen?«

Er räuspert sich genervt. Ich schicke ihm das Bild.

»Siehst du es?«

»Ja. Das sieht nicht gut aus.«

»Sag ich doch.«

»Hast du es Feddersen gezeigt?«

»Nein.«

»Ja, dann mach! Ich kann das von München aus nicht reparieren!« Theo klingt gestresst.

»Du könntest es auch hier nicht reparieren. Ich hab es versucht. Der Schlauch lässt sich nicht biegen.«

»Aber warum rufst du dann *mich* an?«, flüstert er in sein Handy. Offenbar ist er nicht allein.

»Entschuldigung. Wird nicht wieder vorkommen. Mein Fehler. Ich dachte, es interessiert dich vielleicht.«

»Natürlich, aber –«

Ich höre nicht, was er noch sagt, weil ich auflege. Ich atme tief durch und rufe Jan Feddersen an. Parallel schicke ich ihm das Bild.

»Das sieht nicht gut aus«, befindet er.

»Ja, das sagen alle.« Ich seufze. »Aber was machen wir jetzt?«

»Ich sage bei Wildhahn Bescheid. Die müssen das richten. Mit Knick wird der Boden nicht warm.«

»Wem sagen Sie Bescheid??«

»Wildhahn. So heißt die Sanitärfirma, die wir beauftragt haben. Sind Sie noch eine Weile im Haus?«

»Jein.«

»Okay, ich melde mich, sobald ich ihn erreicht habe.«

Ich lege auf und gehe raus. Die aufgebuddelten Rohrleitungen sind wieder zugeschüttet.

Ich stelle mich auf eines der Streifenfundamente aus Beton. Bald wird die Unterkonstruktion für die Veranda gebaut. Darauf freue ich mich. Das Vordach steht schon und sieht toll aus, aber ohne den Boden steht man im Sand und im Dreck – oder eben auf dem Betonfundament.

Wie unser Garten wohl einmal aussehen wird? Momentan ist er nur eine hügelige Wüste voller Unkraut.

Noch keine Rückmeldung von Feddersen. Dann kann ich auch noch ans Meer spazieren, oder? Ich hadere etwas auf dem Betonfundament vor mich hin und beschließe dann einfach, ans Meer zu laufen.

Ich stoppe auf meinem Handy die Zeit, bis ich das Wasser sehe. Fünfzehn Minuten. Ich hätte zehn geschätzt. *Fünfzehn Minuten zum Strand ist sensationell,* sage ich mir. Es ist ein warmer Tag, und der Strand ist relativ voll. Das Wasser ist erst ein Stück türkis, dann wird es dunkelblau. Der weiße Sand ist warm unter meinen nackten Füßen. Urlaub hinterm Haus. Wer hat das denn, bitte?

Geradezu perfekt. Jedes Mal, wenn ich hier bin, schlägt mein Herz höher.

Ob sich das Gefühl halten wird? Kann es die fehlenden Restaurants, Ärzte, Läden, Kultur aufwiegen?

Das werden wir erst herausfinden, wenn wir hier wohnen.

Ich setze mich in den Sand und schaue auf die Wellen. Ich vergesse, dass ich auf einen Anruf wegen eines Knicks in der Fußbodenheizung warte. Ich vergesse, dass Theo eben am Telefon blöd war. Stattdessen lege ich mich mit aufgestellten Beinen in den warmen Sand und genieße den perfekten Moment. Ich höre das Rauschen des Meeres, fühle den warmen leichten Wind auf meiner Haut und die Sonne, die mich wärmt.

Ich schicke Theo ein Foto von meinen Füßen im Sand mit Meer im Hintergrund. Ein Versöhnungsangebot. Mal sehen, was er zurückschreibt. Er ist vermutlich gerade in einem Meeting.

Mein Handy klingelt.

»Ich hab Wildhahn erreicht. Ein Mitarbeiter kann in einer Stunde da sein, sind Sie dann noch am Haus?«

Mein Plan war ein anderer. Ich muss heute Nachmittag eigentlich von zu Hause aus arbeiten. Ich werde also später anfangen müssen, aber ich habe nicht wirklich eine Wahl. Außerdem schenkt es mir eine Stunde Urlaub am Meer.

Ich sage zu und stehe auf, gehe am Wasser entlang, bis ich an die Steilküste komme. Hier ist es schattiger und kühler.

Ich nutze einen Pfad, der hoch zu den Bäumen führt. Jetzt sehe ich den Strand von oben. Warum haben Theo und ich noch nie richtig die Gegend erkundet? Offenbar sind wir viel zu beschäftigt damit, uns zu streiten und das Haus zu bauen. Der Blick von hier oben raubt mir den Atem. So viel türkisfarbenes Wasser! Ich laufe, bis sich eine kleine Bucht zwischen den Bäumen andeutet. Der Waldboden wird immer sandiger.

Unten in der Bucht stehen Strandkörbe, eine Treppe führt hoch zu einem Restaurant, das ich jetzt durch die Bäume hindurch sehen kann. Da ich schon oben auf der Steilküste bin, komme ich von hinten. Ohne große Erwartungen betrete ich die Terrasse. Bunte Loungesessel empfangen mich und entspannte Musik. Korblampen hängen von einer Pergola, und der Blick von hier aufs Meer ist genauso schön wie im Küstenwald.

Ich habe eigentlich keine Zeit, dennoch hole ich mir an der Theke ein Wasser und einen Flammkuchen mit Tomaten und Rucola. Er sieht fantastisch aus, und ich fühle mich wie eine Königin, als ich ihn auf einen kleinen Hochtisch stelle. Die Sofas sind alle besetzt, aber von dem Hocker an meinem Hochtisch aus hat man den besten Blick.

Ich esse meinen Flammkuchen und hoffe einfach, dass der Wildhahn-Mann etwas später kommt. Es einfach zu schön hier, um nicht schnell etwas zu essen.

Tausche Inder gegen Beachimbiss! Ich beiße von meinem Flammkuchen ab und kann nicht aufhören zu lächeln. Ich mache Fotos und schicke sie alle an Theo.

Hier will ich das nächste Mal mit dir hin!

Ich gönne mir ein blaues Herz hinter der Nachricht. Mit so einer Aussicht auf das blaue Meer und den blauen Himmel kann man gar nicht anders, man muss einfach blaue Herzen verschicken.

Ich leite das Bild an all meine Hamburger Freundinnen weiter. Hier, mit dem Laptop auf einem der Sofas sitzend, könnte ich demnächst Homeoffice machen. Besser geht es doch gar nicht!

Am Geländer der Treppe, die nach unten in die Bucht führt, ist ein Schild angebracht:

Für sandige Füße

Daneben hängt ein Handbesen. Ich bin entzückt und fotografiere auch das Schild. Dabei sehe ich zufällig die Zeit auf meinem Handy. Himmel, ich muss los!

Auf der Treppe runter zur kleinen Bucht verkneife ich es mir, weitere Bilder zu machen. Die Strandkörbe in der Bucht sind alle besetzt. Die meisten Besucher sind in Badekleidung. Alle haben Zeit und genießen ihre Zeit am Meer. Es passt hier nicht ins Bild, dass ich mich so schnell bewege.

Ich haste durch den Sand, bis ich ans Wasser komme. Hier ist der Boden fester, und es läuft sich leichter.

Ich gebe mir die größte Mühe, so schnell wie möglich zurückzukommen. Ich habe die Strecke unterschätzt, und in zehn Minuten könnte Wildhahn schon vor der Tür stehen.

Du wolltest dir nicht mehr so viel Mühe geben, sagt eine warnende Stimme in mir.

Ich verlangsame meine Schritte und höre auf, so hektisch den Strand entlangzuhasten. Stattdessen gehe ich zügig, entspanne aber meine Schultern und genieße den Anblick des Meeres und des Horizonts.

Das hier ist meine Stunde Urlaub, und wenn ich zehn Minuten zu spät bin oder sogar zwanzig, wird die Welt nicht untergehen. Ich muss mir das immer wieder sagen, und mehr als einmal muss ich mich davon abhalten, doch in einen kleinen Dauerlauf zu fallen.

Atmen, entspannen, gehen, sage ich mir vor.

Es ist eine gute Übung, und als ich siebzehn Minuten zu spät am Haus ankomme, fährt die Firma Wildhahn gerade erst mit ihrem Kastenwagen vor.

Wäre ich hektisch nach Hause gerannt, hätte ich auf den Handwerker warten müssen, und mein Meerspaziergang wäre kein Genuss mehr gewesen.

Ich schließe die Bautür auf. »Ich muss eben die Schuhe ausziehen, die sind so sandig«, entschuldige ich mich. Ich beuge mich zu meinen Schuhen.

»Das macht nichts, kommt eh überall Estrich drüber.« Der Wildhahn-Mitarbeiter trägt einen Vollbart und hat eine sehr entspannte Ausstrahlung.

Ich klopfe mir die Schuhe etwas ab und zeige ihm die Stelle.

»Jo, das sieht nicht gut aus!« Er legt den Kopf schief und betrachtet den Knick eingehend.

Ich muss grinsen, weil einfach jeder diesen Satz sagt.

»Gut, dass Sie das gesehen haben, sonst hätte die Bodenheizung nicht funktioniert, und wir hätten den Fehler später nicht gefunden. Kann man ja nicht reingucken, in den Estrich.«

Ich stelle mir mit Grauen vor, wie es wäre, wenn Theo und

ich mit einem kalten Wohnzimmer leben müssten und dann einer mit einem Presslufthammer käme und neben unserem Sofa anfinge, den ganzen Boden aufzustemmen. Ich bin ein bisschen stolz auf mich, dass ich den Knick gesehen habe. »Ja, gut dass ich den gesehen habe!«, lobe ich mich selbst.

»Ich verstehe nicht, dass meine Kollegen das übersehen haben. So etwas prüfen wir normalerweise immer!« Er schüttelt den Kopf. »Vielleicht hat sich der Schlauch durch die plötzliche Hitze verzogen«, mutmaßt er dann schnell, um seine Kollegen nicht in einem schlechten Licht dastehen zu lassen.

Das finde ich sehr sympathisch, weshalb ich sage: »Bestimmt!«

Da er sich an die Arbeit macht, könnte ich eigentlich heimfahren. Aber jetzt will ich sichergehen und das Endergebnis sehen. Ich setze mich daher auf das Betonfundament und schaue auf das viele Unkraut, das aus dem umgegrabenen Boden schießt.

Mein Handy klingelt. Es ist Theo.

»Vivi, tut mir leid, dass ich gerade so schroff war. Mir saß die halbe Abteilung im Nacken. Hast du eine Lösung für den Knick gefunden?«

»Ja, er wird gerade repariert. Wildhahn ist hier, und der Mann sagt, es sei super, dass mir der Knick aufgefallen ist. Wir hätten sonst keinen warmen Boden bekommen!«, sage ich und lasse meine Stimme bedeutend klingen.

»Ja, Gott sei Dank ist dir das aufgefallen! Und was hast du da am Meer entdeckt? Das sieht ja traumhaft aus!« Jetzt klingt er so begeistert wie der junge Theo, mit dem ich damals durch Schweden geradelt bin.

Ich erzähle von dem Beachclub über der schönen Bucht

und von dem Flammkuchen mit dem frischen Rucola, und Theo will jedes Detail wissen.

»Was wir machen, ist richtig, Theo«, sage ich und bin auf einmal selbst sicher. »Der Club ist ein echter Traum. Und wenn du möchtest, zeige ich ihn dir am Wochenende!«

»Das möchte ich sehr gern, Vivi! Und jetzt geh checken, ob der den Knick ordentlich repariert hat!«

»Mach ich! Trink nicht zu viel Weißbier!«

»Naaa, des basst scho!«, sag Theo mit schlechtem bairischen Akzent.

Ich lege auf und fühle mich ihm ganz nah, obwohl er neunhundert Kilometer entfernt ist.

Max

»Wo bist du jetzt hingeflüchtet?«, fragt meine Tochter Anne.

»Ins Schlafzimmer«, sage ich leise in mein Handy. Ich musste einfach jemanden anrufen, der mich versteht.

Anne ist in dieser Wohnung aufgewachsen, und sie versteht mich sehr gut. Die Käufer sind da, um ein paar Sachen auszumessen. Die Frau hat ihren Vater mitgebracht, der einen Blaumann trägt, als ob er mitgekommen wäre, um schon mal zu renovieren. Das Käuferpaar hat außerdem einen seltsamen Typen mit langen Haaren dabei, der auf die Wände Lehmputz auftragen soll, um ein besseres Wohnklima zu erzeugen. Natürlich erst, wenn wir ausgezogen sind. Ich habe naiv angenommen, die vier wären eine halbe Stunde hier, würden schnell gucken, messen und wieder abhauen. Aber jetzt tanzen sie schon seit über zwei Stunden durch meine Wohnung und fühlen sich ganz zu Hause.

»Was machen die denn so lange?«, will Anne wissen, der ich mein Leid geklagt habe.

»Alles. Sie laufen durch die Wohnung, und der Blaumannvater klopft überall gegen. Der Langhaartyp hält in jedem Zimmer irgendwelche Proben vor die Wände. Diesen komischen Lehm gibt es wohl in verschiedenen Farben, was weiß ich.« Ich liege auf dem Bett und fahre mit den Fingerspitzen über die Überdecke. Das geprägte Muster fühlt sich irgendwie beruhigend an.

»Merken die denn gar nicht, dass das jetzt etwas lang ist?« Ich sehe es richtig vor mir, wie Anne den Kopf schüttelt und ihre dicken langen Haare um sie herumfliegen.

»Null. Die sind ja eigentlich echt nett. Aber es ist die erste Wohnung, die sie kaufen, und sie sind so aufgeregt, dass sie am liebsten schon heute hier einziehen würden. Sie vergessen einfach, dass ich hier noch wohne!«

»Du? Was ist denn mit Papa?«, fragt Anne alarmiert.

Ich überlege kurz, ob ich sie überzeugend anlügen könnte, verwerfe die Idee aber sofort. Anne merkt alles. Pit hätte vermutlich nicht mal gemerkt, dass ich nicht von »wir« gesprochen habe.

»Papa wohnt vorübergehend im Hotel.«

Sie atmet hörbar ein. »Seit wann?«

Seit ich mit Christian geknutscht habe.

»Anne, ich weiß es nicht genau, und es frustriert mich, es genau auszurechnen. Es gab einen konkreten Anlass, aber wir raufen uns ganz gut zusammen. Vielleicht tut es uns ganz gut, mal nicht zusammenzuwohnen.«

»Inwiefern?«, fragt sie scharf und klingt wie der Teenager, der sie noch vor Kurzem war.

»Wir vermissen uns jetzt wieder und sind nicht mehr so genervt voneinander.« Ich stecke alle Finger in das Muster der Überdecke.

»Und wann zieht er wieder ein?«

Ich komme mir vor wie bei einem Verhör. »Ich weiß es nicht. Wir haben den Anspruch, dass es erst wieder richtig gut laufen muss zwischen uns, und das ist eben noch sehr schwankend. Aber ich denke, es dauert nicht mehr lang. Erzähl mal, wie läuft es bei dir an der Uni?« Ich lenke bewusst ab, und

Anne lässt es mir durchgehen und erzählt von einem schrägen Prof, der all seinen Kursen eine andere Geschichte über sich erzählt. Mal ist er Kardiologe, mal Kinderarzt, mal Jurist.

Anne erzählt das so lebendig, dass wir beide lachen müssen. Es klopft an der Schlafzimmertür. Ich sage: »Herein«, und die Tür geht auf.

»Entschuldigung, dürften wir hier mal kurz rein? Wir müssten hier auch eben noch die Probe an die Wand halten.« Die Frau sagt es schüchtern wie ein kleines Mädchen. Ihre langen, dünnen blonden Haare lassen sie zerbrechlich wirken.

Die drei Männer strömen schon in mein Schlafzimmer, bevor ich mein Okay geben kann. Ihr Mann ist völlig in seinem Film. Er hat ein Klemmbrett im Arm, auf dem er sich dauernd Notizen macht. Ständig guckt er vom Blaumannvater zum Langhaartyp. Es stört mich gewaltig, dass sie jetzt alle in mein Schlafzimmer kommen. Sie sollen ihre Proben bitte zu Hause aussuchen.

Ich stehe auf und gehe auf den Balkon, um mich noch von Anne zu verabschieden. Dann stelle ich mich demonstrativ in die Schlafzimmertür. Als sie vor fast drei Stunden kamen, habe ich mich verzogen, um ihnen etwas Privatsphäre zu lassen, aber das ist jetzt vorbei. Das Ende meiner Privatsphäre ist auch das Ende ihrer Privatsphäre.

Ich versuche, mich an ihre Vornamen zu erinnern. Wir duzen uns, und ich will die gute Atmosphäre, die bisher zwischen uns herrschte, nicht kaputt machen, aber langsam komme ich mit meiner Geduld an meine Grenzen.

Lisa heißt sie, und er heißt … Steffen.

»Lisa, Steffen, ich muss noch etwas arbeiten. Seid ihr bald fertig?«

Beide schauen mich an, als hätten sie vergessen, dass hier noch jemand wohnt.

Karla runzelt die Stirn. »Ich hätte die nach zwei Stunden hochkant rausgeworfen, egal wie viele Lehmproben sie noch an die Wände halten wollten!«

Ich seufze und widme mich meinem Kuchen. Es ist ein Möhrenkuchen, und ich weiß nicht, wie sie den so saftig und himmlisch hinbekommen. »Ja, ich wollte nett sein.«

»Das wollen wir Frauen immer.« Sie starrt auf ihren Kuchen, den sie noch nicht angerührt hat.

»Dann erzähl du jetzt mal, was bei dir los ist«, fordere ich sie auf.

Sie verdreht die Augen. »Es könnte alles so einfach sein ...«

»Isses aber nicht!«, vervollständigen wir beide. Der Satz ist aus einem Text der Fantastischen Vier.

Karla lächelt, dann sagt sie: »Ich hab ständig tollen Sex an allen unmöglichen Orten, die du dir vorstellen kannst.«

»Klingt sehr interessant, rede weiter!« Ich vergesse, noch ein Stück von meinem Kuchen zu essen, und hänge an ihren Lippen.

»Der Typ aus der Badeklamottenabteilung, Max ...« Die Art, wie sie seinen Namen ausspricht, verrät mir schon alles. »Er stand eines Abends vor meiner Tür.«

»Woher wusste er, wo du wohnst?«, frage ich gespannt.

»Das hat er mir nicht verraten. Er kam rein, und wir hatten direkt hinter der Tür Sex. Als es vorbei war, grinste er und ging wieder.«

Ich bin zu perplex, um etwas zu sagen. Ich starre Karla nur an.

»Ja, so hab ich auch geguckt. Und dann hab ich gedacht: *Okay, wenn wir das so spielen, dann los.* Also stand ich am nächsten Abend vor seiner Tür, wir haben es in seiner Küche gemacht, und ich bin danach einfach gegangen.«

»Verhütet ihr?« Ich habe so viele Fragen und weiß nicht, warum ich ausgerechnet diese stelle.

»Natürlich verhüten wir. Schon mal was von Kondomen gehört?«, sagt Karla unwirsch, als wäre sie ein Teenager und ich ihre Mutter. So ähnlich komme ich mir auch gerade vor.

»Das Ganze ist inzwischen ein wenig ausgeartet«, gibt sie zu. »Er taucht bei mir im Büro auf, und wir tun es. Ich tauche bei ihm im Fitnessstudio auf, und wir tun es –«

»Fitnessstudio?« Ich kann es nicht glauben. »Der Typ geht natürlich ins Fitnessstudio, war klar.«

»Max *arbeitet* da. Er ist Trainer. Jetzt hör auf!«, sagt sie kichernd, als sie mein Gesicht sieht.

»Du hast ständig tollen Sex mit einem Fitnesstrainer? Sicher, dass du nicht aus Versehen ein Abo abgeschlossen oder eine App runtergeladen hast? Bist du vielleicht auf eine Anzeige reingefallen: *Wir vögeln Sie schlank in drei Wochen?*« Ich finde mich selbst superwitzig und biege mich vor Lachen.

Karla klaut mir zur Strafe das letzte Stück meines Kuchens.

»Spinnst du?« Ich hechte mit meiner Gabel nach ihrem Schokokuchen und gable mir schnell ein Stück davon auf.

Karla versucht, mich davon abzuhalten, dass ich es mir in den Mund stecke, und zerrt an meinem Arm. Wir balgen herum wie zwei Kinder. Es tut unheimlich gut, sich mal nicht altersgerecht zu verhalten. Alle im Café gucken zu uns. All die schicken, beherrschten Hamburger Frauen. *Schön, schlicht und leise* ist hier das Motto. All das sind Karla und ich gerade nicht.

»Wo ist das Problem?«, frage ich, als ihr Kuchen aufgegessen ist.

»Woher weißt du, dass es ein Problem gibt?«

»Ich kenne dich eben.« Ich schaue sie wissend an. Karla, ungeschminkt, Pferdeschwanz. Heute trägt sie einen Jumpsuit in Blau. Steht ihr wirklich gut.

»Ich würde einfach gern auch mal reden. Also länger als zehn Minuten. Ich würde gern mal mit ihm zusammen essen oder einen Film gucken.«

»Was hindert dich daran?«

»Na, die Art von Beziehung.« Sie spricht jetzt leiser. »Wir vögeln eben einfach nur. Da ist kein Platz für andere Aktivitäten.«

»Aber wer macht denn die Regeln?« Ich gucke Karla in die Augen.

Sie schaut ein paar Sekunden in meine, dann senkt sie den Blick und sagt fragend: »Er?«

»Dann ist es Zeit, das zu ändern!«

»Wie?« Sie sieht mich hilfesuchend an.

»Ich bin keine Expertin auf dem Gebiet, aber ich würde das nächste Mal sagen, es gibt den Sex erst nach dem Essen. Oder nach dem Gespräch. Du kaschierst das als Spiel und lernst ihn besser kennen. Das ist doch, was du eigentlich willst, oder?«

Karla nickt zögernd. »Ich weiß nicht, was ich will. Kann ich nicht einfach zufrieden sein? Ich meine, so eine Beziehung hatte ich noch nie! Das ist neu und spannend, und ich … wünsche mir ein lahmes Essen mit ihm!«

»Ich hab die lahmen Essen mit Theo und wünsche mir den tollen Sex. Vielleicht sollte ich mal versuchen, es zu machen wie ihr. Ich komme einfach in sein Hotelzimmer, nudel ihn mal eben durch und gehe dann wieder!«

Karla und ich lachen.

Später, zu Hause, mache ich mir die Lichterkette auf dem Balkon an. Ich denke an Theo und vermisse ihn ein bisschen. Es ist ein viel schöneres Gefühl, als ihn von einer Klippe schubsen zu wollen.

Morgen sehe ich ihn bei der Therapiesitzung mit Holly.

Ich schaue durch die Scheibe in unsere beleuchtete Wohnung. Seit Lisa und Steffen hier waren, fühlt sie sich nicht mehr richtig an. Ich habe plötzlich Sehnsucht nach unserem neuen Haus. Ich möchte über die Holzwände streichen und in Gedanken die Zimmer einrichten. Ich stehe auf und laufe rastlos durch die Räume. Plötzlich fällt mir etwas auf. Ich habe einen Zeitplan im Kopf. Packen ist erst in zwei Monaten dran, aber genau das stresst mich. Ich kann doch packen, wann ich will! Und ich muss es nicht zwingend mit Theo zusammen tun. Packen würde mir das Gefühl geben, meinem neuen Leben näher zu kommen.

Ich klappe meinen Laptop auf und recherchiere, wo man die besten und günstigsten Umzugskartons bekommt. Erstaunlicherweise empfehlen alle das schwedische Möbelhaus.

Ich mache mir einen neuen Plan. Morgen nach der Arbeit fahre ich erst zu Holly, dann besorge ich Kartons, und das Packen kann beginnen!

Als ich im Bett liege, wünschte ich mir, ich könnte jetzt

Theo anrufen. Kann ich ihn anrufen? Warum denn eigentlich nicht?

Seit Tagen eiern wir umeinander herum. Ich hoffe, Holly kann morgen einiges klären.

Ich drücke in den Favoriten auf seinen Namen. Kurz danach meldet sich die Mailbox.

Alter Müll

»Machen Sie sich auf was gefasst. Die Stunde hat es heute in sich!« Holly ist voller Energie. Sie trägt ein grasgrünes Kostüm und ihre Fellschlappen.

Theo und ich sitzen auf dem langen Sofa und wechseln einen Blick. Was hat sie vor?

Beschwingt geht die alte Dame zu ihrer Zauberwand und baut dann flink zwei Stühle und einen Tisch auf. Auf den Tisch stellt sie ganz viele Dosen, Ordner und Boxen. Dann geht sie zwei Schritte zurück, ist aber noch nicht zufrieden.

»Moment!« Sie verlässt den Raum und kehrt eine Minute später mit einem Wäschekorb voller Kram zurück, den sie jetzt auch noch auf den Tisch kippt.

Ich sehe Theo fragend an. Er zieht die Schultern hoch und beobachtet Holly fasziniert.

»So!« Sie klatscht in die Hände. »Jetzt dürfen Sie beide hier Platz nehmen.« Sie dirigiert mich auf einen der Stühle, sodass ich auf den Tisch voller Chaos gucke. Theo lässt sie auf der anderen Seite Platz nehmen.

»Ingvild, können Sie Ihren Mann sehen?«

»Nein, kann ich nicht.«

»Warum nicht?«, fragt sie gut gelaunt. Ich ahne, dass sie sich auf die Antwort freut.

»Weil der ganze Kram zwischen uns liegt.«

»Exakt!« Sie schlackert begeistert mit den Armen. Sie sieht

aus wie ein Frosch, der fliegen übt. »Theodor, können Sie Ihre Frau sehen?« Holly genießt diese Fragen.

»Nein«, antwortet er und fügt schnell hinzu: »Da liegt zu viel Müll zwischen uns.«

Holly ist entzückt. »Ganz genau. Es liegt zu viel Müll zwischen Ihnen. All der Müll, den Sie während der letzten Jahre angehäuft haben. Den dürfen Sie jetzt abräumen. Und das geht folgendermaßen: Sie suchen sich einen Gegenstand, der Ihnen passend erscheint«, sie nimmt einen Dosenöffner vom Tisch, »und benennen ihn. Zum Beispiel könnten Sie sagen: ›deine Verschlossenheit‹.« Sie hebt den Dosenöffner über ihren Kopf. »Dann sagen Sie: ›Ich vergebe dir deine Verschlossenheit.‹ Und dann räumen Sie den Gegenstand vom Tisch. Anschließend ist der andere dran. So lange, bis der Tisch leer ist.«

Ich bin mir, wie immer bei Hollys Übungen, nicht sicher, was ich davon halten soll. »Holen wir damit nicht alles wieder hervor?«

»Sehr gute Frage, Ingvild. Ja, deshalb ist der Satz ›Ich vergebe dir …‹ so wichtig.«

»Was, wenn ich Theo nicht alles vergeben will?«, frage ich hinter dem Müllberg.

»Dann bleiben Sie für immer auf dem Müll sitzen.« Holly sagt das ganz neutral, trotzdem beeindruckt es mich, weil ich genau auf den Berg gucke. So viele Dosen liegen zwischen Theo und mir. Zeit, die wirklich mal aufzuräumen.

»Wer fängt an?«, fragt Theo auf der anderen Seite.

»Immer der, der fragt!«, sage ich.

Theo hebt jetzt vermutlich etwas hoch. Dann räuspert er sich und sagt: »Das ist dein Richtig. Ich vergebe dir, dass du alles immer so haben willst, wie es für dich richtig ist. Und dass nur dein Richtig zählt.«

Holly unterbricht ihn. »Theodor, das war ein Vorwurf, kein Vergeben. Probieren Sie es noch mal.«

Er atmet genervt aus. »Ich vergebe dir dein Richtig.«

»Viel besser«, lobt Holly. »Es ist übrigens normal, dass es sich noch nicht vergeben anfühlt. Es ist ein erster Schritt.«

Jetzt bin ich dran. Ich bin unnötigerweise nervös. Ich hebe einen Ordner hoch und sage: »Das ist dein Phlegma. Ich vergebe dir deinen Phlegmatismus.«

»Das Wort gibt es gar nicht, und ich habe auch keinen Phlegmatismus«, kommt es genervt von der anderen Seite.

»Wir werten nicht, was der andere sagt«, schreitet Holly ein.

»Ach so. Na schön, dann bin ich jetzt wieder dran.« Theo klingt ziemlich sauer. »Das ist deine Ignoranz. Ich vergebe dir deine Ignoranz.« Er sagt es ironisch und nimmt einen Gegenstand, den ich nicht sehen kann, vom Tisch.

Holly schreitet diesmal nicht ein, und ich lasse mich von ihm nicht provozieren. Stattdessen nehme ich eine Küchenrolle vom Tisch. »Das ist das immer nasse Gästehandtuch. Ich vergebe dir das nasse Handtuch.«

»Spinnst du jetzt? Was für ein nasses Gästehandtuch?« Theos Gesicht erscheint über dem Müllberg. Er schaut auf mich herunter.

»Immer wenn du dir die Hände abtrocknest, ist das Handtuch klatschnass. Ich weiß nicht, wie du das machst, aber es stört mich.«

»Und wenn du dir die Hände abtrocknest, ist das Handtuch danach trocken, oder was?«

»Nein, aber nicht so nass wie bei dir. Nicht mal halb so nass.«

»Hast du ein Feuchtigkeitsmessgerät benutzt, oder wieso weißt du das so genau?«

Holly hat uns lange streiten lassen, geht jetzt aber doch dazwischen. »Ingvild, vergeben Sie Theo das nasse Handtuch?«

»Mein Gott, ja!«, sage ich gereizt. »Es ist ja nur ein blödes Handtuch! Das nächste Mal hängen wir einfach zwei hin, dann kann er seins so nass machen, wie er will!«

Theo schüttelt den Kopf, setzt sich aber wieder.

Er benennt den nächsten Gegenstand. Dann bin wieder ich dran.

Holly klatscht in die Hände. »Schneller!«

»Das ist dein Krümeln beim Essen. Ich vergebe dir dein Krümeln.«

»Das ist dein Rumzicken. Ich vergebe dir dein Rumzicken.«

»Das ist dein dicker Bauch. Ich vergebe dir deinen dicken Bauch.«

»Das ist dein ewiges Telefonieren. Ich vergebe dir dein ewiges Telefonieren.«

Holly klatscht wieder in die Hände. »Jetzt noch schneller! Lassen Sie den ersten Teil des Satzes weg.«

»Ich vergebe dir, dass du mich nicht siehst.«

»Ich vergebe dir deinen Perfektionismus.«

Theo und ich sagen unsere Sätze immer schneller. Es fühlt sich jetzt wie eine gemeinsame Arbeit an. Der Berg auf dem Tisch zwischen uns wird immer kleiner.

Wir können uns inzwischen dabei zusehen, wie wir die Gegenstände hochheben.

Als nur noch zwei Dosen auf dem Tisch stehen, werden wir langsamer.

»Ich vergebe dir die Sache mit Christian«, sagt er und sieht mich dabei an.

»Ich vergebe dir, dass du nie mit mir über Sex gesprochen hast und darüber, wie du dich fühlst.«

Der Tisch ist leer. Wir stehen uns gegenüber. Vielleicht müsste Holly jetzt etwas sagen, aber sie schweigt.

Wir sehen uns über den Tisch hinweg an. Dann hält Theo mir seine Hand hin. Ich nehme sie, und wir gehen Hand in Hand zurück zum Sofa.

In mir tobt ein ziemliches Gefühlschaos, und ich kann Theo ansehen, dass es ihm ähnlich geht.

»Das haben Sie sehr gut gemacht«, sagt Holly sanft. »Es ist, wie gesagt, nur ein Anfang. Vergeben ist immer Arbeit. Man muss es zunächst wollen und es dann wie Liegestütze immer wieder üben.«

Ich frage mich, ob Holly Liegestütze kann. Die dünnen Arme lassen das nicht vermuten. Es war nur eine Metapher, aber ich muss mir trotzdem vorstellen, wie die alte Dame lässig zwanzig Liegestütze schafft. Ich widerstehe dem Drang, schnell auszuprobieren, ob ich überhaupt einen Liegestütz hinbekomme.

»Heute besteht freie Musikwahl. Welches Lied wünschen Sie sich für Ihren Tanz?«

Holly steht auf. Sie sieht einfach klasse aus in ihrem grasgrünen Kostüm.

Theo geht zu ihr und flüstert ihr etwas ins Ohr. Es sieht witzig aus, wie sich der große Mann zu der kleinen Frau herunterbeugt.

Holly nickt verschwörerisch, dann eilt sie zu ihrer Wand, und kurze Zeit später ertönt John Legends *All of Me*.

Ich habe das Lied ewig nicht gehört, aber sofort erinnere ich mich wieder an den ersten Urlaub mit Anne. Sie war noch kein Jahr alt. Wir waren in Italien, in einer großen, kalten Wohnung mit einer wunderschönen Terrasse. Jeden Abend saßen wir draußen an einer Feuerschale und hörten einen italienischen Sender, der diesen Song rauf- und runterspielte.

Ich ziehe Theo auf die Tanzfläche. Immerhin hat er das Lied ausgewählt, und ich will jetzt auch etwas Engagement zeigen.

Wir tanzen langsam und ohne echte Tanzschritte. Der Tanz ist nicht wichtig, der Text ist wichtig.

Holly hat es schön laut angemacht, sodass mir die gesungenen Worte von John Legend unter die Haut gehen.

Er singt, dass sein Kopf unter Wasser ist, er aber gut atmen kann, und dann kommt der Refrain, den Theo jetzt leise für mich mitsingt: *»'cause all of me loves all of you … your curves and all your edges … your perfect imperfections.«*

Er grinst mich an, und ich singe den zweiten Teil für ihn: *»You're my end and my beginning, even when I lose, I'm winning.«*

Wir sehen einander in die Augen und sind wieder auf der wunderschönen Terrasse in Italien. Es duftet nach Jasmin, über uns strahlen die Sterne, und unser Baby schläft nebenan. Es ist für mich jedes Mal erstaunlich, dass Musik so etwas kann. Es ist wie eine Zeitmaschine: Man steigt ein und fliegt mal eben zwanzig Jahre zurück, um sich an etwas zu erinnern, was man inzwischen vergessen hat. Oder verlernt?

Der Raum, in dem wir sind, löst sich auf. Holly löst sich auf. Es gibt nur uns beide und den Urlaub in Italien. Das Gefühl von damals mit dem Wissen von heute.

Theo tanzt mit mir, und wir hören John Legend zu, der davon singt, die Karten auf den Tisch zu legen. Wir zeigen beide Herz, singt er, und wir riskieren alles, obwohl es schwer ist.

Ich lehne meinen Kopf an Theos Schulter, um nicht zu weinen. Ich halte mich an ihm fest und denke: *Du bist mein Ende und mein Anfang, und sogar wenn ich verliere, gewinne ich mit dir.*

Ikea

Im schwedischen Möbelhaus essen wir erst mal etwas und trinken einen Kaffee. Um uns herum sitzen lauter Familien mit kleinen Kindern. Ikea ist auch so ein Ort, an dem die Welt noch in Ordnung ist.

Theo und ich sind bisher relativ sprachlos, wir wollen das zarte, schöne Gefühl zwischen uns nicht zerstören.

»Wie wäre es, wenn wir nicht über das reden, was heute bei Holly passiert ist?«, schlage ich vor.

»Ist Reden nicht immer gut?«

»Vermutlich meistens, aber eben nicht immer.«

»Wovor hast du Angst, Vivi?« Er sieht mich warmherzig an. Seine silbernen Bartstoppeln glänzen. Mir fällt plötzlich auf, dass er abgenommen hat.

Ich schiebe meine Kaffeetasse über den Tisch. »Vor allem davor, dass das schöne Gefühl zwischen uns nicht hält. Davor, dass dieses Vergeben nicht funktioniert. Davor, dass wir neue Dosen anhäufen werden –«

»Also, das werden wir sicher«, unterbricht er mich.

»Werden wir?«, frage ich. »Ja, du hast recht. Werden wir. Jeder hat Dosen in der Beziehung.«

»Aber vielleicht lernen wir, sie abzubauen, bevor wir uns nicht mehr sehen können.«

Mir kommen die Tränen. Es sind Tränen, die noch aus der Therapiestunde überfällig sind.

Theo reicht mir ein Taschentuch und hält meine linke Hand.

»Okay«, sage ich, nachdem ich mir die Nase geputzt habe. »Lass uns Umzugskartons kaufen!«

Wir widerstehen allen anderen Versuchungen. Theo würde gern schon einen neuen Sessel für unser neues Wohnzimmer mitnehmen, und ich könnte eine Wagenladung Lampen kaufen, aber das verkneifen wir uns.

Wir sind richtig stolz auf uns, als wir nur mit den Kartons zurück zum Auto gehen. Gut gelaunt fahren wir zurück zu unserer Wohnung. Wir schleppen die Kartons nach oben und müssen mehrfach laufen. Ich denke an all die vielen Dinge, die wir in den letzten Jahren hochgeschleppt haben. Kinder, Einkäufe, Möbel. Das werde ich nicht vermissen.

»Gut, dass wir bald keine Treppen mehr haben«, keucht Theo, als alle Kartons in der Wohnung sind.

»Eine haben wir noch«, gebe ich außer Atem zu bedenken.

Wir stehen nebeneinander und gucken auf den Berg aus Pappe. Er geht uns bis zur Hüfte. Theo dreht sich zu mir um. Ich sehe ein Glitzern in seinen Augen und weiß, ich werde den ersten Kuss seit Jahren hier im Flur neben einem Haufen Pappkartons bekommen.

Theo zieht mich in seinen Arm und küsst mich. Seine Lippen fühlen sich sofort vertraut an. Es ist kein vorsichtiger Kuss, sondern ein fordernder. In ihm liegt so viel Sehnsucht, dass mich die Gefühle überrollen und ich aufhöre, mir darüber Gedanken zu machen, an welchem Ort ich lieber geküsst werden wollte. Da war es wieder, mein Richtig. Ich versenke mein Richtig in unserem ersten Kuss und lasse mich hineinsinken in die unerwartete Lust, die er auslöst.

Ich weiß nicht, wer wann das Flurlicht ausgemacht hat. Ich registriere es nur ganz kurz, als wir ohne Klamotten auf den Kartons landen.

Theo und ich schlafen miteinander, und es ist neu und aufregend und vertraut und bekannt zugleich. Ich erinnere mich an all die vielen Male mit ihm und verstehe nicht, warum wir jemals damit aufgehört haben. Wir sind immer noch gut. Er kennt meine Stellen und ich seine.

Als wir später mit der Lichterkette auf dem Balkon sitzen, sage ich: »Geh nicht. Bleib bei mir, für immer.«

»Für immer?«, fragt er schmunzelnd.

Ich denke kurz an die vielen Wochen, während deren ich ihn so gern von einer Klippe geschubst hätte. »Mach es jetzt nicht kaputt!«, sage ich warnend.

»Okay, ich hole eben meine Sachen aus dem Hotel und checke aus. Wartest du auf mich?«, fragt er liebevoll.

Es ist ein bisschen albern, dass wir uns wie frisch Verliebte benehmen, aber Sex setzt eine Menge Oxytocin frei, und solange das anhält, werden wir es einfach genießen.

Wir küssen uns zum Abschied noch einmal, einfach weil wir es gerade neu entdeckt haben. Dann fällt die Wohnungstür hinter ihm zu, und ich bin allein. Probehalber bastle ich einen der Umzugskartons zusammen. Das ist gar nicht so einfach. Ich versuche es erst ohne Anleitung, aber so fällt mir der Boden sofort heraus. Ich gucke also auf die Zeichnungen, stecke, falte und ziehe die Pappteile ineinander. Es gelingt mir erst beim dritten Anlauf richtig.

Ich laufe mit dem Karton in der Hand durch die Wohnung. Kann ich nicht schnell schon etwas einpacken? Mein Blick fällt nur auf Sachen, die man unbedingt noch braucht:

Sofakissen, Kaffeemaschine, Mülleimer. Ich sollte im Büro anfangen.

Im Büro stehe ich reglos im Raum herum, mit dem Karton vor dem Bauch. Es überfordert mich. Energisch stelle ich ihn ab und verlasse das Zimmer. Es muss ja nicht gleich heute sein, oder?

Ich setze mich wieder auf den Balkon. Derselbe Blick auf dieselbe Straße wie immer. Es macht mich nervös, hier nur zu sitzen. Also gehe ich wieder ins Büro und beginne, wahllos ein paar Gegenstände einzuräumen.

Halt, so geht das nicht! Ich muss später wissen, was in dem Karton ist.

Ich suche ewig nach einem Edding, finde endlich einen und fange an, alles, was ich eingepackt habe, auf dem Karton zu notieren. Meine Schrift ist krakelig und hässlich. Der Edding schreibt nicht gut.

So geht das auch nicht. Ich brauche erstens einen Stift, der super schreibt, und zweitens ein besseres System.

Ich finde in Theos Schublade noch einen Edding. Der schreibt tadellos. Mit ihm streiche ich alles durch, was ich auf den Karton geschrieben habe, und schreibe stattdessen groß:

BÜRO
Schrank unten links

Dann packe ich die Sachen aus dem Schrank unten links in den Karton. Alles passt nicht rein, also hole ich einen zweiten. Diesmal brauche ich nur zwei Anläufe, bis er richtig zusammengebaut ist.

Ich schreibe diesmal schon geübter und weniger krakelig:

BÜRO
Schrank unten links 2

Dann packe ich weiter und gerate in einen richtigen Sog. Bis Theo wieder da ist, könnte ich vielleicht den ganzen Schrank schaffen.

Diesmal hole ich gleich drei Kartons und baue sie beim ersten Versuch richtig auf. Ich fühle mich großartig, beschrifte und packe, bis ich Theo an der Wohnungstür höre.

Er kommt mit erschreckend vielen Sachen herein. Mir war gar nicht bewusst, wie viel er offenbar nach und nach mit ins Hotel genommen hat.

Er wirft alles im Flur auf den Boden und umarmt mich. Eng umschlungen stehen wir da, bis mein Handy klingelt. Ich ignoriere es.

»Wer ruft denn jetzt noch an?«, fragt Theo misstrauisch.

Ich ziehe das Telefon aus meiner Hosentasche. »Christa«, sage ich erstaunt und gehe ran. Zuerst kann ich nichts verstehen, weil sie so hysterisch schluchzt.

»Christa, ich kann kein Wort verstehen. Atme mit mir ein und aus. Ein und aus«, sage ich streng. Es funktioniert, und Christa atmet mit mir, so gut sie kann.

»Frank!«, sagt sie dann gepresst. »Er ist auf dem Dach und will springen, könnt ihr kommen?«

»Wir sind gleich da!«, versichere ich ihr.

Theo, der mitgehört hat, setzt sich bereits in Bewegung. Wir sind schon auf der Treppe, als ich Christa noch anweise, auch die Feuerwehr zu verständigen.

Angespannt fahren wir durch die nächtlichen Straßen.

»Glaubst du, Frank meint das ernst?«, frage ich Theo.

Er schüttelt den Kopf. »Ich hoffe nicht. Aber man weiß es nicht. Was wissen wir schon wirklich von unseren Freunden? Hat nicht jeder seine eigenen Dämonen im Schrank?«

»Ja, sicher«, sage ich. »Aber deshalb muss man ja nicht gleich vom Dach springen.«

»Vielleicht hat er Depressionen.«

»Auch dann muss man nicht gleich vom Dach springen.«

Theo sieht mich tadelnd an. »Vivi! Er steht nun mal auf dem Dach, dafür wird es für ihn schon einen triftigen Grund geben.«

»Du hast recht, natürlich. Es ist nur so … krass.«

Er nickt zustimmend.

Es ist nicht viel los, trotzdem kommt es uns wie eine Ewigkeit vor, bis wir in Christas und Franks Straße einbiegen. Ich hoffe sehr, dass wir oben auf dem Dach keine Gestalt entdecken und Christa es schon geschafft hat, ihren Mann wieder herunterzulocken.

Keine Feuerwehr, kein Menschenauflauf vor dem Haus.

Wir sehen niemanden auf dem Dach und klingeln aufgeregt. Der Türsummer geht, ohne dass sich vorher jemand meldet. Wir rennen die Treppen hoch. Es gibt zwar einen Aufzug, aber bis der da ist, würde es eventuell zu lang dauern.

Christas und Franks Wohnung liegt, für Franks Vorhaben günstig, direkt unter dem Dach.

Ladys auf dem Dach

Theo kommt zuerst an und wartet in der geöffneten Wohnungstür auf mich. Von Christa ist nichts zu sehen.

Wir gehen zügig in die Wohnung.

»Christa?«, rufe ich in die gespenstische Stille hinein.

Wir finden sie am geöffneten Dachfenster. Sie sieht verweint aus und zeigt nur stumm aus dem Fenster.

Wir nehmen ihre Position ein und sehen schräg neben dem Dachfenster auf den Dachziegeln eine Person in einem Kleid. Eine Person mit langen Haaren und hohen Schuhen. Ich brauche ein paar Sekunden, um zu verstehen, dass das Frank ist.

Er sieht aus, als wäre er ganz in seiner eigenen Welt.

Wir gehen vom Fenster weg zu Christa, die sich auf das Bett gesetzt hat.

»Was ist hier los?«, frage ich.

Sie fängt wieder an zu weinen. »Das geht schon seit Jahren so. Nachts zieht er heimlich Frauenkleider an. Er kleidet sich als Frau. Mit BH und Perücke und allem. Er will nicht darüber reden. Ich dachte, es ist einfach ein Spleen. Ich hatte keine Ahnung, wie ernst es ihm ist. Dann habe ich herausgefunden, dass seine Affäre mit der Jüngeren gar keine Jüngere war. Es war ein Mann. Und als ich ihn heute wieder in Frauenklamotten erwischt habe, habe ich ihm gesagt, dass er mir das alles mal erklären muss. Da ist er ausgeflippt und hat gesagt, er macht Schluss, er könne nicht mehr. Seitdem sitzt er da und ist nicht ansprechbar.«

»Hast du die Feuerwehr angerufen?«, frage ich.

Christa schüttelt den Kopf. »Wenn fremde Menschen ihn so sehen, dann springt er vielleicht sofort. Momentan sitzt er wenigstens, das will ich nicht riskieren.«

Mit High Heels auf einem schrägen Dach zu stehen wäre echt keine gute Idee. Die Situation überfordert uns alle. Wir werfen uns hilflose Blicke zu. Im nächsten Moment stürmen Maja, Martin, Wiebke und Lutz ins Zimmer.

Außer Atem keucht Maja: »Die Tür … unten war auf, und oben … auch.«

»Ich hab allen eine SMS geschickt, ich war so verzweifelt!«, sagt Christa erklärend.

Alle umarmen sie und schleichen dann zum Dachfenster, um sich den verkleideten Frank anzuschauen. Keiner spricht ihn an, denn Christa meint, das sei zu gefährlich.

»Was machen wir denn jetzt? Wir können ihn doch nicht einfach da sitzen lassen«, sage ich besorgt.

»Du hast gesagt, er soll dir die Verkleidung erklären, und daraufhin hat er gesagt …?«, rekapituliert Theo.

»Er sagte, er halte das alles nicht mehr aus.«

»Einer muss mit ihm sprechen, am besten ein Mann«, schlägt Wiebke vor und sieht Lutz an, der abwehrend die Hände hebt.

»Ich kenn mich mit dem Thema überhaupt nicht aus. Was soll ich ihm denn sagen?«

Wir sehen Theo und Martin an, die sich auch nicht darum reißen, ein Gespräch über das Tragen von Frauenklamotten zu führen.

»Man muss ihm vielleicht klarmachen, dass es für uns alle total okay ist, wenn er sich wie eine Frau anziehen will«, überlege ich laut.

Theo hat eine Idee, ich sehe es an seiner Körperhaltung. »Christa, welcher ist dein Kleiderschrank?«

Christa zeigt erstaunt auf ihre Seite des Schranks. Theo reißt die Türen auf und fängt an, ihre Kleider herauszunehmen. Er drückt eins Martin in die Hand und eins Lutz.

»Du meinst, wir sollen …?«

»Echt jetzt?«

Die beiden sind von Theos Einfall sichtlich überfordert, aber wir Frauen finden die Idee spitze.

»Lass mich mal schauen.« Maja sucht Kleider heraus, die möglichst weit sind, damit die Männer eine Chance haben, sie anzuziehen.

»Einfach über die Klamotten?«, fragt Martin. Man kann sehen, dass es ihm unangenehm ist.

»Nein, es muss gut aussehen, sonst fühlt er sich nicht bestätigt, sondern verarscht. Zieh alles bis auf die Unterhose aus«, fordert Maja.

Wiebke kümmert sich um Lutz, und ich ziehe Theo ins Bad, der sein Kleid schon anhat, und trage etwas Wimperntusche auf seine dichten langen Wimpern auf. Es sieht super aus.

Martin bekommt von Maja Lippenstift verpasst.

»Nee, Leute, wirklich nicht! Damit fühle ich mich unwohl.« Lutz windet sich, als Wiebke ihm Rouge auftragen möchte. Wiebke lässt enttäuscht den Pinsel sinken. »Aber eine Kette hätte ich noch gern. Hier bin ich so nackt.« Er zeigt auf sein Dekolleté.

Christa, die am Dachfenster über Frank wacht, zeigt auf

ihren Schrank. Ich finde eine lange Kette mit einer kleinen Feder als Anhang. Lutz gefällt sie, und er streicht ganz stolz über die Feder an seiner Brust.

»Okay, ihr seht gut aus.« Ich nicke den Männern zu, die jetzt sehr feminin vor uns stehen.

»Und jetzt?«, fragt Martin und spielt an seinem langen Kleid herum.

»Jetzt klettern wir zu ihm aufs Dach.« Theo geht mit langen Schritten auf das Fenster zu.

»Seid bitte vorsichtig«, spricht Maja aus, was wir alle denken.

»Kein Risiko, bitte. Kommt sofort wieder rein, wenn euch schwindelig wird.« Christa schwankt zwischen Dankbarkeit und Angst.

Wiebke stellt einen Stuhl vors Fenster, damit die Männer in ihren Kleidern leichter auf das Dach kommen.

Auf einmal weiß ich nicht mehr, ob das alles so eine gute Idee ist. Was, wenn wirklich einer abrutscht und runterfällt?

Theo klettert als Erster. Er rafft sein Kleid und rutscht dann ganz vorsichtig auf das schräge Dach. Es hat keine starke Neigung, doch allein die Höhe reicht aus, um Schweißausbrüche zu bekommen. Mein Shirt ist jedenfalls schon nass geschwitzt. Theo ist barfuß und kann sich mit seinen Füßen abstützen. Sitzend rutscht er langsam an Frank heran.

»Okay, der Nächste«, sage ich und mache Platz.

Martin klettert ziemlich gelenkig aus dem Fenster. Bei Lutz sieht es am unelegantesten aus. Alle reihen sich sitzend neben Frank auf.

Wir Frauen quetschen uns nebeneinander ins offene Fenster.

»Haut mal ab, das hier ist Männersache!«, ruft Theo. Dadurch hat er Franks Aufmerksamkeit.

»Geht weg. Was soll das? Geht weg!«, ruft er entsetzt. Dann bemerkt er, dass Theo nicht aussieht wie sonst. Seine Augen werden groß, als er auch Martin und Lutz in Kleidern neben sich auf dem Dach entdeckt.

Theo macht eine energische Handbewegung, und wir tauchen ab.

»Wir können die Aktion jetzt nicht durch unsere Neugierde gefährden«, sagt Wiebke bestimmt und besteht darauf, dass wir das Schlafzimmer verlassen.

Wir setzen uns im Flur auf den Boden, um in der Nähe zu sein, falls die Männer um Hilfe rufen.

Christa, die jetzt sehr viel entspannter ist, holt uns eine Flasche Wasser und vier Gläser. Dankbar trinken wir alle unser Glas in einem Zug leer.

»Hallo?«, ruft eine männliche Stimme aus dem Schlafzimmer.

Wir rennen alle gleichzeitig los. Lutz' Kopf beugt sich zum Fenster rein. »Können wir vier Bier haben?«

»Dein Ernst?«, fragt Wiebke, aber sie wird sofort von Christa unterbrochen.

»Klar, Sekunde!« Sie saust in die Küche und kommt mit vier Flaschen und einem Öffner zurück.

Ich drängle mich nach vorn und kann so die Flaschen rausreichen und ein wenig gucken. Die Männer sitzen einträchtig nebeneinander. Frank scheint wieder ansprechbar zu sein. Auch seine Körperhaltung ist viel entspannter.

Ich reiche eine Flasche nach der anderen raus und verkneife mir zu sagen: *Hier, für euch Ladys.* Für so einen Gag ist es vermutlich zu früh.

Zurück im Flur, muss ich meine Beobachtungen genau

wiedergeben. »Frank hat mit allen angestoßen und gelächelt. Alles war wie immer, nur eben in Frauenklamotten.«

»Das ist gut, das ist sehr gut.« Wiebke hält einen Daumen nach oben.

»Ja«, sagt Christa bitter, »für euch ist das leicht. Aber ich lebe mit dem Mann in Frauenkleidern. Und er erklärt es mir nicht mal. Wie soll ich es verstehen, wenn ich nichts weiß? Ist er nun schwul oder trans oder wie das heißt? Macht er das freiwillig, oder ist es wie eine Sucht? Ich weiß darüber überhaupt nichts.«

Wir sehen sie mitfühlend an. »Das kann dir alles nur Frank beantworten. Vermutlich ist das auch bei jedem anders. Wäre es denn ein Trennungsgrund?«, frage ich Christa und schenke uns allen noch ein Glas Wasser ein.

»Nein. Oder ja. Das kommt auch auf die Rolle an, die ich dabei spiele. Ich wäre schon gern die Frau in unserer Beziehung. Und ich möchte auch gern mit einem Mann zusammen sein. Ich bin einfach verwirrt. Wie sieht er sich denn?«

»Das musst du ihn fragen«, sagt Maja.

Wir sitzen noch eine ganze Weile im Flur und reden, während die Männer auf dem Dach zusammen Bier trinken und es schließlich schaffen, Frank heil zurück in die Wohnung zu bekommen.

Christa umarmt Frank, und wir anderen ziehen uns so diskret wie möglich aus der Wohnung zurück.

Unsere Männer sehen erschöpft aus. Wir verabschieden uns, und jeder fährt nach Hause. Erst als wir in unserer Straße ankommen, fällt mir auf, dass Theo noch immer Christas Kleid trägt.

Fliesen schleppen

Am Morgen wachen Theo und ich nebeneinander auf. Es ist ein gutes Gefühl, und das hatten wir lange nicht. Wir frühstücken zusammen auf dem Balkon. Schon jetzt ist es heiß, was nicht gut ist, denn wir haben einiges vor. In der Stadt ist es schwül und stickig, und ich freue mich darauf, an unserem Haus gleich den Unterschied zu spüren. An der Küste sind es immer ein paar Grad weniger. Ich kann mir nicht vorstellen, dass es so nah am Meer jemals stickig ist.

Auf der Fahrt sprechen wir über Frank. Theo war gestern Abend nicht mehr in der Lage, viel zu erzählen. Er schlief schon, als ich aus dem Bad kam. Zu meiner Überraschung lag er bei mir im Doppelbett und nicht in seinem Zimmer.

Unser Neuanfang ist offenbar ein echter.

»Was habt ihr gestern auf dem Dach geredet?«, will ich wissen.

»Erst gar nichts Besonderes, und dann hat er uns sein Herz ausgeschüttet.«

Ich warte ab, was Theo mir noch erzählt, aber er sagt nichts mehr. »Du willst ihn nicht verraten?«

»Es kommt mir falsch vor, darüber zu reden.«

»Das verstehe ich. Meinst du denn, er und Christa haben noch eine Chance?«

Theo schüttelt sacht den Kopf. »Um glücklich zu werden,

muss Frank sein ganzes Leben ändern. Er steckt schon zu lange in zu vielen Rollen, die er gar nicht ausfüllen kann.«

Ich sehe zu, wie die Landschaft am Autofenster vorbeifliegt. Es tut mir leid für die beiden. »Es ist wirklich verrückt, wie wenig man im Grunde von seinen Freunden weiß«, greife ich unseren Gedanken von gestern Abend auf.

»Ja, das beschäftigt mich auch«, sagt Theo. »Da grillt man jahrelang zusammen und redet über dies und das und ahnt doch nicht, was den anderen wirklich bewegt.«

»Sind wir Christa und Frank diesbezüglich nicht ähnlich?«

»Wie meinst du das?« Theo nimmt die Autobahnausfahrt, die wir inzwischen so gut kennen. Jetzt geht es auf Landstraßen weiter.

»Na, wir haben unsere wahren Bedürfnisse auch lange vor dem anderen versteckt. Bis es fast zu spät war. Warum habe ich dir nie gesagt, dass ich versuche, uns dünner zu kochen, und es mich deshalb aufregt, wenn du nach jeder Mahlzeit Kekse futterst?«

»Die fehlen mir übrigens sehr«, sagt Theo sehnsüchtig.

»Und warum hast du mir nie gesagt, dass dir der Sex fehlt?«

»Ich hatte Angst, dass das falsch ankommt.« Er sieht mich treuherzig an.

»Ich bin froh, dass dieses Männchen uns Hollys Visitenkarte gegeben hat«, sage ich und drücke seinen Arm.

»Und ich bin froh, dass du mit mir dieses verrückte Projekt durchziehst. Ein Holzhaus am Meer.« Nahezu feierlich biegt er mit diesen Worten in unsere neue Straße ein.

Zwanzig Minuten später sind wir nicht mehr froh. Der Fliesenleger hat uns die Aufgabe gegeben, unsere großformatigen

Fliesen in den ersten Stock zu schleppen. Er behauptet, er habe eine Knieverletzung und könne es deshalb leider nicht selbst.

Der Fliesenleger ist überhaupt eine kleine Diva. Wir haben ihn von einem Arbeitskollegen von Theo empfohlen bekommen, und er hat sich ganz schön bitten lassen, bis er den Auftrag annahm. Handwerker können sich zurzeit ihre Kunden aussuchen – und die Bedingungen, unter denen sie arbeiten. Seine Bedingung war, die Fliesen im Obergeschoss zu haben.

Theo und ich haben leichtfertig zugesagt, ohne zu ahnen, worauf wir uns einlassen. Die Fliesen sind nicht nur unendlich unhandlich, sie sind auch unendlich schwer. Ich verfluche unsere Entscheidung für die großformatigen Fliesen.

Nachdem wir zwei Stück über die steile Bautreppe nach oben geschleppt haben, bin ich völlig fertig. Dazu kommt die Hitze im Haus, die durch die Fußbodenheizung, die den Estrich trocknen soll, noch schlimmer ist als draußen.

»So geht das nicht«, stöhne ich und rufe Pit an. Ich verspreche ihm und seinen Kumpels ein gutes Taschengeld, und tatsächlich steht er zwei Stunden später mit drei Freunden vor der Tür.

Theo und ich haben inzwischen eine Technik ausgetüftelt, wie man die Fliesen möglichst leicht die Treppe hochbekommt.

»Die sind doch nicht schwer, Mama!«, grinst mein Sohn, als er die erste Fliese mit seinem Freund nach oben balanciert.

Ich schaue dem schlanken jungen Mann zu und bin sehr stolz, dass sich der kleine Junge, der die ersten sechzehn Monate nicht gelaufen ist und stattdessen auf dem Po überallhin rutschte, so gut entwickelt hat.

Bald bilden die jungen Leute zwei Teams. Zwei schleppen die Fliesen bis zur Treppe, und zwei übernehmen dort.

Theo und ich stehen eigentlich nur im Weg, darum schlage ich vor, Pizza zu holen.

Die Pizzeria ist die einzige im Ort, und wir haben Glück, dass sie aufhat. Wir bestellen von einer Speisekarte, die aussieht, als wäre sie aus den Neunzigern.

Wenig später trägt Theo den Stapel Pizzakartons. Ich öffne ihm die Beifahrertür, damit er einsteigen kann.

»Wie ist das für dich?«, frage ich, als ich den Wagen starte.

»Was?«

»Pit schleppt die Fliesen viel leichter als du. Wie ist das als Vater?«

Er scheint erstaunt über diese Frage zu sein. Dann wird sein Gesicht ernst. »Seltsam und schön zugleich. Ich nehme an, so ist es richtig. Ich schleppe die Fliesen ja auch leichter als mein Vater.«

»Kommst du dir nicht alt vor?«, frage ich nach.

»Doch, aber erst, seit du mir diese Fragen gestellt hast!« Er lacht und schaut in einen der Pizzakartons.

Die Pizza sieht überaus gewöhnlich aus. In Hamburg kann man alle Arten von Pizza essen. Es gibt eine riesige Auswahl. Ich liebe die neapolitanische Pizza, die in einem 485 Grad heißen Ofen gebacken wird und am Rand große Blasen im Teig hat.

»Die Stadt wird uns fehlen«, stellt Theo nüchtern fest.

»Das wird sie«, bestätige ich.

Als wir am Haus ankommen, haben die Jungs es tatsächlich geschafft, alle Fliesen ins Obergeschoss zu hieven. Immerhin sind jetzt auch sie schweißnass. Ganz so leicht war es in der Hitze dann offenbar doch nicht.

Pit schlägt vor, vor dem Essen eben ins Meer zu springen, und die Meute zieht johlend los.

Die Pizza wird unsere erste Mahlzeit auf unserer Veranda. Der Holzboden ist endlich gelegt, und bei der Größe könnte man tatsächlich Rollschuh laufen, wenn man sehr enge Kurven hinbekommt.

Beinahe ehrfürchtig laufen wir über die Holzplanken.

»Unsere Veranda!« Ich mache eine ausladende Bewegung mit den Armen.

Theo hebt mich hoch und schwingt mich einmal im Kreis. »Hier kommen zwei Schaukelstühle hin, und dann können wir hier gemeinsam alt werden«, sagt er schmunzelnd.

Die Temperatur hier draußen ist wirklich viel angenehmer als in Hamburg. Wir setzen uns an die Kante, und ich nehme unsere Pizza auf den Schoß. Wir teilen uns eine, weil man dadurch die Kalorien halbiert.

»Schmeckt okay«, sagt Theo nach einem Stück.

»Kein Vergleich zu Hamburg«, sage ich und werfe meinen harten Rand zurück in den Pizzakarton.

»Tatsächlich«, sagt Theo und zeigt auf den Garten, der nach wie vor eine Unkrautwüste ist. Die Vögel zwitschern in den Bäumen, als würden sie dafür bezahlt. Vom Meer kommt eine frische Brise, die nach Salzwasser und Sommer duftet.

Dafür kann man schon mit mittelmäßig guter Pizza leben, denke ich.

Die Jungs kommen mit nassen Haaren zurück und stürzen sich auf die Pizzakartons.

»Das ist ja irre mit dem Meer vor der Tür!«, sagt Leon mit den dunklen Haaren.

Theo und ich stimmen zu.

»Ja, und das Haus ist voll schön mit dem Holz!«, erklärt Jonas, den ich nur flüchtig kenne.

Es tut gut, von den jungen Leuten gelobt zu werden.

»Wir haben die Getränke im Auto vergessen!« Theo springt auf. Pit geht mit, und als sie mit dem kleinen Kasten zurück auf die Veranda kommen, nehmen alle erleichtert eine Limoflasche entgegen. Nur Theo und ich trinken Wasser.

Ich stelle den Jungs ein paar Fragen zu ihrem Studium und will wissen, wo sie am Wochenende gern feiern gehen. Während sie erzählen, fahre ich mir heimlich durch die Haare. Ich hoffe, dass meine Frisur nicht blöd aussieht. Es ist natürlich albern, aber ich wäre schon gern Pits coole Mum. Früher war ich lieber die Mutter, bei der man sofort die Schuhe auszieht und Hände wäscht, aber bei den jungen Erwachsenen habe ich den Wunsch, nicht allzu mütterlich rüberzukommen.

Die vier sind jetzt in dem herrlichen Alter, in dem man die Teenager in ihnen noch sehen kann, sie sich aber schon wie junge Männer verhalten. Sie quatschen locker mit Theo und mir, bedanken sich für die Pizza und zieren sich am Ende, Geld für ihre Hilfe anzunehmen.

Pit umarmt mich zum Abschied. Er ist glücklicherweise aus der Phase raus, in der es uncool war, seine Mama zu drücken. Allerdings kommt es immer noch sehr auf die Situation an. Wenn einen der Sohn vor seinen Kumpels umarmt, ist es daher wie eine Auszeichnung. Die coolen Mums werden umarmt. Ich freue mich leise und sehe zu, wie sich Jonas und Pit darum kloppen, auf der Rückfahrt vorn sitzen zu dürfen. Pit gewinnt und winkt uns vom Beifahrersitz aus noch mal zu. Dann fahren sie los.

»Und was machen wir jetzt?«, fragt Theo und umarmt mich von hinten.

»Wir gehen auch schwimmen!«

Das war nicht die Antwort, die er sich erhofft hat, aber als wir in der kühlen Ostsee baden, entspannt sich sein Gesicht. Er wirkt gelöst.

Der Himmel über uns ist knallblau, und der Strand flimmert in der Hitze. Es gibt keinen besseren Ort, als hier im Wasser zu sein. Zusammen mit Theo.

Ich küsse ihn. Sein Dreitagebart ist nass. Er schafft es, dass ich mich richtig attraktiv fühle in meinem Badeanzug, den ich diesmal extra eingepackt habe, zusammen mit Theos Badehose.

Wir teilen uns ein Handtuch. Das zweite habe ich Pit eben zum Schwimmen mitgegeben. Jetzt hängt es nass auf der Veranda.

»Nach Ihnen, die Dame«, sagt Theo und wartet, bis ich mich abgetrocknet habe. »Man sagt mir nach, ich würde Handtücher übermäßig befeuchten.«

Ich muss lachen.

Der Sand ist heiß unter meinen Füßen. Meine nassen Haare fallen mir auf die Schultern. Ich kann einfach nicht glauben, dass wir hier hinziehen.

Urlauber sitzen unter Sonnenschirmen oder gehen den Strand entlang. Aus einem Radio tönt entspannte Instrumentalmusik.

Es ist spannend, zu sehen, wie sich der Strand im Wandel der Jahreszeiten verändert. Sicher wird es im Laufe der Sommerferien noch voller werden.

Wir laufen Hand in Hand zurück und setzen uns noch mal auf unsere Veranda.

»Ich hab die ganze Zeit das Gefühl, wir tun nur so, als ob wir in dieses Haus ziehen«, sagt Theo.

»Ja, das ist eine gute Beschreibung! Geht mir auch so. Es fühlt sich an wie ein Spiel, das man spielt.«

Er streicht mir zärtlich eine Haarsträhne aus dem Gesicht. »Und das mit uns? Fühlt sich das auch so an?«

Es ist zu früh, um unseren zarten Neuanfang in Worte zu fassen. Manchmal habe ich tatsächlich das Gefühl, Theo und ich spielen, wieder verliebt zu sein. Es ist natürlich anders als am Anfang unserer Beziehung. Aber zwischen dem Theo, den ich von einer Klippe stoßen wollte, und dem Theo, der jetzt neben mir sitzt, liegen Welten.

Ich habe keine Lust, mir das, was wir uns so mühsam erarbeitet haben, jetzt kaputtzudenken. »Komm mal mit!« Ich nehme Theos Hand und ziehe ihn ins heiße Haus, in unser zukünftiges Schlafzimmer.

Unser Versuch, es einzuweihen, scheitert ein wenig an den Umständen. Es gibt keine Matratze, es ist zu heiß, und wir sind im Stehen einfach nicht so gut wie im Liegen. Aber ich bin trotzdem stolz auf mich, dass ich die Initiative ergriffen habe.

Wildes Rumknutschen im Rohbau kann ich auf der To-do-Liste abhaken.

Jen

Wir verschieben unseren nächsten Termin bei Holly auf unbestimmte Zeit. Es ist einfach viel zu viel zu tun.

Jeden Tag fahren Theo und ich abwechselnd zur Baustelle. Wir lassen den Innenausbau nicht von den Holzfritzen machen und müssen jetzt selbst jeden einzelnen Handwerker einweisen. Nicht nur die Fliesendiva ist anstrengend, auch für den Elektriker braucht man gute Nerven. Er hört laut Schlagermusik und kann nicht zuhören. Manchmal habe ich auch das Gefühl, er will überhaupt nicht wissen, wo wir Schalter und Lampen gern hätten. Er baut sie einfach dahin, wo es für ihn am leichtesten ist. Man muss also ständig anwesend sein und aufpassen, dass er macht, was besprochen war.

Dafür sind die Maler toll. In einer irren Geschwindigkeit spachteln sie die Fermacell-Wände und machen sich dabei über die Schlagerliebe des Elektrikers lustig.

Wir werden Stammkunden zweier Baumärkte, die auf dem Weg liegen. Nahezu täglich besorgen wir Ausgleichsmasse, Malervlies, Fugenmasse und einige Dinge, von denen ich nicht mal wusste, dass sie existieren. Wir haben uns – aus Versehen – unseren Handwerkern als Laufburschen angeboten. Und das Angebot wird fleißig genutzt. Jeden Tag finden Theo und ich neue Bestellungen auf unserem Handy.

Theo meint, es ist gut, wenn wir das machen, weil es am Ende günstiger wird. In der Zeit, in der wir im Baumarkt sind, können die Handwerker ja im Haus arbeiten. Ich weiß allerdings nicht, ob man das später auf den Rechnungen sehen wird, und bin eher skeptisch, doch ich fahre brav und gebe so viel Geld im Baumarkt aus, dass man davon dreizehn Frauen komplett neu einkleiden könnte.

Ich habe das Gefühl, dass alle gerade in Arbeit versinken. Auch von unseren Freunden höre ich kaum etwas.

Zu gern würde ich wissen, wie es Christa und Frank geht, aber ich will nicht nachfragen, und Christa meldet sich nicht. Vermutlich müssen sie erst einmal selbst mit der neuen Situation klarkommen.

Theo und ich haben nicht viel Zeit für unseren Neuanfang. Es ist trotzdem schön, ihn wieder zu Hause zu haben, und sogar in einem Bett zu schlafen funktioniert besser, als ich dachte. Es ist erstaunlich, wie viel es ausmacht, dass man im selben Zimmer schläft. Ich hatte das damals unterschätzt, als Theo auszog.

Es hat einfach etwas, sich gemeinsam hinzulegen und noch kurz über den Tag zu sprechen. Wir haben es uns zur Regel gemacht, im Schlafzimmer nicht über den Bau zu reden, und das tut uns beiden gut.

Theo überlässt es größtenteils mir, die Kisten zu packen. Es stört mich nicht, weil ich früh genug damit angefangen habe und es mir irgendwie auch dabei hilft, Abschied zu nehmen.

Ich wollte mir eigentlich auch eine Liste mit Cafés, Restaurants, Läden und Orten, die ich in Hamburg noch mal besuchen will, schreiben, aber ich lasse es dann doch. Wir fahren ja weiter dreimal die Woche zur Arbeit in die Stadt, und ich will den Abschied von Hamburg auch nicht zu hoch hängen.

»Macht ihr eigentlich eine Abschiedsparty?«, will Karla wissen, als wir es endlich mal schaffen, uns abends zum Essen zu treffen. Ich habe mir Sushi gewünscht, weil ich an der Ostsee sicher nur noch Fischbrötchen kaufen kann.

»Ich weiß nicht. Ich glaube, wir machen lieber eine Einweihungsparty im neuen Haus. Aber mit den Kindern würde ich gern ein Abschiedsessen machen. Mal sehen, ob Anne noch mal kommen kann.« Ich stecke mir ein weiteres Stück Sushirolle in den Mund. Es ist so lecker, dass ich mich beherrschen muss, nicht alles hintereinander wegzumampfen. »Jetzt erzähl! Wie läuft es mit deinem Fitnesstrainer?«

Karla bekommt sofort glänzende Augen. »Super. Wir reden jetzt viel mehr und haben sogar eine Serie zusammen geschaut.«

»Eine Folge?«, frage ich nach.

»Die ganze Staffel!«, sagt Karla stolz.

»Das heißt, ihr seid jetzt richtig zusammen?«

Karla tunkt ihr Sushistück länger als nötig in die Sojasoße. »Das weiß ich nicht. Für mein Gefühl ja, aber ich weiß nicht, wie er das sieht.«

»Redet ihr nicht darüber?«

»Über uns? Nein, nie. Wir reden über alles Mögliche, aber nie über unsere Beziehung. Das ist eigentlich ganz angenehm.«

»Aber willst du nicht wissen, wo du stehst?«, hake ich nach.

»Irgendwann, ja. Aber momentan genieße ich es einfach so, wie es ist.«

Karla klingt, als sei sie zwanzig. Aber wer bestimmt denn, dass man über fünfzig nur noch ernsthafte Beziehungen führen darf?

»Und wie läuft es bei euch?« Sie lehnt sich zurück und genießt es, dass wir jetzt über meine Beziehung sprechen.

»Gut. Tatsächlich gut.«

Karla lacht. »Du klingst, als wärst du selbst erstaunt darüber.«

»Bin ich auch. Es ist gerade so viel los mit dem Hausbau, dass ich mit mehr gerechnet hätte.«

»Mit mehr?«, fragt Karla und isst weiter von ihrem Sushi.

»Mehr Genervtheit, mehr Uneinigkeit, mehr Stress.«

»Also läuft der Hausbau auch besser als gedacht?«

Mein Blick fällt auf die Bilder an der Wand hinter Karla. Ich muss grinsen.

»Was ist?«, will sie sofort wissen.

»Pit und Anne haben diese beiden Bilder umgehängt, als wir mal hier zusammen essen waren. Es hat nie einer bemerkt. Jedenfalls hat sie nie einer zurückgehängt.« Ich nehme einen Schluck von meinem Wasser. »Ich habe ein bisschen Angst«, gestehe ich ihr dann. »Es läuft alles relativ gut, und wir werden nach Plan im Oktober einziehen können. Dann ist das Projekt Hausbau fertig, und wir verlassen die Stadt und wohnen dann da.«

»Ja, und?«

»Was, wenn es furchtbar wird? Was, wenn Theo und ich uns nicht mehr verstehen, sobald das Projekt beendet ist? Was, wenn ihr uns alle furchtbar fehlt und wir uns nie mehr sehen und ich statt Sushi nur noch mittelmäßige Pizza essen muss?« Ich höre selbst, wie dekadent der letzte Satz klingt, und muss lachen.

»Also erstens ist ein Haus nie fertig. Es gibt ja auch noch den Garten, den ihr anlegen müsst, und wenn ihr es wirklich gar nicht schön findet, da in der Pampa zu wohnen, kann man das Haus ja auch wieder verkaufen. Dann kommt ihr eben zurück nach Hamburg!« Karla sagt das mit einer solchen Leichtigkeit in der Stimme, als würden Menschen das ständig machen: Häuser bauen, einziehen und dann wieder verkaufen.

Ich nicke vorsichtig. Vielleicht passiert das tatsächlich mehr Leuten, als man denkt.

»Wir müssen uns einfach regelmäßig neu justieren im Leben und gucken, was passt noch zu mir und was nicht mehr.« Karla sieht mich mit ihren ungeschminkten braunen Augen warmherzig an.

Ich muss unwillkürlich an Frank denken. Ich weiß gar nicht, ob ich Karla von der Sache erzählt habe. Darf man so was Privates überhaupt erzählen?

Karla gehört nicht richtig in diesen Freundeskreis. Ist es deshalb eher okay oder nicht okay, wenn ich es ihr sage?

In diesem Moment geht die Tür auf, und eine große Frau kommt herein. Ich erkenne sie sofort. Es ist, als hätte ich sie mit meinen Gedanken herbeigezaubert. Ich möchte gern Hallo sagen, weiß aber nicht, mit welchem Namen und mit welchem Pronomen ich ihn ansprechen soll. *Ihn? Sie?*

Frank sieht auf alle Fälle großartig aus als Frau. Er trägt eine Perücke mit langen brauen Haaren und ist gut gekleidet. Die Schuhe mit Absatz lassen ihn riesig wirken. Er ist in Begleitung eines Mannes. Automatisch frage ich mich, ob das sein Freund ist.

»Karla, ich möchte dir jemanden vorstellen«, sage ich, als Frank mich bemerkt und unsicher auf unseren Tisch zugeht. »Das ist der Mann – oder Ex-Mann – von Christa.« Ich stehe auf und umarme ihn. »Schön, dich zu sehen, du siehst toll aus!«, sage ich ihm leise ins Ohr.

»Jen«, stellt sich Frank vor und schüttelt Karlas Hand. »Ich heiße jetzt Jen, und Ex-Mann ist eine ganz treffende Bezeichnung.« Er lächelt stolz.

Seine Begleitung gibt uns eifrig die Hand und stellt sich als Sven vor.

Karla guckt ein wenig verwirrt, dann umspielt ein breites Lächeln ihre Lippen. »Du bist jetzt eine von uns, Jen? Dann herzlich willkommen in der Welt der Frauen! Wollt ihr euch setzen?«

»Das ist lieb, danke. Wir haben so was wie ein zweites Date, daher …« Sie beendet den Satz nicht.

»Wie geht es Christa?« Die Frage ist wirklich doof, aber ich muss sie einfach stellen.

»Ich glaube, ganz okay. Sie freut sich sicher, wenn du sie mal anrufst.«

Ich kann keinen Vorwurf aus seinem Satz heraushören. Jen und Sven setzen sich an einen Tisch weiter weg. Ich beobachte, wie Sven den Stuhl zurechtschiebt, damit Frank, nein, Jen sich setzen kann.

»Da hast du mir aber etwas Spannendes verschwiegen!« Karla winkt dem Kellner und bestellt uns noch zwei Jasmintees.

Ich erzähle knapp von dem aufregenden Abend und davon, wie Theos Idee die Situation gerettet hat.

»Theo macht sich ja wirklich! Geht ihr eigentlich noch zu der Therapeutin?«

»Momentan nicht. Es ist einfach zu viel los. Aber wir haben in drei Wochen einen Termin. Ich bin gespannt. Die letzte Stunde war ein echter Durchbruch.«

Karlas Blick ändert sich. Ihre Augen huschen durch das Restaurant.

»Alles okay?«

Sie schüttelt leicht den Kopf.

»Ich schäme mich ein bisschen«, sagt sie leise.

Ich kann keinen Grund entdecken, warum Karla sich schämen sollte. Mit dicken Fragezeichen auf der Stirn sehe ich sie an.

»Wie viel Ehrlichkeit verträgst du?«, fragt sie.

Langsam macht sie mir Angst. »Das werden wir sehen, was ist denn los?«

Karla winkt ab, als sei das Thema jetzt größer als beabsichtigt. »Ach, es ist albern und kleinlich und peinlich! Ich muss zugeben, ich habe ein bisschen gehofft, dass ihr euch trennt. Dann wäre ich nicht mehr die Einzige, die es vermasselt hat.« Schnell versteckt sie sich hinter ihrem Jasmintee, was nicht wirklich gelingt bei dem kleinen Tässchen.

»Ist das nicht normal?«, antworte ich. »Man kann sich bei Freunden immer gut mitfreuen, wenn es um etwas geht, was man selbst auch hat oder was einem nicht so wichtig ist. Und umgekehrt ist man manchmal heimlich froh, wenn es bei den anderen auch nicht so läuft. Das war ich ehrlich gesagt auch, als das mit Frank und Christa losging.«

»Ja? Aber schön ist das nicht. Finde ich.« Karla trinkt energisch den letzten Tropfen aus ihrer Tasse.

»Nein, schön nicht, aber menschlich!« Ich sehe über Karla hinweg zu Jen, die jetzt mit Sven Händchen hält.

Blaumachen

Ich könnte die Strecke zum neuen Haus inzwischen mit verbundenen Augen fahren. Sie nervt mich. Sie ist zu weit, und ich kenne jetzt jeden Baum persönlich. Karla meint, ich könnte es mir nicht leisten, die Strecke nervig zu finden, da wir sie auch in Zukunft fahren müssen. Vielleicht wird es besser, wenn das nicht mehr täglich der Fall ist.

»Wenn wir eingezogen sind, können wir dann einfach mal zwei Wochen nicht nach Hamburg fahren?«, fragt Theo, der neben mir auf dem Beifahrersitz offenbar dieselben Gedanken hatte.

»Das wäre herrlich!«, seufze ich. Wir haben beide unseren Urlaub um den Umzug herum genommen. Zwei Wochen vorher und zwei Wochen danach. Unser Plan könnte also aufgehen.

An der Baustelle wird wie immer zuerst das Auto geleert. Heute schleppen wir zahllose Farbeimer ins neue Haus.

Mitten im Schleppen halte ich inne. »Theo!«

»Was?«, fragt er genervt und geht mit den schweren Eimern weiter, die er sich übereinandergestapelt hat.

Ich sehe ein, dass er jetzt nicht anhalten und gucken kann, aber ich setze meine Ladung ab und staune. Die Haustür ist endlich da. Wir haben uns für eine dunkelblaue Tür entschieden, so dunkelblau und majestätisch wie die in Hollys Haus. Ich habe mich immer darüber amüsiert, wie sehr die Bauherren in den Bauforen mit ihren Haustüren angeben. Da werden Bilder gepostet ohne Ende. Von ganz normalen Türen. Gut, einige sind rot, andere ganz aus Holz oder Stahl, aber was ist an einer Haustür schon so besonders?

Jetzt weiß ich es. Ich kann nicht aufhören, sie anzustarren. Theo kommt zu mir zurück, er hat seine Eimer abgeliefert.

»Oh«, sagt er, als er sieht, was ich da anhimmle. »Oh«, sagt er noch mal in einer anderen Betonung, und ich höre, dass er auch schon in unsere Haustür verknallt ist. Ehrfürchtig öffnen und schließen wir sie ein paarmal und staunen, wie sie auf- und zugeht.

»Hallo?«, kommt es von den Malern im Haus. Wir reißen uns los und besprechen, wie der Flur und der Treppenaufgang gestrichen werden.

Treppe und Küche kommen als Letztes, kurz vor dem Einzug. Es ist seltsam, das Haus um zwei so große und wichtige Dinge herum zu planen. Manchmal denke ich, wie blöd es wäre, wenn Treppe oder Küche dann doof aussehen und gar nicht zum Rest passen.

Ich hoffe, wir erleben dieselbe Magie wie bei unserer Haustür. Ewig haben wir überlegt, ob das Dunkelblau zu dunkel ist und wie sie wirken wird. Und jetzt, wo sie in den Angeln hängt, sind all diese Fragen unwichtig. Sie sieht toll aus – und fertig! So wird es uns sicher auch mit Treppe und Küche gehen.

Aber noch ist es nicht so weit. Wir müssen eine Fußleistenkrise bewältigen, weil die, die wir uns ausgesucht haben, nicht mehr lieferbar sind. Dann will der Fliesenleger, den wir insgeheim nur die Fliesendiva nennen, wissen, wann wir ihm noch mehr Eckprofile besorgen können. Das finde ich ziemlich witzig, weil er uns anfangs ausgelacht hat, da er meinte, wir hätten viel zu viele Eckprofile besorgt.

Jetzt sind es also nicht genug, war klar.

Theo notiert alles in seinem Handy. Eckprofile bekommen wir nicht im Baumarkt, dafür müssen wir in das Fliesenfachgeschäft in Hamburg.

»Frühestens Freitag«, informiere ich die Fliesendiva, die weiter Fliesenkleber aufträgt und über so viel Unprofessionalität von unserer Seite den Kopf schüttelt.

Wir gehen weiter durch das Haus, bestaunen einige schon fertig gestrichene Zimmer und freuen uns über jeden Fortschritt.

Als wir wieder am Auto sind, sage ich zu Theo: »So, und jetzt gehen wir am Strand essen.« Ich hole die von mir vorbereitete Badetasche aus dem Auto.

»Das geht nicht, ich muss zu einem Meeting.« Theo sieht auf die Uhr.

»Ich muss auch arbeiten. Aber ich finde, wir könnten heute mal blaumachen. Wir haben gerade so viel um die Ohren, und der Sommer zieht einfach an uns vorbei. Lass uns heute Nachmittag schwänzen!«, bitte ich ihn mit glänzenden Augen. Ich weiß, dass es viel verlangt ist. Theo ist sehr gewissenhaft. Ich schätze das eigentlich sehr, aber ab und zu darf man auch mal ausbrechen. Wir holen unsere versäumten Stunden ja auch nach.

Theo sieht mich an. Ich schwenke verführerisch die Badetasche, und er lächelt, zückt sein Handy und erfindet einen Stau, in dem er leider feststeckt.

Wir gehen an den Strand, lassen die Handwerker mit ihren Bestellungen hinter uns und werden eins mit den Urlaubern, die ihre Uhren langsamer gestellt und die Zeit haben, den Möwen hinterherzusehen.

»Ich habe einen Plan«, sage ich fröhlich zu Theo. »Punkt eins: schwimmen gehen. Punkt zwei: im heißen Sand sitzen und aufs Meer gucken. Punkt drei: Flammkuchen essen im Beachclub, den ich entdeckt habe.«

»Gefällt mir. Vor allem Punkt drei!«

Ich reiche Theo seine Badehose. Ich habe meinen Bikini glücklicherweise schon unter meinem Kleid an.

Als wir uns in die kalte Ostsee wagen, bemerke ich anerkennend: »Theo, du hast ja wirklich abgenommen! Das sieht man hier bei Tageslicht richtig!«

Er kneift sich grinsend in den Bauch, der immer noch vorhanden, aber kleiner ist.

Ich überwinde mich, um zuerst im Wasser zu sein. Die Wellen schwappen mir entgegen, und ich muss ein bisschen juchzen vor Glück.

Theo taucht neben mir auf und spritzt mich nass.

Im Beachclub ist es voll. Ich ergattere einen Tisch mit Blick auf die Bucht. Theo kommt wenig später mit zwei Flammkuchen von der Schlange an der Theke zurück.

Wasser tropft aus meinen nassen Haaren auf meinen Rücken. Es ist warm, beinahe heiß. Das eiskalte Wasser in dem schönen großen Glas tut gut. Wir schauen aufs Meer und schweigen glücklich, während wir den Flammkuchen essen.

»Das hier ist eine echte Entdeckung«, sagt Theo, als wir fertig sind.

Hand in Hand gehen wir durch den Küstenwald im wohltuenden Schatten der Bäume zurück.

Wir reden über die Kinder, wir reden über Holly und

davon, dass wir uns auf die nächste Stunde morgen bei ihr freuen. Ich erzähle von Jen und stelle fest, dass wir durch die ewigen Bauthemen sehr viele andere Gesprächsthemen vernachlässigt haben.

Es wird Zeit, dass unser Projekt zu einem Ende kommt. Aber noch stehen uns der Endspurt und der Umzug bevor.

Als wir zu Hause in Hamburg sind, sind wir beide müde, müssen aber noch einiges an unseren Laptops erledigen.

Als Christa mich gegen 19 Uhr fragt, ob ich spontan mit ihr um die Ecke etwas trinken gehen will, würde ich eigentlich gern absagen, aber das kann ich nicht bringen. Ich beneide Theo, der auf dem Sofa liegt und schon fast vor dem Fernseher eingeschlafen ist.

Christa sitzt kerzengerade an einem Tisch draußen. Vor ihr steht ein Glas Weißwein.

Wir umarmen uns, und ich stelle beruhigt fest, dass Christa gut aussieht. »Wie geht es dir?«, frage ich gespannt, noch bevor ich etwas bestellt habe.

Sie nickt. »Gut. Ich habe noch viele Baustellen, aber ich arbeite dran, und das Beste ist: Ich kann wieder schlafen!«

»Nein, echt?«, sage ich erstaunt und bestelle eine Rhabarberschorle. »Hast du meinen Trick ausprobiert?«, will ich wissen.

»Ja, der hat aber kaum geholfen«, gibt sie zu. »Ich glaube, es hängt mit Frank zusammen. Seit sein Geheimnis auf dem Tisch liegt, kann ich wieder einschlafen. Nicht superschnell, aber die vielen schlaflosen Stunden sind vorbei.«

»Das ist ja spannend!«, sage ich. »Als hätte dein Unterbewusstsein gewusst, dass da etwas nicht stimmt.«

»Ich habe immer gewusst, dass da etwas nicht stimmt.«

Ich höre Christa gebannt zu. Ich weiß nicht, wie ich so eine Krise gemeistert hätte. »Als du ihn in Frauenkleidern gesehen hast oder vorher schon?«, frage ich.

»Immer schon«, sagt sie. »Frank war ja immer etwas zu viel. Zu männlich, zu laut, so als müsste er allen beweisen, dass er ein Mann ist. Das hat er ja auch versucht«, fügt sie nachdenklich hinzu.

Wir sitzen an einer belebten Straße, und die Leute flanieren an uns vorbei. Es ist noch hell, und der lange Abend wird von allen genutzt.

»Und fühlst du dich jetzt irgendwie betrogen?«, frage ich vorsichtig.

»Ja«, antwortet sie sachlich. »Aber er hat ja nicht nur mich betrogen, sondern alle, und vor allem sich selbst. Zu so einer Sache zu stehen kostet nicht nur Mut, es ist auch eine Entwicklung. Manchmal frage ich mich, ob ich sie beschleunigt oder eher behindert habe.« Sie nippt an ihrem Weinglas.

»Und was hast du jetzt mit deinem Leben vor?«, frage ich Christa.

»Das weiß ich noch nicht. Erst mal durchatmen und verarbeiten. Den Kindern fällt das leichter als mir. Die haben beide sehr gelassen reagiert.« Sie seufzt. »Ich werde vermutlich umziehen. An der Wohnung hängen zu viele Erinnerungen.«

»Oh, wie spannend! Weißt du schon, wohin?«

»Mal sehen. Ich könnte mir vorstellen, etwas weiter rauszuziehen. Ich hätte gern einen Garten, aber das ist in Hamburg vermutlich utopisch.«

Ich denke an unser großes Grundstück, das mal ein Garten sein wird, und spüre eine freudige Aufregung. »Wer weiß, wenn du weit genug rausziehst. Vielleicht hast du Glück. Ich wünsche es dir!«, sage ich.

Christa schaut mich dankbar an und hebt ihr Glas: »Auf die kommenden Neuanfänge!«

»Auf die Neuanfänge!«, sage ich feierlich, und wir stoßen an.

Christa fragt mich noch einiges zu unserem neuen Haus und will wissen, ob uns die Therapeutin wirklich geholfen hat.

»Holly? Ja, tatsächlich. Sie ist ungewöhnlich, aber sehr effektiv. Warum fragst du?«

Christa druckst etwas herum. »Ich habe das mal recherchiert. Sie ist nicht im Verband der Psychotherapeuten. Das muss ja nichts heißen, aber wenn sie Psychologin ist, müsste sie da eigentlich gelistet sein. Ich geh übrigens immer noch zu unserer. Die Paartherapie haben wir abgebrochen, aber Frank und ich gehen jetzt beide einzeln zu ihr.«

Das waren jetzt so viele Informationen auf einmal, dass ich nicht weiß, was ich zuerst fragen soll.

»Du nennst sie weiter Frank?«

Christa zuckt mit den Schultern. »Könntest du Theo plötzlich Tanja nennen?«

»Das wäre schräg, verstehe«, gestehe ich. »Es ist seltsam, dass Holly nicht in diesem Verband ist. Ich frag sie morgen mal. Wir hatten ewig keine Sitzung mehr.«

Als ich später zu Theo ins Bett schlüpfe, wacht er auf. Wir reden noch kurz über Christa, und ich denke erneut, wie schön es ist, seine Gedanken vor dem Einschlafen noch mit jemandem teilen zu können.

Holly Golightly

Heute fahren wir nicht gemeinsam zu Hollys schickem Haus in Blankenese. Eine Kollegin nimmt mich nach der Arbeit mit in die Richtung, und ich laufe den Rest des Weges an der Elbe entlang. Der Sandstrand ist hier so schmal im Vergleich zur Ostsee, und ein Gewässer, in dem man nicht baden kann, kommt mir auf einmal sinnlos vor. Ich freue mich auf die Therapiestunde heute. Zum ersten Mal werden wir auf dem grünen Sofa ganz nah nebeneinandersitzen, und ich bin gespannt, was Holly zu unseren Fortschritten sagt.

Theo kommt im selben Moment an wie ich. Wir geben uns einen Kuss zur Begrüßung und gehen dann gut gelaunt auf die blaue Haustür zu. Wir fachsimpeln über die Unterschiede zu unserer Tür. Theo hält plötzlich inne. »Das Namensschild ist weg.«

»Wie, weg?«

»Na, weg.« Er zeigt auf die Klingel, über der das Psychotherapeutenschild mit dem Namen Holly Golightly hing. Man kann noch die vier Schraublöcher in der Wand sehen.

»Seltsam.« Ich drücke auf die Klingel. Keiner öffnet. Ich erzähle Theo, was Christa mir gestern über den Verband gesagt hat.

Er macht ein nachdenkliches Gesicht und drückt noch mal den Klingelknopf.

Wir warten. Nichts passiert.

Theo zückt sein Handy und ruft Hollys Nummer an. Er hält mir das Handy hin, damit ich die Ansage hören kann: »Die von Ihnen gewählte Rufnummer ist nicht vergeben.«

Wir schauen einander mit großen Augen an. »Das gibt es doch nicht!«, sage ich.

»Die ist abgehauen. Ohne unseren Termin abzusagen.« Theo stemmt die Hände in die Hüften.

»Was bedeutet das? Warum ist sie abgehauen? Meinst du, sie war gar keine …?«

In diesem Moment wird die Haustür aufgerissen. Ein Mann um die sechzig schaut uns misstrauisch an. Er hat eine große graue Katze auf dem Arm. »Kann ich Ihnen helfen?«

»Ja, wir wollen zu Holly Golightly«, sage ich.

»Die alte Dame? Die wohnt hier nicht mehr. Seit ich hier eingezogen bin, klingeln ab und zu Paare und fragen nach ihr. War das hier so eine Art Swingerclub?« Er mustert uns von oben bis unten. Auch die Katze scannt uns mit ihren grünen Augen.

»Sie haben nicht zufällig eine Telefonnummer von der Dame? Oder vom Vermieter?«, fragt Theo, ohne die Swingerclub-Frage zu beantworten.

»Nein. Ich habe das Haus gekauft, aber je länger ich hier wohne, umso mehr frage ich mich, ob das eine gute Idee war.« Er streichelt seine Katze, die uns bis in unsere Seelen schaut.

»Ja, dann entschuldigen Sie die Störung«, sage ich und drehe mich um. Der Blick der Katze hat eine hypnotische Wirkung auf mich, und ich will von dieser Tür weg.

Theo folgt mir und ruft dem Mann noch eine Verabschiedung zu. Der bleibt in der geöffneten Tür stehen, bis wir mit dem Auto wegfahren. Der Blick der Katze verfolgt uns.

»Das war unheimlich!«, sage ich, als wir endlich aus der Straße raus sind.

»Allerdings.« Theo nickt und schüttelt sich etwas. »Ich hatte die ganze Zeit die Fantasie, dass Holly die Katze ist!«, sagt er.

»Das würde einiges erklären! Was machen wir jetzt mit der geschenkten Zeit?«

»Fliesenladen?«, fragt Theo seufzend.

»Fliesenladen«, sage ich ergeben.

Zu meiner Überraschung macht Theo jedoch ein sehr plötzliches Wendemanöver. »Wo fahren wir jetzt hin?«, frage ich.

»Lass dich überraschen.«

Der Imbiss ist fast verwaist. Es ist noch nicht Essenszeit, aber wir holen uns trotzdem eine Wurst und ein Bier.

Der Blick auf die Elbe ist majestätisch wie immer. Am Himmel türmen sich dunkle Wolken auf. Es sieht aus, als würde gleich ein Gewitter kommen. Wir stehen davon unbeeindruckt am Bistrotisch unter einem Sonnenschirm und beißen in die heiße Wurst.

»Hier hat alles angefangen. Hier müssen wir es auch zu Ende bringen«, sagt Theo zwischen zwei Bissen.

Ich erinnere mich an unseren Streit und an das Männchen im Friesennerz, das uns Hollys Karte gegeben hat. »Was ist deine Theorie?«, frage ich.

»Holly Golightly war eine Schwindlerin, die nie im Leben Psychologie studiert hat«, improvisiert er. »Sie hilft mit ihren ungewöhnlichen Stunden aber gern Paaren, darum wohnt sie immer ein paar Monate lang irgendwo unter einem anderen Namen. Bevor sie auffliegt, zieht sie weiter.«

»Interessant!«, sage ich und grinse. »Wer weiß, vielleicht war sie wirklich keine echte Therapeutin. Vielleicht haben wir sie uns auch nur eingebildet, und es gab sie gar nicht!«, sage ich mit meiner schönsten Gruselstimme.

»Haben wir eigentlich mal eine Rechnung von ihr bekommen?«, fragt Theo.

Ich schüttle den Kopf. »Nicht, dass ich wüsste. Ich dachte, das kommt erst am Ende. Wenn keine kommt, ist das ein Beweis für meine Theorie!« Ich schubse ihn ganz leicht in die Seite und bringe ihn damit kaum aus dem Gleichgewicht. Es wäre mir sicher nicht gelungen, ihn von einer Klippe zu schubsen. Dazu ist er viel zu sehr in Balance.

»Ich bin froh, dass wir mit ihrer Hilfe so weit gekommen sind«, sagt Theo ernst.

Ich lasse den Rest meiner Wurst liegen, trete einen Schritt an ihn heran und umarme ihn. Einen Moment bleiben wir so stehen. Es fühlt sich gut an.

»Wir sollten uns an der Ostsee auch einen Imbissstand suchen, an dem wir ab und zu reden können«, schlage ich vor.

»Oh ja, mit Blick auf das Meer. Vielleicht ein Fischbrötchenstand.« Theo schaut auf die Elbe. »Was denkst du, werden wir Hamburg schlimm vermissen?«

Ich denke nach. »Vielleicht nicht. Vielleicht ist es ganz schön, wenn man es in kleinen Dosen hat und nicht dauernd.«

Er nickt zustimmend, aber ich kann sehen, dass er genau wie ich Angst vor dem Umzug hat, und der kommt jetzt mit großen Schritten näher.

Wir fahren zum Fliesenladen, planen unser Abschiedsessen mit den Kindern und packen noch ein paar Kartons.

Rückblickend kann ich sagen, dass es eine tolle Idee von

Theo war, noch mal am Imbiss anzuhalten und sich für einen kurzen Moment zu besinnen. Dazu fehlt uns in den folgenden Wochen nämlich komplett die Zeit.

Immer schneller dreht sich die Spirale aus Baustellencountdown, Sachen packen und nebenher noch arbeiten gehen.

Theo und ich rotieren zwischen all den Aufgaben und haben eigentlich überhaupt keine Kapazitäten für ein entspanntes Abschiedsessen in der Wohnung. Wir streiten uns eine Weile darum, ob wir es nun absagen oder nicht, ob es für die Kinder wichtig ist, sich von der Wohnung, in der sie aufgewachsen sind, zu verabschieden oder nicht.

»Dann machen wir es halt!«, schreit Theo mich an.

»Schön. Dann machen wir es halt. Das wird dann ja ein ganz besonderer Abend, wenn wir es *halt* machen!«

Am Ende nehmen uns Pit und Anne die Entscheidung ab, indem sie ankündigen, am Wochenende vor dem Umzug zu kommen und uns zu helfen. Dann wird abends ja wohl irgendwie auch ein Abschiedsessen drin sein.

Doch bevor es so weit ist, kommt die Küche. Theo und ich können es nicht glauben, als der LKW mit dem Logo des Küchenstudios vorfährt. Wir haben so viele Horrorgeschichten von Bauherren gehört, die monatelang ohne Küche leben mussten, dass wir uns überhaupt nicht vorstellen konnten, dass unser Liefertermin eingehalten wird.

Wir lassen die Handwerker herein. Zu meinem Entzücken legen sie große Vliesbahnen über den neuen Parkettboden und tragen erst dann die Küchenschränke herein.

Es war geplant, dass Theo und ich während des Küchenaufbaus Homeoffice machen. Wie durch ein Wunder hat Theo es geschafft, dass wir bereits vor dem Umzug Internet im Haus haben. Wir setzen uns also an den Biertisch ins Büro und versuchen zu arbeiten, was nicht leicht ist mit der ganzen Küchenaufregung im Bauch.

Sobald wir etwas in die Gänge gekommen sind, fangen die Handwerker nebenan an zu streiten, so laut und hemmungslos, als wären sie bei sich zu Hause.

Ratlos sehen wir uns an, als wüste Beschimpfungen in unser Büro fliegen. Innentüren haben wir noch keine, die müssten in zwei Tagen kommen. Unser Zeitplan ist purer Wahnsinn. Gut, dass wir ab morgen frei haben.

Aber eben erst ab morgen.

Theo fragt, ob es ein Problem gebe. Die Handwerker verneinen, streiten aber weiter, sobald Theo den Raum verlässt.

Es wird ein anstrengender Tag, doch abends steht beinahe die ganze Küche. Die Streithähne haben trotz allem gute Arbeit geleistet, und als sie am nächsten Tag wiederkommen, sind sie friedlicher. Die Küchenarbeitsplatte wird montiert, und ich muss mich zurückhalten, um nicht ständig zwischen den Männern herumzustehen, um sie anzufassen. Sie ist aus Stein und so glatt und wundervoll. Ohne Macken und Flecken und Ränder.

Als die Handwerker endlich ganz fertig sind, müssen wir einen Haufen Zettel unterschreiben, und als die Männer weg sind, machen wir ein Freudentänzchen in der Küche.

Theo wählt auf seinem Handy einen Walzer aus, den wir immer noch nicht beherrschen, aber wir geben unser Bestes und walzen durch die neue Küche, die so schön und perfekt aussieht und ganz wunderbar zum Rest des Hauses passt.

Mich überfällt kurz ein bisschen Melancholie, weil diese Küche die kleine Anne und den kleinen Pit nicht kennt, die so gern auf der Arbeitsplatte saßen und Teig aus dem Topf schleckten. Die neue Küche kennt noch gar nichts von unserem Leben. Sie weiß nicht, dass ich immer unter Hochdruck koche und Theo die Spülmaschine dreimal umräumt, bis sie richtig eingeräumt ist. Sie hat keine Ahnung, was wir gern trinken und essen und dass wir uns am liebsten in der Küche streiten. Viel lieber als im Wohnzimmer oder im Flur.

Wir kennen die Muster im Parkettboden noch nicht, auf die man sauer starren kann, wenn man auf seinem Standpunkt beharrt.

Die Energie in diesem Raum ist noch jungfräulich. All die Schränke müssen nicht nur mit Geschirr und Vorräten gefüllt werden, sondern vor allem mit Leben. Einem Leben, das jetzt nur noch aus Theo und mir besteht.

Theo tanzt hingebungsvoll mit mir und wirbelt mich so oft im Kreis, dass ich irgendwann nicht mehr weiß, wo die Terrassentür ist und wo das runde Wohnzimmerfenster. Nur der Kühlschrank rauscht immer wieder schnell an mir vorbei. Wobei ich mir gar nicht sicher bin, ob sich hinter der Front auch wirklich der Kühlschrank befindet. Das werden wir alles herausfinden. Nach und nach werden wir uns die Küche erobern, und ein Tanz ist nicht der schlechteste Start, um sie einzuweihen. Holly Golightly wäre stolz auf uns.

Die Treppe

Anne hat beschlossen, dass unser Abschiedsessen aus Sommerrollen bestehen soll. Sie hat Reispapier mitgebracht, und jetzt stehen wir beide in der Küche und bereiten die Zutaten vor, die wir in das Reispapier wickeln wollen. Wir amüsieren uns ein wenig über die klassische Arbeitsteilung. Die Männer sind nämlich gerade auf der Baustelle, um die Treppe abzunehmen. Das letzte fehlende Puzzleteilchen, bevor am Montag der Umzugswagen anrollt.

Ich hätte auch mit Anne oder Pit zum Haus fahren können, aber ich wollte lieber den Job in der Küche. Mir fällt der Abschied von der Wohnung auf den letzten Metern doch schwerer, als mir lieb ist.

Anne ist zum Glück nicht so sentimental, fröhlich erzählt sie von ihrem Studium, während sie in atemberaubender Geschwindigkeit Möhren klein hackt.

Mein Handy klingelt. Es ist Theo. »Na, wie ist die Treppe?«, frage ich erwartungsvoll.

»Es gibt keine Treppe. Die sind einfach nicht aufgetaucht.«

»Wie?«, frage ich wenig intelligent.

»Keine Monteure, keine Treppe«, erklärt Theo gereizt.

»Ja, das geht ja nicht. Wie sollen wir denn am Montag ohne Treppe einziehen?«

Anne hört auf, Möhren zu hacken, und hört gespannt zu.

»Ja, gute Frage. Ich hab da schon dreimal angerufen, es

geht einfach keiner ran. Es ist eben auch Freitagnachmittag. Den Umzug am Montag können wir vergessen.« Theo klingt verzweifelt.

»Die spinnen wohl, ich fahr da hin!«, sage ich entschlossen.

»Wie denn, ohne Auto?«

»Der Treppenladen ist doch hier in Hamburg. Ich fahr da sofort hin. Die spinnen doch! Wir kriegen die Treppe vor dem Umzug, Theo!« Ich lege auf und rausche mit Anne, die alles mitgehört hat, in den Flur.

Während ich mir Schuhe anziehe, schaut sie auf dem Handy nach, wo der Laden ist. »Die schließen in dreißig Minuten. Das schaffen wir nur mit E-Rollern«, berichtet sie.

Ich hasse diese Teile. Ständig muss man zur Seite springen, weil irgendein Verrückter lautlos an einem vorbeibrettert. Und jetzt soll ich so ein Teil fahren?

Ich haste mit Anne die Straße entlang. Sie hat an der Ecke zwei geortet, aber wir müssen uns beeilen, damit sie uns nicht von jemand anderem weggeschnappt werden.

Als wir ankommen, ist nur noch einer da. »Ich fahre, du stellst dich hinten drauf«, ordnet Anne an.

»Sind die für zwei Personen gedacht?«, frage ich misstrauisch.

»Nein, Mama, aber willst du jetzt eine Treppe oder nicht?« Sie hat den Roller schon freigeschaltet und sieht mich ungeduldig an.

Ich seufze und steige hinter ihr auf. Es ist kaum genug Platz zum Stehen. Anne fährt an, und wir schwanken gefährlich. Ich schreie ein bisschen und klammere mich an Anne fest. Die gibt Gas, und der Roller stabilisiert sich. Nach einer Weile macht es sogar Spaß. Ich muss mit einer Hand mein Handy halten, um Anne zu navigieren. Das Ganze ist bestimmt mordsgefährlich, aber so ist das mit großen Kindern: Plötzlich machst du mit ihnen Sachen, die du vor ein paar Jahren noch verboten hättest.

Wir kommen schneller als erwartet am Treppenladen an. Ohne Plan hasten wir herein.

»Wir müssten den Chef sprechen, es ist ein Notfall«, erkläre ich dem Verkäufer.

Der macht ein seltsames Gesicht, führt uns aber zu seinem Büro. »Was kann ich für Sie tun?«, fragt er dort. Offensichtlich ist er der Boss.

Ich fühle mich der Situation überhaupt nicht gewachsen. Ich habe keine Strategie und auch keine Verhandlungsmasse. Jetzt hilft nur blanke Ehrlichkeit. »Ich bin verzweifelt«, bricht es aus mir heraus. »Sie hatten uns für heute eine Treppenmontage zugesagt, aber Ihre Leute sind nicht aufgetaucht, und am Telefon ist keiner zu erreichen. Ich bin mir sicher, Sie haben Ihre Gründe dafür, aber am Montag kommt der Umzugswagen, und ohne Treppe wird es ziemlich schwer, die Möbel in die obere Etage zu werfen.«

Anne neben mir grinst, der Chef der Treppenfirma bleibt ernst. »Sagen Sie mir mal Ihre Adresse.«

Ich nenne sie ihm, und er tippt sie in den Computer ein.

»Ja, das Montageteam hatte auf dem Weg zu Ihnen eine Panne. Die Treppe steht gerade irgendwo in der Nähe von Wismar.« Er greift zum Telefon und tippt eine Tastenkombination. »Frank, ist Veit schon zurück? Ja, sag den Jungs, sie müssen eine Doppelschicht machen und die Ladung in Wismar aufsammeln.«

Frank am anderen Ende scheint sich aufzuregen.

»Ja, aber ich habe hier die Kundin stehen, und sie zieht am Montag ein. Also: entweder jetzt oder Samstag.«

Er legt auf und schaut uns an. »Sie kommen noch heute Abend. Das wird also eine lange Nacht. Es wäre gut, wenn einer der Bauherren anwesend sein könnte, für den Fall, dass Fragen auftauchen.«

»Natürlich, vielen Dank!« Die Worte kommen mir viel zu schwach vor für den Stein, der mir gerade vom Herzen gefallen ist.

Als wir aus dem Laden kommen, ist der Roller zum Glück noch da, wo wir ihn abgestellt haben. Ich rufe Theo an und fahre dann mit Anne zurück zur Wohnung.

»Was machen wir jetzt mit unserem Abschiedsessen?«, fragt Anne.

»Wir packen alles ein und fahren es rüber. Dann können wir auch die armen Monteure mitversorgen, die jetzt eine Doppelschicht schieben müssen.«

»Aber wie, ohne Auto? Der Weg ist etwas weit für den E-Roller.«

Ich mache es wie der Chef vorhin. Ich drücke eine Tastenkombination auf meinem Handy und rufe Karla an. Sie ist sofort bereit, uns zu fahren.

Wir verabreden uns für in einer halben Stunde, und Anne und ich klotzen jetzt richtig ran, um so viel Füllung für die Rollen zu produzieren wie möglich. Anne und ich waren schon immer ein sehr effektives Team. Es macht Spaß, jetzt mit ihr ein letztes Mal in der Küche herumzuwirbeln, in der ich ihr alles beigebracht habe. Zeit für Sentimentalitäten bleibt nicht. Wir packen zwei Körbe voll und sind gerade fertig, als Karla unten klingelt.

»Wir kommen!«, schreie ich in die Sprechanlage.

Zu meiner Überraschung sitzt Karla nicht allein im Auto. Ein attraktiver Mann steigt mit aus, um uns zu begrüßen.

»Das ist Max. Max, das sind Vivi und ihre Tochter Anne.«

Wir schütteln brav Hände. Ich bin sprachlos, weil Max aussieht wie Ryan Gosling. Ich wechsle einen bedeutsamen Blick mit Anne, und wir lernen Karlas irre gut aussehenden Freund auf der Fahrt ein bisschen kennen. Max ist lustig und hört gerne Mighty Oaks. Anne und er singen sogar laut mit. Karla schweigt, genießt und fährt.

Es fällt mir schwer, bis zu unserem Ziel zu warten, darum flüstere ich ihr von hinten ins Ohr: »Dein Freund sieht aus wie Ryan Gosling!«

»Ich weiß«, wispert sie genüsslich.

Als wir ankommen und er die Körbe reinträgt, fühle ich mich an eine Werbung erinnert: Jeans, T-Shirt und Oberarme mit Muskeln, die sogar Pit neidisch machen. Mein Sohn wirft Max lange Blicke zu, und auch Theo entgeht nicht, wie gut er aussieht. Nur den Monteuren ist es egal, die interessieren sich dafür umso mehr für die Sommerrollen, die wir ihnen aus den mitgebrachten Zutaten basteln.

Als die Handwerker versorgt sind, setzen wir uns mit der Biergarnitur auf die Veranda. Jeder baut sich seine Rolle selbst. Theo und Max sitzen zufällig nebeneinander. Max ist bestimmt zehn Jahre jünger als wir, aber so gut sah Theo auch mit Anfang vierzig nicht aus.

Mein Blick schweift von den tollen Oberarmmuskeln und Max' hübschen Augen zu Theos schütterem Haar und seinem kleinen Bauch, den er trotz allem nicht ganz wegbekommt. Obwohl er ins Fitnessstudio geht und in den letzten Monaten viel auf dem Bau schleppen musste, hat er verglichen mit Max so gut wie keine Muskeln. Karla strahlt, weil sie merkt, wie beeindruckt ich von ihrem Lover bin.

»Abschiedsessen von der Wohnung, ohne Wohnung. Das ist mal ein echt konsequenter Abschied«, philosophiert Pit. Dann fragt er Max, wie viele Kilos er so stemmt, und Max empfiehlt ihm ein Proteinpulver für den Muskelaufbau.

Theo sitzt unglücklich daneben und muss mitansehen, wie seine Frau und sein Sohn den fremden Mann im T-Shirt anhimmeln. Auch Anne wirft Max ab und zu einen Blick zu. Das wird Theo dann zu viel. Er verschwindet, treibt sich bei den Treppenmonteuren rum und werkelt irgendwo im Haus herum.

»Alles okay?«, frage ich, als ich ihn schließlich im Büro finde, wo er Klebeband von einem Fensterbrett entfernt.

»Alles super«, sagt er in einem Ton, den ich sehr gut kenne.

»Los, sag es schon, dann haben wir das durch.«

»Was?«, fragt er.

»Na so was wie: ›Na, hättest du auch gern so einen Fitnesstrainer als Freund?‹«

»Hättest du?«, will er mit dem Rücken zu mir wissen.

»Ja, hätte ich«, gebe ich zu. »Aber noch lieber hätte ich jemanden, den ich liebe, und zwar schon so lange, dass ich mir keine Gedanken machen muss, wie ich ihn dazu bringe, eine dämliche Serie mit mir zu gucken, oder ob meine Klamotten auch schön genug sind.« Ich zeige auf meine alte Jeans und das verblasste Mickey-Mouse-T-Shirt, das ich gerade trage.

»Macht sich Karla diese Gedanken?«, fragt er und dreht sich zu mir um.

»Ja. Die ganze Beziehung fing auch nur mit Sex an.« Ich rede leise, damit uns keiner hört.

»Muss ja nicht schlecht sein«, sagt Theo und widmet sich wieder dem Fensterbrett.

»Absolut nicht. Aber ich würde nicht tauschen.«

Theo hält inne. »Nein?«

»Nein«, bestätige ich noch mal und gebe ihm einen Kuss auf die Wange.

Er zieht mich in seinen Arm und flüstert mir ins Ohr: »Deine Klamotten sind super. Für mich musst du keine schicken Kleider mit Schmetterlingen tragen.« Er spielt auf Karlas Kleid an, das an ihr mal wieder außergewöhnlich gut aussieht. Ich habe mich immer noch nicht an ihren neuen Look gewöhnt, und manchmal vermisse ich die alte Karla, weil ich mich früher nicht so sehr infrage gestellt habe, wenn ich mit ihr zusammen war.

Es ist doch seltsam: Obwohl wir alle wissen, dass Vergleichen unglücklich macht, tun wir es doch immer wieder.

Die Treppe wächst Stück für Stück. Nach dem Essen wollen Karla und Max ans Meer. Wir schließen uns ihnen an. Pit hat als Einziger keine Lust und bewacht deshalb die Treppenmonteure.

Die Sonne geht gerade unter, als wir den sandigen Pfad erreichen. Wir überholen Karla und Max, die wie auf Kommando anfangen rumzuknutschen, und nehmen Anne in die Mitte. Theo scherzt, wir könnten noch mal »Engelchen flieg!« mit ihr machen. Früher hat sie das geliebt.

Mein Herz tut plötzlich weh. Auf einmal geht mir das ganze Leben zu schnell.

Ich drücke Annes Hand, und sie drückt zurück.

Wir setzen uns an den Strand und sehen zu, wie die Sonne untergeht. Als sie weg ist, wird der ganze Strand schlagartig in Blautöne getaucht. Das Meer plätschert ganz sacht an den Strand.

Es sind noch eine Million Dinge zu tun, bevor am Montagmorgen um 7 Uhr der Umzugswagen vor der Tür steht. Der Anblick des Meeres und des Himmels bringt mich runter. Ich kann tiefer atmen, und meine Gedanken lassen los.

Ich merke, dass es Anne und Theo genauso geht. Gibt es überhaupt irgendjemanden, auf den das Meer nicht diese Wirkung hat?

Theo und ich geben uns hinter Annes Rücken einen Kuss. Was für ein Privileg, hier ein Haus zu bauen. So nah am Paradies!

Der Umzug

Ich hatte schon vor Wochen die Vision, dass es an unserem Umzugstag in Strömen regnen wird, und genau so ist es jetzt. Die Umzugsleute legen überall Vliesbahnen aus, um mit ihren nassen Schuhen nicht alle Böden zu versauen.

Mir ist schlecht, seit ich um halb fünf aufgewacht bin. Mein Körper ist nicht bereit für den Abschied.

Die Umzugsleute aber sind fröhlich, und ihre gute Laune ist ansteckend. Pfeifend schleppen sie unser Leben, das wir in Kisten verpackt haben, aus der Wohnung. Ihre Leichtigkeit hilft mir.

Theo und ich stehen im Weg und staunen, wie schnell die Wohnung immer leerer wird. Wir wollten nicht noch einmal zur Wohnungsübergabe nach Hamburg fahren müssen, also haben wir unsere Käufer gebeten, am Umzugstag zu kommen und die Übergabe irgendwie parallel zu machen. Egal, wie viel Lebenserfahrung man hat: Manche Dinge macht man eben doch zum ersten Mal und entscheidet sie falsch.

Es überfordert mich völlig, mit den beiden aufgeregten jungen Leuten durch jeden Raum zu gehen. Ich versuche, nebenher noch die schlimmsten Staubflocken wegzusaugen, die hinter den abgebauten Schränken zum Vorschein kommen. Irgendwann ist der Staubsauger weg, eingepackt von der fleißigen Mannschaft. Ich hebe daher entschuldigend die Hände, als wir das Schlafzimmer betreten, in dem der Staub wie ein grauer Teppich liegt, wo mal unser Kleiderschrank gestanden hat.

Die Frau beginnt begeistert, die Tapete von der Wand zu reißen. Ich wechsle einen Blick mit Theo, der genauso entsetzt ist wie ich.

»Wir haben nur zwei Wochen für die Renovierung, da fangen wir am besten sofort an«, erklärt der Mann und macht mit.

Theo und ich verlassen entgeistert den Raum. Uns bleibt zum Glück keine Zeit, uns aufzuregen, denn die Umzugsleute tragen die letzten Sachen runter, und es wird langsam eng im Wagen.

Theo macht oben die Schlüsselübergabe, während ich unten um unsere Stehlampe bange, die abenteuerlich quer in den vollen Wagen gequetscht wird. Ich verspreche den Jungs, vor ihnen am Haus zu sein, und renne hoch zu Theo, der in der Küche mit seltsamen Fragen zur Dunstabzugshaube gelöchert wird.

»Wir müssen los. Ruft uns einfach an, wenn noch Fragen sind!«

Die beiden nicken. Ein letzter Blick auf unseren Balkon, ein letzter ins Wohnzimmer, ein letzter in den Flur.

Die neuen Besitzer stehen in unserer Wohnungstür und winken. Wir können sie kein letztes Mal hinter uns schließen.

Einfach gehen, du kannst das, rede ich mir selbst gut zu, um nicht mitten auf der Treppe stehen zu bleiben.

Im Auto sehen Theo und ich uns an.

»Das war ja mal ein blöder Abschied!«, sagt er und startet den Motor.

»Total«, bestätige ich und reiche ihm ein belegtes Brötchen. Ich habe welche für die Umzugsleute geholt und zwei für uns in meine Tasche gepackt. Dankbar beißt Theo hinein. Wir stauen uns durch den Hamburger Verkehr auf die Autobahn. Der Regen prasselt aufs Dach. Alles fühlt sich vertraut an. Alles tut weh.

Als wir am Haus ankommen, hat der Regen aufgehört, und alles wird besser. Sogar mein Bauch beruhigt sich langsam. Theo und ich weisen die Umzugshelfer an und sagen, was in welchen Raum kommt. Es macht Spaß, zu sehen, wie sich das Haus mit unseren Sachen füllt. Mit jedem Möbelstück, mit jeder Kiste wird das Haus, das wir jetzt schon so gut kennen, zu einem Zuhause.

Als endlich alles ausgeräumt ist und der Umzugswagen mit den Helfern abfährt, zieht mich Theo aus der Küche.

»Was machst du, ich muss hier ausräumen, sonst können wir heute Abend nichts kochen!«

»Nur kurz!« Er stellt mich mitten ins Wohnzimmer, mit Blick auf die schöne Veranda. Dann dreht er mich einmal langsam im Kreis. »Guck hin, Vivi, das ist jetzt unser neues Zuhause!«

Ich sehe das runde Wohnzimmerfenster und die Küche, die Treppe, die alle Lasten ausgehalten hat und noch mit Pappe zum Schutz der Stufen beklebt ist, und den Flur mit dem schönen Fliesenmuster.

»Es ist alles viel zu viel, Theo! Ich komme nicht hinterher mit dem Freuen und dem Verarbeiten.«

Ich halte mich an ihm fest und lehne meinen Kopf an seine Brust. Er schlingt die Arme um mich und hält mich fest. »Das macht nichts. Wir haben Zeit. Auch für das Auspacken. Wir müssen das nicht in drei Tagen fertig haben.«

Seine Worte tun gut.

Als wir irgendwann endlich ins Bett schlüpfen, will mich Theo küssen. Ich halte ihn auf und flüstere: »Wäre es okay, wenn wir nur reden? Ich muss erst ein bisschen hier ankommen, bevor wir …«

Er grinst. »Gott sei Dank. Ich bin eigentlich viel zu k.o. für Sex. Aber ich dachte, es bringt Glück, wenn man das neue Haus in der ersten Nacht einweiht.«

Ich lege mich in seinen Arm. »Es bringt Glück, wenn man fünf Dinge aufzählt, die heute schön waren.«

»Okay …« Er überlegt. »Das Brötchen im Auto. Dass die Umzugsleute so gut drauf waren. Dass alles geklappt hat und nichts kaputtging.«

»Doch, ich glaube, die Stehlampe hat einen Knick.«

»Nein, nicht die Stehlampe!«, sagt er mit gespielter Empörung.

»Dass der Abschied so blöd war«, fange ich an mit meiner Aufzählung, obwohl Theo noch nicht bei fünf ist.

»Das war schön?«

»Ja, weil er dadurch leichter war. Ich habe mir immer vorgestellt, wie ich ein letztes Mal durch die leeren Räume gehe, und das blieb mir so erspart. Eigentlich muss man sich auch nicht verabschieden, man nimmt ja all seine Erinnerungen mit.«

Darüber denken Theo und ich eine Weile nach und schlafen dabei ein.

Als ich morgens aufwache, ist Theo nicht mehr neben mir. Ich bleibe noch kurz liegen und schaue mir das Schlafzimmer vom Bett aus an. Ich habe mir so oft vorgestellt, wie es sein würde, hier aufzuwachen. Jetzt ist es so weit. Fröhlich springe ich aus dem Bett und gehe ins Bad.

Überall stapeln sich die Umzugskisten. Es liegt noch irre viel Arbeit vor uns, aber mein Herz hüpft beim Anblick der Fliesen im Bad. Sie sind so schön! Ich streiche über die Oberfläche. Das Gleiche mache ich im Flur beim Parkettboden. Die Treppe ist immer noch in Pappe gehüllt.

»Theo?«

Keine Antwort.

Ich reiße die Pappe von der obersten Stufe. Ich will die Treppe endlich in ihrer ganzen Pracht sehen.

Als Theo mit Brötchen nach Hause kommt, habe ich im Nachthemd die ganze Treppe befreit. Staunend stehen wir vor den dunklen Stufen, die mit dem weißen Geländer einfach toll aussehen.

Bevor wir frühstücken können, müssen wir vier Küchenkartons auspacken, um Teller, Besteck und Tassen zu finden. Da überall Chaos ist, frühstücken wir improvisiert auf der Bierbank auf der Veranda. Ich ziehe mir einen von Theos Pullis über und fühle mich wie mit Anfang zwanzig.

In unserem Garten blüht das Unkraut in den schönsten Farben.

»Vielleicht sollten wir es einfach so lassen«, sagt Theo und rennt im nächsten Moment in seinen Schlappen quer durch den Garten, um mir zu erklären, wo er sich was vorstellt.

»Jetzt räumen wir erst mal das Haus ein, dann sehen wir weiter«, sage ich entschieden. Eins nach dem anderen, sonst werden wir verrückt.

Unsere zwei freien Wochen verfliegen nur so. Immerhin sind danach so gut wie alle Kartons ausgepackt, und die Regale hängen an den Wänden. Bilder hängen wir im Winter auf.

Jetzt gilt es, die letzten Spätsommertage zu nutzen. Der Herbst macht sich schon mit kühlen Nächten und Nebelschwaden am Morgen bemerkbar.

Theo und ich beschließen, dass der Sommer noch nicht vorbei sein kann. Wir schwimmen in der Ostsee, so viel wir nebenher können, und bestätigen uns gegenseitig, was für Glückspilze wir sind.

Dann kommt der erste Tag, an dem wir nach Hamburg reinfahren müssen. Wir werden vermutlich ein zweites Auto brauchen, aber vorerst versuchen wir, es mit einem hinzukriegen. Wir stauen uns nach Hamburg rein, und viel zu spät steige ich vor meiner Arbeitsstelle aus. Wir vergessen den Abschiedskuss, und ich fühle mich merkwürdig, bis Theo mich am Abend abholt.

»Wollen wir noch etwas essen gehen, jetzt, wo wir hier sind?«

Ich weiß nicht, ob ich das will. Es fühlt sich falsch an, jetzt nicht zurück zu unserer Wohnung zu fahren. »Ich weiß nicht«, gestehe ich und frage: »Vermisst du gerade auch unsere Wohnung?«

Theo nickt und drückt meine Hand. »Ich bin für eine Konfrontationstherapie. Wir gehen jetzt extra um die Ecke was essen, komm!« Er startet den Motor, und wir fahren zu unserem Thai-Imbiss. Dort müssen wir ewig nach einem Parkplatz suchen. Es ist, als würde Hamburg uns sagen: *Ihr gehört nicht mehr dazu.*

Im Thai-Imbiss selbst ist alles ganz vertraut. Wir bestellen unsere üblichen Gerichte und setzen uns ins Fenster. Leute hasten vorbei, und der Beat der Stadt ist auf einmal zu schnell für uns. Wir essen, ohne viel zu reden. Dann gehen wir tapfer

Hand in Hand an unserer alten Wohnung vorbei. Auf dem Balkon steht ein fremder Sonnenschirm, und die Kästen sind mit Petunien bepflanzt. Es sieht hübsch aus und gleichzeitig falsch. Wir stehen auf der Straße und machen lange Hälse nach oben, bis die Sehnsucht uns wie ein Regen komplett durchdrungen hat.

»Ob sie glücklich sind?«, flüstere ich.

»Bestimmt«, sagt Theo.

Ich ziehe ihn weiter. »Komm, lass uns nach Hause gehen.«

Einweihungsparty

Wir kommen erst im Dezember dazu, eine Einweihungsparty zu geben. Inzwischen hängen die Bilder, und wir haben sogar eine Einfahrt und Stufen vor der Haustür. Man muss nicht mehr über Paletten ins Haus balancieren.

Die Gäste kommen fast alle gleichzeitig an. Wir haben ein paar neue Nachbarn eingeladen und sind etwas nervös, ob sie mit unseren Hamburger Freunden harmonieren. Christa war damit einverstanden, dass Jen und Sven auch kommen. Die drei begrüßen einander nahezu herzlich, aber ich kann sehen, dass Christa tief ausatmet, als sie sich unbeobachtet fühlt.

Alle Männer geben sich Mühe, Jen normal zu begrüßen, aber keiner weiß so richtig, wie. Das übliche Schulterklopfen scheint auf einmal unangebracht zu sein. Auch Jen verliert etwas die Kontrolle und hält sich schnell an Sven fest.

Karla ist mit Max da und hat diesmal eine Jeans an und rote Converse.

Maja und Martin sind knackbraun, sie sind gerade von einem Urlaub auf den Malediven zurückgekehrt. Wiebke und Lutz bringen uns eine große Zimmerpflanze mit, und dann gibt es eine ausführliche Hausführung. Alle loben die schöne Atmosphäre im Holzhaus, und wir ernten viele nette Sätze. Unsere Freunde und Nachbarn freuen sich mit uns über das neue Zuhause.

Später stoßen wir mit Glühwein an, und es gibt eine

Menge Salate inklusive dem üblichen Paniksalat, den man noch schnell macht, weil man glaubt, man hätte zu wenig. Ich bin da genauso bescheuert wie Maja.

Maja, Christa, Wiebke, Karla und ich sitzen irgendwann im Wohnzimmer und knabbern Plätzchen. Ich beobachte, wie Theo mit Jen redet und mit großen Gesten etwas erzählt. Dann beißt er in ein Stück Christstollen und krümelt – mehr als gewöhnliche Leute – alles auf den Boden. Es regt mich immer noch auf. Manche Dinge ändern sich nie.

»Wie ist es denn jetzt im Winter, hier draußen zu wohnen?«, will Christa wissen.

Alle sehen mich gespannt an.

»Schön«, sage ich spontan. »Man ist irgendwie mehr bei sich als in der Stadt. Wir gehen bei fast jedem Wetter am Strand spazieren und machen jeden Abend den Kamin an. Und wir haben angefangen, Schach zu spielen.«

Karla zieht eine Augenbraue hoch. Es muss für meine Stadtfreundinnen seltsam klingen, dass ich lieber vorm Kamin mit meinem Mann Schach spiele, als mich mit ihnen in einem hippen Restaurant in Hamburg zu treffen.

»Wisst ihr, was ich anfangs total vermisst habe?«

Sie schütteln gespannt die Köpfe. Das wollen sie offensichtlich viel lieber hören als meine Kaminidylle.

»Meine Supermärkte«, sage ich. »In Hamburg kriegst du in einem guten Supermarkt alles. Hier muss man hoffen, dass sie Biofleisch haben oder Tortilla-Wraps. Und mir hat die gewohnte Ordnung in den Gängen gefehlt. In Hamburg wusste ich einfach, wo alles steht, und hier musste ich anfangs immer suchen.«

Alle nicken verständnisvoll. Jetzt sind sie wieder froh, dass sie nicht in einem Holzhaus so weit weg von der Stadt und ihren Möglichkeiten leben. Wie seltsam es doch ist, dass wir uns immer unser eigenes Leben bestätigen wollen! Ich selbst bin da gar nicht anders. Das fällt mir auf, als ich Karla frage, wann sie mit Max zusammenzieht.

»Gar nicht!«, sagt sie angriffslustig.

»Aber wollt ihr denn nicht zusammen aufwachen, zusammen kochen, all das?«, fragt Wiebke mit großen Augen.

»Doch, das tun wir auch ständig. Aber deshalb muss man doch nicht zusammenziehen.«

»Müssen muss man gar nichts. Nur wollen muss man müssen«, sagt Christa und hebt ihre Glühweintasse.

»Wie?«, fragt Wiebke mit drei Fragezeichen im Gesicht.

»Karla muss nicht mit Max zusammenziehen«, erklärt Christa. »Aber sie muss schon irgendwas wollen, sonst treibt sie nur orientierungslos dahin.«

Alle sehen Karla an. »Und was willst du?«, frage ich sie.

Karla zieht sich ihren Pferdeschwanz zurecht, um Zeit zu gewinnen. »Ich will das Gefühl haben, dass ich jederzeit einfach nach Neuseeland auswandern könnte, ohne an Verpflichtungen gebunden zu sein.« Sie scheint über diese Aussage selbst erschrocken zu sein.

»Echt jetzt?«, frage ich nach.

»Ja«, gibt sie zu. »Deshalb wollte ich auch nie Kinder. Ich glaube, das Konzept Familie passt nicht zu mir. Ich brauche meine Unabhängigkeit. Aber ich habe immer versucht, ins Raster zu passen. Unabhängigkeit ist ja kein Wert in der Gesellschaft. Zugehörigkeit, Loyalität, Treue – das sind Werte. Ich habe erst mit Max bemerkt, dass ich da eigentlich ganz anders ticke.«

Wir hören staunend zu.

»Das heißt, ihr seid zusammen, aber es ist so eine Art offene Beziehung?«, fragt Christa.

Karla nickt.

»Jeder muss seine eigene Lebensform finden«, sagt Christa. »Ich glaube, ich möchte gern eine Zeitlang allein sein, ohne Partner. Momentan genieße ich es, alle meine Entscheidungen selbst treffen zu können. Wir sprechen uns natürlich mit den Kindern ab, aber ich kann entscheiden, was wir essen oder was ich mache. Zurzeit gehe ich jede Woche ins Theater, das hat Frank nie interessiert.« Sie spricht leiser, damit er sie nicht hören kann.

»Das ist toll, Christa. Ich bekomme richtig Lust, auch mal wieder ins Theater zu gehen!«, bestätige ich sie.

»Ich auch!«, sagen Wiebke und Karla gleichzeitig.

»Dann kommt doch nächste Woche mit. Ich gehe immer donnerstags.«

»Das passt, ich muss am Donnerstag sowieso nach Hamburg«, sage ich glücklich über diesen Zufall.

Wir verabreden uns für die nächste Woche und gehen dann neugierig gucken, was die anderen draußen machen.

Theo hat die Feuerschale mit Holz befüllt und angezündet. Alle stehen in Jacken um die Schale herum. Wir holen uns auch schnell unsere Winterausrüstung und stellen uns dazu.

»Oh, Lagerfeuerromantik, da hab ich das Richtige für euch!«, sagt Sven und verschwindet zu seinem Auto.

Theo und ich zerren ein paar Bierbänke und Gartenstühle aus ihrem Winterquartier. Es ist eigentlich viel zu kalt, um draußen zu sitzen. Ich bringe alle Decken mit, die ich auf die Schnelle finden kann, und verteile sie. Sven kommt mit einer

Gitarre zurück und stimmt *Yesterday* von den Beatles an. Nach und nach trauen sich die meisten mitzusingen.

Wir sitzen in Decken eingewickelt unter den Sternen. Theo sitzt mir gegenüber, und ab und zu singen wir uns gegenseitig an.

Sven spielt als Nächstes *Drunken Sailor*, und da singen wirklich alle mit und fangen sogar an zu schunkeln.

Christa lacht und albert mit Karla herum. Es ist schön, alle so glücklich zu sehen.

Unser neuer Nachbar Marcel hat eine wirklich schöne Stimme. Beim nächsten Song, *Can't Help Falling in Love* von Elvis Presley, singt er die Strophen allein, und wir kommen alle für den Refrain hinzu.

Theo quetscht sich neben mich und hält mir seine Hand hin, als alle singen: *Take my hand, take my whole life, too.*

Ich nehme seine Hand und sein ganzes Leben dazu und bin so froh, dass wir es geschafft haben. Dafür lebe ich gern mit nassen Handtüchern und Krümeln auf dem Boden.

Unser Haus leuchtet im Hintergrund und sieht so heimelig und schön aus, dass ich weinen könnte.

Am nächsten Tag fahren Theo und ich nach dem Aufräumen an einen anderen Strand, um spazieren zu gehen. Ich freue mich auf den nächsten Sommer, wenn wir sie alle erobern werden.

Wir kehren in einem kleinen, schnuckeligen Café ein. Dort finden wir einen schönen Platz am Fenster und gucken zufrieden raus auf das aufgewühlte Meer. Es ist windig draußen, und im Warmen läuft mir die Nase.

»Das war so schön gestern«, sagt Theo.

»Ja, es war ein besonderer Abend. Dass Sven eine Gitarre dabeihatte, war sensationell!«

»Lutz hat mir erzählt, dass sie über ein Ferienhaus an der Ostsee nachdenken. Er würde auch am liebsten ein Holzhaus bauen.«

»Echt? Davon hat Wiebke gar nichts erzählt.«

»Vielleicht ist es sein Traum.«

Die Bedienung kommt, und wir bestellen Milchkaffee und verzichten ganz tapfer auf Kuchen. Wir kämpfen gerade gegen unseren Winterspeck.

Wir bekommen den Kaffee, und ich versinke im Milchschaumglück. Ich muss mir mal wieder vorstellen, wie schön es wäre, in der Tasse zu schwimmen.

»Hier, ihr Lieben, ein kleiner Gruß aus der Küche!« Jemand stellt uns zwei Schokoladenkekse hin.

Als ich hochgucke, falle ich beinahe vom Stuhl. Das ist doch Holly! Sie trägt eine lilafarbene Cordhose mit einer knallgelben Weste. Die Haare hat sie hochgesteckt und mit einem gelben Schal umwickelt.

»Was machen Sie denn hier?« Theo ist genauso erstaunt wie ich.

»Kekse verteilen«, sagt sie leichthin. »Wie geht es Ihnen? Sie sehen gut aus. Haben Sie das Projekt Holzhaus erfolgreich beendet?«

Wir bejahen das stolz, und Theo legt einen Arm um mich. Holly lacht zufrieden.

»Wir hätten da ein paar Fragen …«, beginnt Theo.

»Das glaube ich, aber ich habe hier noch ein bisschen zu tun. Alles Gute – und nicht vergessen: Ab und zu ein Tänzchen tut gut!«

Sie verschwindet von unserem Tisch.

Wir essen die Kekse, die unheimlich gut schmecken. »Wie verrückt ist das denn?«, flüstere ich. »Wir müssen unbedingt mehr über sie herausfinden!«

Theo und ich beobachten die nächste halbe Stunde genau, wer an den anderen Tischen bedient, aber Holly taucht nicht mehr auf.

Als wir bezahlen, frage ich die Kellnerin, wo ihre Kollegin hingegangen ist.

»Welche Kollegin?«

»Na, die mit dem gelben Schal um den Kopf, die uns die Kekse gebracht hat.« Ich zeige auf den leeren Teller.

Die Bedienung guckt uns entgeistert an. »Kekse verkaufen wir gar nicht. Und dieser Teller ist auch nicht von uns.«

Mir wird ein wenig schwindelig. Ich sehe Theo an, der auch blass aussieht.

»Und Sie haben die Frau nicht bemerkt, die uns die Kekse gebracht hat? Lila Cordhose, gelbes Oberteil?«

Die Bedienung schüttelt den Kopf und entfernt sich dann, so schnell sie kann, von unserem Tisch, als wären wir gefährlich.

Ratlos treten wir raus in den Wind.

»Wie erklärst du dir das?«, will Theo wissen und zeigt auf den Teller, den er als Beweisstück mitgenommen hat.

»Keine Ahnung.«

Wir schauen den Strand entlang. Weit und breit ist keine Holly Golightly zu sehen.

»Sie hatte nicht mal eine Jacke an. Ist sie zufällig mit ihren Keksen hier vorbeigekommen, oder gibt es diese Frau überhaupt nicht? Ist sie ein Geist, den nur wir beide sehen können?«

»Wenn es so wäre, dann wäre sie ein guter Geist, vielleicht einer, den uns Fritzi geschickt hat«, sage ich vergnügt.

Den ganzen Weg nach Hause spinnen wir uns Theorien zusammen, die immer wilder werden.

Beim Abendessen haben wir uns wieder beruhigt und planen den Garten. Theo will gern einen Steinbrunnen, und ich wünsche mir ein Naschbeet mit Beeren.

Es tut gut, wieder etwas zusammen zu planen. Anne ruft an, und wir quatschen eine Stunde. Ich schreibe Pit eine SMS, und er antwortet mit einem blauen Herz. Als ich ins Bad gehen will, ertönt plötzlich Musik. *Unchained Melody* von den Righteous Brothers.

Theo verbeugt sich vor mir. »Ein guter Geist hat mir geraten, mit meiner Frau zu tanzen.«

Ich nehme mit ihm zusammen die Tanzhaltung ein, und wir tanzen langsam und eng, während der Regen auf unser Hausdach prasselt.

Dank

Herzlichen Dank an Ralf Stommel und sein Team. Ihr habt uns ein traumhaftes Holzhaus gebaut!

Das Rauschen der Wellen, die endlose Weite des Himmels und das Lachen glücklicher Menschen – das ist Spiekeroog.

Elena Conrad
DAS
STRANDFLIEDERGLÜCK
Roman

ISBN 978-3-404-18867-3

Mit der Entscheidung, nach Spiekeroog zu ziehen, ändert sich Maikes Leben gewaltig. Doch sie bereut es keine Sekunde. Sie und Jarik bauen das Strandfliederhaus zu einem gemeinsamen Heim um. Maike erlebt erstmals die gemütliche und zugleich raue Herbstzeit sowie das Weihnachtsfest auf der Insel. Ihre Tochter Tessa, die bis zum nächsten Sommer noch die Schule in Frankfurt beenden wird, kommt mit Beginn der Weihnachtsferien zu Besuch. Alle sind froh darüber, zusammen die Festtage und Silvester zu verbringen. Doch das neue Jahr hält einige ungeahnte Überraschungen bereit ...